SUSAN MALLERY
Noches de verano

Editado por Harlequin Ibérica.
Una división de HarperCollins Ibérica, S.A.
Núñez de Balboa, 56
28001 Madrid

© 2012 Susan Macias Redmond. Todos los derechos reservados.
NOCHES DE VERANO, N° 39 - 1.8.13
Título original: Summer Nights
Publicada originalmente por HQN.

Todos los derechos están reservados incluidos los de reproducción, total o parcial. Esta edición ha sido publicada con permiso de Harlequin Enterprises II BV.
Todos los personajes de este libro son ficticios. Cualquier parecido con alguna persona, viva o muerta, es pura coincidencia.
® Harlequin y logotipo Harlequin son marcas registradas por Harlequin Books S.A.
® y ™ son marcas registradas por Harlequin Enterprises Limited y sus filiales, utilizadas con licencia. Las marcas que lleven ® están registradas en la Oficina Española de Patentes y Marcas y en otros países.

I.S.B.N.: 978-84-687-3201-5
Depósito legal: M-16553-2013

De la pluma de la excepcional narradora Susan Mallery nos llega *Noches de verano,* una historia de segundas oportunidades ambientada en un pequeño pueblo de California donde el sentido de comunidad que reina allí fomenta el amor y la amistad.

Sin embargo, nuestros protagonistas tienen diferentes puntos de vista sobre el amor. Mientras que ella quiere algo loco y apasionado, él busca algo seguro, tranquilo y racional.

Mientras que él se ha quemado, ella ansía sentir el fuego.

A pesar de estas diferencias, ambos deberán comprender que no se debe juzgar a un nuevo amor por el daño causado por un viejo romance.

A estos personajes magistralmente desarrollados debemos añadir una prosa ingeniosa y provocativa, ágiles y divertidos diálogos que estamos seguros harán las delicias de nuestros lectores, por eso no queremos pasar la oportunidad de recomendar esta novela.

Los editores

Mi agradecimiento a todas las bibliotecarias que me han ayudado, amado mis libros y hablado de ellos sin cesar. ¿A cuántas de vosotras no os habría gustado leer por una vez sobre una bibliotecaria que es divertida, inteligente y sexy, sin la chaqueta de cárdigan abotonada hasta arriba y el peinado poco favorecedor? Annabelle es mi regalo para vosotras. Espero que la adoréis tanto como yo.

Capítulo 1

Shane Stryker nunca rehuía una pelea, pero a la vez era lo suficientemente listo como para saber cuándo lo habían vencido. La preciosa pelirroja que estaba bailando sobre la barra era ciertamente todo lo que deseaba en este mundo, pero pretenderla era la peor decisión que podría tomar.

Tenía los ojos cerrados y su larga y ondulada melena se balanceaba al ritmo de su cuerpo. El sensual latido de la música parecía golpear a Shane directamente en la boca del estómago. De acuerdo, la zona impactada era algo más baja, pero procuró ignorarlo junto con la atracción que sentía. Las mujeres que bailaban sobre las barras de los bares solían ser problemáticas. Excitantes, tentadoras, sí: pero no para él. Ya no.

No la conocía, pero conocía a las de su clase. Buscaban llamar la atención. Y eran letales, al menos para los tipos que pensaban que el matrimonio significaba compromiso y monogamia. Las mujeres como aquella necesitaban sentirse deseadas por cada uno de los hombres que llenaban aquella sala.

Reacia, lentamente, dio la espalda a la mujer y se dirigió hacia la salida. Había bajado a la ciudad en busca de una cerveza y una hamburguesa. Había pensado en ver el partido y charlar un rato con los chicos. Pero, en lugar de ello, se había topado con una diosa descalza que hacía que un hombre se olvidara de todos sus sueños y esperanzas a cambio de una simple sonrisa. Pero sus sueños valían más: eso fue lo que intentó recordarse mientras volvía a mirarla por encima del hombro, antes de salir a la cálida noche de verano.

Annabelle Weiss abrió los ojos.
–Es fácil.
–Oh–oh –su amiga Charlie Dixon dejó su cerveza y negó con la cabeza–. No.
Annabelle se bajó de la barra y se la quedó mirando con las manos en las caderas, en un intento de parecer intimidante. Un gesto poco eficaz teniendo en cuenta que Charlie le sacaba casi quince centímetros y tenía músculos que ella ni siquiera sabía que existían.
Estaba a punto de insistir cuando la audiencia, mayoritariamente femenina, estalló en un espontáneo aplauso.
–¡Gran baile! –gritó alguien.
Annabelle giró sobre sí misma.
–Gracias –respondió–. Estaré aquí toda la semana –se volvió para mirar a su amiga–. Tienes que hacerlo.
–Ten por seguro que no.
Annabelle se volvió entonces hacia Heidi Simpson.
–Convéncela tú.
Heidi, una preciosa rubia recientemente comprometida, levantó la mirada de su anillo de diamantes.
–¿Qué? Oh, perdona. Estaba distraída.
–Distraída pensando en Rafe –gruñó Charlie–. Ya nos lo sabemos. Él es maravilloso, tú eres feliz. Esto es cada vez más irritante.
Heidi se echó a reír:
–¿Quién es ahora la cínica?
–Eso no es nada nuevo. Yo siempre he sido cínica –Charlie recogió su cerveza y abrió la marcha de vuelta a la mesa. La misma que habían abandonado cuando Annabelle se había ofrecido a enseñarles a las dos la danza de la virgen feliz.

Una vez que estuvieron las tres sentadas, Annabelle se volvió hacia Charlie.

—Mira, necesito recaudar dinero para mi bibliobús. Y participar en las fiestas de la ciudad es la mejor manera de conseguirlo. Es como montar a caballo. Tú sabes. Incluso tienes uno.

Charlie entrecerró sus ojos azules.

—Yo no bailo sobre un caballo.

—Ni tienes que hacerlo. Es el caballo el que baila. Por eso lo llaman la Danza del Caballo.

—Mason no es un caballo que baile.

Heidi se inclinó hacia delante.

—Annabelle, es tu proyecto de bibliobús. Tú eres la única que tiene la motivación necesaria. ¿Por qué no haces tú el baile?

—Yo no sé montar a caballo.

—Podrías aprender. Shane te enseñaría. Le he visto trabajando con los vaqueros de rodeo. Tiene mucha paciencia.

—No creo que tenga tanto tiempo. Solo faltan dos meses y medio para el festival. En ese tiempo, ¿podría aprender a montar a caballo lo suficientemente bien como para bailar encima de uno? —se volvió hacia Charlie—. Hace más de mil años, las mujeres Máa-zib abandonaron el mundo que habían conocido hasta entonces para emigrar a donde nos encontramos justo ahora. Eran mujeres valientes empeñadas en fundar un hogar propio. Se establecieron aquí, y de algún modo nos transmitieron a nosotras su fuerza y su determinación.

Charlie tomó un sorbo de cerveza.

—Buen discurso, pero no. No voy a hacer la danza del caballo.

Annabelle se derrumbó sobre la mesa.

—Entonces no tengo nada.

Heidi le dio un golpecito en el brazo.

—Como te dije antes, haz tú misma ese baile. Eres tú quien está siempre con ese cuento de que las mujeres Máa-zib salvaron a sus hijas del sacrificio marchándose de su tierra. Estaban hartas de que a sus hijas las mataran antes de que hubieran tenido una oportunidad de sobrevivir, así que se vinieron aquí para ser libres. Imita tú su ejemplo.

Annabelle se irguió. No era la mujer indicada para encabezar un desfile y lo sabía. Era una mujer discreta, acostumbrada a pasar desapercibida.

Abrió la boca para decir «no puedo», pero las palabras se le atragantaron. Porque podía hacerlo, si quería. Podía hacer muchas cosas. Pero la verdad era que siempre había llevado una existencia muy convencional: desde intentar complacer a sus padres hasta conformarse con cada tipo con quien había salido. Se consideraba más bien una mujer conformista, nada fuerte.

Charlie la estaba mirando fijamente.

—¿Te encuentras bien? Estás rara.

—Soy una pusilánime —dijo Annabelle—. Un pelele, en los términos más sinceros y menos halagadores.

Heidi y Charlie cruzaron una mirada de preocupación.

—Está bien —dijo lentamente Charlie—. No irás a sufrir un ataque, ¿verdad?

—No, estoy teniendo una revelación. Yo siempre he sido la primera en ceder, en sacrificar lo que quería por las necesidades y deseos de los demás.

—Hace un momento estabas bailando encima de una barra —le recordó Heidi, encogiéndose de hombros—. Si eso no es ser una mujer independiente...

—Le estaba enseñando a Charlie la danza de la virgen feliz en mis esfuerzos por convencerla... —sacudiendo la cabeza, se levantó—. ¿Sabéis una cosa? Que voy a hacerlo. Voy a aprender ese baile yo misma. O aprender a montar a caballo. Lo que sea. Se trata de mi bibliobús. Mi proyecto. Yo me encargaré. El espíritu de las mujeres Máa-zib vive en mí.

—¡Pues adelante, chica! —la animó Charlie.

—Anoche volviste temprano a casa.

Shane cerró el grifo del establo y alzó la mirada para ver a su madre acercándose a él. Apenas había amanecido, pero ya estaba levantada y vestida. Y, lo más importante: llevaba un tazón de café en cada mano.

Aceptó la cafeína que le ofrecía y la tragó agradecido. Visiones de una fogosa pelirroja habían atormentado las pocas horas que había dormido.

—El bar de Jo resultó un lugar mucho más interesante de lo que pensaba.

May, su joven madre, de unos cincuenta y pocos años y todavía muy atractiva, sonrió.

—¿Fuiste al bar de Jo? Ay, no, cariño... Allí es donde suelen parar las chicas de la ciudad. En la televisión siempre ponen canales de moda y tiendas, no de deportes. Debiste haber preguntado a tu hermano: él te habría dicho donde podías ver el partido. No me extraña que no te quedaras hasta tarde —estiró su mano libre para acariciar el morro de la yegua que había sacado la cabeza fuera de su cubículo—. Hola, cariño. ¿Te estás adaptando bien? ¿Te gusta Fool's Gold?

La yegua cabeceó, como asintiendo.

Shane tenía que admitir que sus caballos se estaban adaptando con mayor rapidez de lo que había esperado. El viaje desde Tennessee había sido largo, pero el resultado final lo justificaba. Había comprado ochenta hectáreas de primera calidad al pie de las colinas que rodeaban la población. Ya había trazado los planos para levantar una casa y, lo que era más importante, las cuadras. Las obras de las cuadras comenzarían esa misma semana. Hasta que estuvieran terminadas, tenía los caballos alojados en el establo de su madre, y él se quedaba en su casa, con su novio de setenta y cuatro años, Glen, su hermano Rafe, y la novia de este último, Heidi. Toda una multitud.

—Mamá, ¿tú conoces....?

No terminó la pregunta. Su madre era de la clase de mujeres que conocían a todo el mundo en la ciudad. Si le daba un nombre, en quince minutos podía suministrarle información detallada sobre las cuatro generaciones de su familia.

No estaba buscando problemas: eso ya lo había hecho antes. Se había casado y luego divorciado de la clase de mujer capaz de atormentar a un hombre. Había acumulado suficiente excitación como para que le durara hasta los noventa años. Había llegado el momento de sentar la cabeza. De encontrar a alguien sensato. Alguien que se conformara con el amor de un solo hombre.

Su madre le miró con aquellos ojos oscuros tan parecidos a los suyos. Su boca se curvó en una lenta y perspicaz sonrisa.

—Por favor, por favor... dime que vas a preguntarme si conozco a alguna chica guapa...

«¡Qué diablos!», exclamó Shane para sus adentros, resignado, y se encogió de hombros.

—¿Conoces alguna? Ya sabes, alguien normal —«y no como la diosa que vi anoche bailando encima de la barra», añadió para sus adentros.

Su madre prácticamente se estremeció de entusiasmo.

—Sí, y es perfecta. Bibliotecaria. Se llama Annabelle Weiss. Es encantadora. Heidi me ha comentado que Annabelle quiere aprender a montar a caballo. Podrías enseñarla...

Una bibliotecaria... Se imaginó a una morenita normalita con gafas, chaqueta de cárdigan abotonada hasta el cuello y zapatones. No era una imagen muy excitante, pero estaba bien. Había alcanzado la fase de su vida en la que quería fundar una familia. No andaba buscando una mujer que terminara volviendo su mundo cabeza abajo.

—¿Qué dices? —inquirió su madre, expectante.
—Suena perfecto.

—¿De vuelta en la escena del crimen?
Annabelle sonrió a su amiga.
—No hubo ningún crimen.

–Tú lo sabes y yo también, pero los rumores corren.

Annabelle sostuvo la puerta del bar de Jo y dejó que Charlie entrara primero en el ampliamente iluminado interior. Era la hora de comer en Fool's Gold y las mujeres ocupaban ya una decena de mesas. Jo daba de comer a la población femenina con su local decorado con tonos pasteles malvas y cremas. Durante el día, las grandes pantallas de televisión estaban apagadas o con infocomerciales y reality shows. La carta de menú abundaba en ensaladas y bocadillos, con las tablas de calorías al lado.

Annabelle siguió a Charlie a una mesa y tomó asiento.

–Tu baile encima de la barra está en boca de todo el mundo.

Annabelle se echó a reír.

–No me importa. Lo hice por una buena causa, aunque no consiguiera convencerte de que participaras en mi festival. Pero no pasa nada. Voy a hacerlo yo misma –frunció el ceño–. Supongo que le habrás dicho a la gente que no estaba borracha, ¿verdad?

De hecho ni siquiera le había dado tiempo a acabarse la única copa de vino que había tomado. Subirse a aquella barra había sido consecuencia de su propia inquietud más que de sus deseos de exhibirse, y no había tenido nada que ver con el alcohol que hubiera podido llevar en la sangre.

–Te juro –se sonrió Charlie– que me aferré al dato de la única copa de vino. Los arqueólogos se quedaron intrigados, sin embargo. Creo que la danza de la virgen feliz te ha dado una gran reputación entre ellos.

–Eso es porque están locos.

El pasado otoño, los obreros de una obra habían hecho volar una parte de la montaña, descubriendo un tesoro Máa-zib. Los arqueólogos habían acudido en masa a excavar el yacimiento. Una vez que terminaran de documentar y catalogar las piezas, volverían a la ciudad.

–¿Los estás ayudando? –le preguntó Charlie.

–Soy más bien una especie de contacto informal –le dijo Annabelle–. Mi asignatura optativa de Cultura Máa-zib me proporciona información suficiente para irritar a los profesionales.

–La mayoría de los profesionales necesitan que los irriten un poco.

Annabelle agradeció su sentido de la lealtad.

–Entonces mi trabajo aquí ha terminado...

Se abrió la puerta y entró Heidi. Las vio y las saludó con la mano. Se apresuró a acercarse.

–Shane ha aceptado. Va a enseñarte a hacer la danza del caballo.... Bueno, a montar a caballo. No creo que su madre mencionara lo del baile.

–Probablemente sea mejor esconderle ese detalle –intervino Charlie.

–Tienes razón –intervino Heidi–. Es un jinete de mucho prestigio. No creo que le guste mucho lo del baile. Necesitarás dejarle caer la idea poco a poco.

Eso era lo que tanto adoraba, pensó Annabelle en aquel momento, feliz. Sus amigas y, en términos generales, la vida que llevaba. Tenía un empleo estupendo en una ciudad que le encantaba. Había encontrado su lugar en el mundo. Si bien a veces sentía una punzada de envidia cuando veía brillar el diamante del anillo de compromiso de Heidi, pero... bueno, se conformaba con lo que tenía.

En realidad no le importaba el diamante: era más bien lo que representaba lo que le producía esos pinchazos. Amor. Amor verdadero. Rafe no pretendía cambiar a Heidi. No aceptaba solamente algunos rasgos de su persona, sino toda ella. Annabelle nunca había conocido eso. La revelación que había tenido la noche anterior no la había abandonado. Ella quería algo más que amor condicional. Lo quería todo... o nada. Un amor loco y apasionado, donde ambos se entregaran por entero.

Aunque la verdad era que no tenía precisamente una fila de tipos haciendo cola con la intención de sacarla a bailar.

Sacó una carpeta de su enorme bolso.

–Tengo la información que te prometí –extrajo las foto-

grafías que había conseguido de las dos floristerías de la población, con sus respectivos presupuestos.
Heidi suspiró.
—Eres increíble y maravillosa, y te agradezco mucho la ayuda que me estás prestando...
—Hey, que yo he probado la tarta —exclamó Charlie—. Y eso es algo que no haría por cualquiera.
Heidi la miró:
—¿Seguro?
—Está bien... Lo haría por cualquiera, pero lo hice por ti porque eres mi amiga.
—Sois las mejores —comentó Heidi con los ojos brillantes—. En serio, no sé cómo agradecéroslo...
Charlie alzó una mano.
—Te juro que si te pones a llorar, me voy de aquí. Estás muy sensible. ¿Seguro que no estás embarazada?
—Sí, estoy segura. Lo que pasa es que todo el mundo está siendo tan maravilloso conmigo, con esto de la boda...
Heidi llevaba comprometida dos semanas, lo que no habría tenido nada de especial si la boda no hubiera sido programada para mediados de agosto, de manera que apenas disponían de dos meses para prepararlo todo. El único familiar que le quedaba a Heidi era su abuelo, con lo que tanto Annabelle como Charlie se habían ofrecido a ayudarla con los detalles.
Revisaron las fotografías de las flores. Heidi estudió arreglos y presupuestos. Se interrumpieron cuando Jo se acercó a su mesa para preguntarles lo que querían para comer.
—Por cierto —dijo Jo mientras entregaba una tarjeta pequeña a cada una, con una lista de precios—, el salón de fiestas abrirá dentro de un mes. Me preguntaste si lo tendría listo para tu despedida de soltera —le recordó a Heidi.
—¿La decoración será como dijiste que sería?
—Ajá —se sonrió Jo—. Tan de chicas como el resto del bar, con una iluminación muy sugerente. Muchas mesas, una barra privada, gran pantalla de televisión y un pequeño

escenario. Ahora mismo estoy trabajando con el menú. Podemos servir aperitivos, bocadillos o comidas normales. Lo que quieras.

–¿Champán? –inquirió Heidi.

–Mucho.

–Me encanta –exclamó Annabelle–. ¿Quieres hacer tu despedida de soltera aquí?

–El salón tiene un aforo de sesenta personas –les informó Jo.

–Así no tendrías que limitar tu lista de invitadas –le dijo Charlie.

–Eso suena muy bien –comentó Heidi, feliz.

Annabelle asintió.

–Ya te confirmaremos las fechas.

–Estupendo –Jo les tomó la orden. Ensalada para Annabelle y Heidi, y hamburguesa con queso para Charlie.

–Patatas fritas para todas –pidió la bombera, antes de fulminar a sus amigas con la mirada–. Os conozco bien. Si las pidiera para mí sola, me las acabaríais robando.

–Yo nunca haría tal cosa... –mintió Annabelle, risueña.

–Hola. Soy Annabelle Weiss.

Shane levantó la mirada de la silla de montar que estaba engrasando y se levantó de inmediato. En lugar del rostro severo de una mujer con aspecto de ratón de biblioteca y amplia chaqueta de cárdigan, se quedó mirando los ojos verdes, ligeramente divertidos, de la pequeña pelirroja que había estado bailando encima de la barra.

Llevaba uno de aquellos vestidos ajustados y de tirantes que a las mujeres les gustaba lucir y a los hombres admirar, que era justamente lo que ellas pretendían. Era blanco, con un estampado de flores. Y ajustado, adaptándose a sus impresionantes curvas hasta un poco por encima de las rodillas.

Técnicamente iba muy decente, perfectamente cubierta. Pero la silueta de su cuerpo bastaba para poner a cualquier hombre de rodillas. Shane lo sabía bien, ya que estaba a punto de caer fulminado.

Su primer impulso fue de supervivencia. Avanzar no era una opción, ya que entonces se acercaría demasiado a ella. Así que retrocedió un paso y tropezó con el taburete en el que había estado sentado. El taburete se balanceó, a punto de volcarse. Si no lo hizo fue porque Shane lo agarró, al mismo tiempo que ella. Sus manos se rozaron y de repente ocurrió: la violenta punzada de deseo, de necesidad, atravesándole la entrepierna.

–Eres Shane, ¿verdad?

Se apartó de ella y se las arregló para asentir con la cabeza mientras retorcía el trapo que todavía sostenía en las manos.

–Heidi me dijo que estabas dispuesto a enseñarme a montar –su expresión pasó de divertida a confusa, como si se estuviera preguntando por qué nadie la había avisado de que iba a vérselas con un tarado.

–A caballo –precisó, y a continuación le entraron ganas de darse de bofetadas. ¿Qué podría querer montar que no fuera un caballo? ¿Pensaba acaso que había ido allí a montar a la elefanta de su madre?

La boca perfecta de labios llenos de Annabelle esbozó una media sonrisa.

–Con un caballo me conformaría. Parece que tienes varios.

Quiso recordarse que por lo general era muy educado con las mujeres. Refinado incluso. Era un tipo inteligente, divertido y, en ocasiones, hasta podía llegar a ser encantador. Pero no en ese momento, con la sangre bombeando en sus venas y su cerebro gritándole una y otra vez: «¡es ella! ¡es ella!».

«La química», pensó triste. La química podía convertir al hombre más ingenioso en un imbécil babeante. Y él precisamente estaba demostrando lo exacto de esa teoría.

Consciente de que seguía agarrando el trapo en una mano y la lata de grasa en otra, dejó ambas cosas sobre el banco.

—¿Estás interesada en montar por deporte? —le preguntó, procurando mantener un tono tranquilo de voz.

Annabelle suspiró. La acción hizo que su pecho subiera y bajara. Shane tuvo que recurrir a toda su fuerza de voluntad para apartar la mirada.

—Bueno, la verdad es que es algo complicado de explicar —admitió.

¿Complicado? Lo dudaba. Ella era una hermosa mujer. Y él era un hombre que tenía que poseerla a toda costa, o el mundo se acabaría de golpe. ¿Qué podía ser más sencillo?

Solo que ella no se refería a lo que él estaba pensando, y si lo hubiera sabido lo habría pinchado con un bieldo, habría salido chillando de las cuadras y lo habría atropellado luego con su coche por si acaso. Y él no la habría culpado por ello.

Pero no. Él era un tipo normal en busca de una vida normal. Conocía a las mujeres como ella. O, mejor dicho: había conocido a una mujer como ella. Se había casado con una, que lo había atormentado mientras duró su matrimonio. Las mujeres como ella querían hombres, no un hombre. Todos los hombres. No se quedaban contentas hasta que el mundo entero acababa babeando por ellas. De ningún modo iba él a repetir ese error: el de colarse por mujeres locas capaces de encenderlo con una simple mirada. En ese momento, la perspectiva de una mujer aburrida se le antojaba excelente.

—Trabajo de bibliotecaria en la ciudad —empezó ella.

—¿Seguro?

La palabra brotó de su boca antes de que pudiera evitarlo. Annabelle enarcó las cejas.

—Claro. Es el empleo que tengo. Y hasta el momento nadie se ha quejado.

«Lleva cuidado, amigo», se aconsejó Shane. «Mucho cuidado».

—Ah. Es que yo esperaba alguien que llevara gafas, ya sabes... Porque los bibliotecarios leen mucho.

Las cejas arqueadas se convirtieron en un ceño de extrañeza.

—Me parece que necesitas salir más a menudo de este establo.

—Probablemente tengas razón.

Vio que vacilaba, como si no supiera si se estaba haciendo el gracioso o solo era increíblemente corto.

—Está bien.

Decirle la verdad no era una opción. Admitir que era la criatura más sexy que había visto y que ese era el motivo por el cual se estaba comportando como un imbécil, porque toda su sangre se le había acumulado en la entrepierna, habría podido dar lugar a una denuncia. Así que lo único que podía hacer era empezar de nuevo.

—Dime lo que tenías en mente —le dijo mirándola directamente a los ojos, decidido a no pensar siquiera en el constante subir y bajar de su pecho, o en lo monas que le quedaban las uñas pintadas de sus diminutos pies—. No, espera, déjame que lo adivine. ¿Querías montar desde que eras niña?

Annabelle se echó a reír.

—Deberías haberme visto. Los caballos son animales grandes. ¿Por qué alguien tan pequeño como yo querría arriesgar su vida para subirse a algo que podría aplastarla en cualquier momento? —mientras hablaba, estiró una pierna bien torneada para mostrarle los diez centímetros de tacón de su sandalia.

Supuso que lo había hecho para subrayar su comentario sobre su estatura. Pero en lo único que pudo pensar fue en que era lo suficientemente pequeña y ligera como para que pudiera levantarla fácilmente. La imagen en la que la alzaba en vilo para apoyarla contra una pared, con sus piernas enredadas en torno a su cintura mientras...

Cerró los puños en un esfuerzo por combatir la imagen, recordándose que su madre sabía que se estaba entrevistando con Annabelle y pensando en las estadísticas de la próxima carrera de caballos. Cuando eso no lo ayudó, probó a hacer un par de cálculos mentales.

—El tamaño no tiene nada que ver en ello –dijo, y una vez más quiso darse de cabezazos contra la pared–. Los jockeys son pequeños y montan caballos rápidos y potentes.

Un brillo de diversión asomó a sus ojos verdes.

—Claro. Lógico. El último refugio del macho.

Shane forzó una sonrisa.

—Es lo que hay... Bueno, ya hemos dejado claro que no se trata de un sueño frustrado de la infancia.

—Así es. Aunque me habría encantado ser bailarina. El caso es que necesito aprender a montar porque estoy reuniendo dinero para un bibliobús. Para este año tendremos listo el nuevo centro de recursos de lectura. Es fantástico.

—¿Eso no es un poco... anticuado?

—¿Es anticuado un bibliobús donde la gente pueda bajarse lo que quiera de internet, incluido un libro?

Shane asintió.

—Tenemos un montón de gente confinada en sus casas que no puede bajar a la biblioteca de la ciudad, ni tiene ordenador o internet –continuó ella–. Matrimonios mayores que viven en las montañas y que no bajan en invierno. Unos cuantos en silla de ruedas... ese tipo de cosas. Ahora mismo tenemos una vieja camionetilla que hace viajes, pero no puede transportar gran cosa. Esperaba, además, reunir dinero suficiente para adquirir unos cuantos portátiles y aparatos wifi, para poder iniciar a toda esa gente en el mundo de la informática. Ensanchar sus horizontes.

A Shane nunca se le había ocurrido que pudiera quedar todavía algún analfabeto informático, pero en ese momento se dio cuenta de que probablemente habría un buen porcentaje de población o bien reacia o bien incapaz de dar el salto a la nueva era.

—Ya tengo elegido el vehículo de mis sueños –dijo ella con un tono que rezumaba entusiasmo–. Es enorme y con tracción a las cuatro ruedas. Lo que me permitiría subir a la montaña en invierno.

—¿Cuánto dinero necesitas reunir?

—Ciento treinta y cinco mil dólares.

Shane abrió la boca y volvió a cerrarla.
—Eso es mucho vehículo.
—Parte del dinero sería para aprovisionarlo de libros y ordenadores.
—Y la wifi.
—Eso es.
—¿Y qué tiene que ver lo de aprender a montar a caballo con todo esto?

Annabelle sonrió.

—Ahora es cuando voy a poner a prueba tus conocimientos de historia. Pretendo montar a caballo en una ceremonia que recree las costumbres de la cultura Máa-zib.

Shane esbozó una mueca.

—He pasado mucho tiempo desde que recibí aquella clase... —se interrumpió, pero para asentir en seguida, como si de repente hubiera recordado algo aprendido en cuarto o quinto curso—. Se establecieron en la región hace unos ochocientos años, quizá más. Eran mujeres mayas que fundaron aquí su propia civilización. Y creo recordar que últimamente han dicho algo en las noticias sobre su oro...

—Fuiste un buen estudiante.

—La verdad es que no. Prefería salir a estar encerrado en clase.

—Yo no. Siempre tenía la nariz metida en algún libro. Bueno, te resumiré la situación. Para finales del verano se celebrará un festival que incluya conferencias y auténticas artesanías Máa-zib, y yo personalmente, montada a caballo, ejecutaré la cabalgada ritual de la mujer guerrera. Es más bien una danza. Técnicamente la llaman la Danza del Caballo.

—¿Vas a bailar subida a un caballo?
—No. El caballo bailará mientras yo lo monto.

Esa vez, cuando retrocedió otro paso, Shane se acordó del taburete que tenía detrás.

—¿Tienes algún caballo que baile?
—Er... no. Pensé que ambos podríamos resolver eso, también.

Shane retrocedió un nuevo paso.

—¿Quieres que te enseñe a ti a montar, y a un caballo a bailar?

—¿Acaso no es posible?

Tenía la mirada clavada en la suya, inmovilizándolo, así que cuando se le acercó, Shane fue incapaz de apartarse. Sonriéndole, le puso una mano en el brazo.

—Heidi me comentó que tenías una especie de don para los caballos. Es solo un bailecito. Unos pocos pasos. Por una buena causa.

Dudaba que estuviera haciendo nada del otro mundo. En la mayor parte del país, que una mujer hermosa le tocara el brazo a un hombre era algo de agradecer, que no de temer. Pero ella no era cualquier mujer. Era la mujer a la que había visto bailar encima de una barra. La mujer a la que, por razones de química y destino, que por cierto se estaba dando un hartón de reír a su costa, encontraba irresistible.

¿Por qué no podía haber sido la estereotipada bibliotecaria de la chaqueta de cárdigan que había estado esperando? O quizás las bibliotecarias no fueran así en absoluto. Quizá fueran todas sexis y alocadas, como Annabelle, y el cárdigan no fuera más que una colosal broma. En todo caso, estaba perdido. Perdido en un par de ojos verdes y una sonrisa sensual que lo golpeaba con la fuerza de un puñetazo en el estómago. Solo que no se trataba de un puño y el lugar del impacto no era ese exactamente.

Quería decirle que no, pero no podía. No solo porque el bibliobús era una buena causa, sino porque sabía que su madre lo miraría con aquella mirada suya que venía a decirle que lo había decepcionado. Y pese a que apenas unos días atrás había cruzado la frontera de los treinta, no podía soportar aquella mirada.

—Yo soy un tipo duro —gruñó, y acto seguido lanzó un gruñido como si se hubiera dado cuenta de que había estado pensando en voz alta.

Annabelle enarcó las cejas y retrocedió un paso.

—Yo, er... estoy segura de ello. Todo un vaquero, vamos.

Shane juró por lo bajo. Antes de que pudiera encontrar una manera de librarse de la conversación y recuperar la poca dignidad que pudiera quedarle, oyó un fuerte relincho procedente de uno de los corrales. Se volvió para descubrir a un blanco semental junto a la puerta, con sus negros ojos fijos en Annabelle.

Ella se volvió también en la dirección del sonido.

—Oh, guau... Ese caballo es espléndido. ¿Cómo se llama?

—Khatar. Es un semental. Árabe.

«Y malo también», añadió Shane para sus adentros. La clase de caballo siempre deseoso de hacer saber a todo el mundo que era él quien mandaba. Su anterior propietario había sido demasiado agresivo en sus esfuerzos por doblegarlo. Y ahora era él quien tenía que enmendar el error, lo cual se estaba convirtiendo en todo un desafío. Pero lo haría: tenía que hacerlo. Se había gastado demasiado dinero en aquel animal físicamente perfecto.

Se volvió hacia Annabelle. Incluso con sus tacones de diez centímetros, le llegaba hasta poco más del hombro. Imaginaba que podría montarla en uno de sus más tranquilos potros y conseguir que aprendiera en una semana o dos. En cuanto a la danza, ya lidiaría con eso más adelante. Cuando consiguiera volver a hablar con frases y no con monosílabos.

—¿Cuándo quieres empezar? —le preguntó, sorprendido de que pudiera hilvanar más de dos palabras seguidas.

Ella se volvió hacia él y sonrió.

—¿Qué tal mañana?

—Sin problema —cuanto antes empezaran, antes terminarían. Que desapareciera de su vida sería lo mejor para ambos. Aquella mujer podría seguir atormentando a otros hombres y él podría dejar de comportarse como un imbécil.

Capítulo 2

Annabelle no conseguía entender del todo la ciencia de cultivar fruta. No solo se había criado en la ciudad, sino que su capacidad para hacer crecer algo era nula. Si se acercaba demasiado a una planta, la planta se encogía. Si se atrevía a llevársela a casa, la pobre se marchitaba y moría en un par de semanas. Había probado a regarlas, fertilizarlas, sacarlas al sol e incluso ponerles música clásica. Nada de eso había funcionado. La cosa había llegado hasta el punto de que Plants for the Planet, la pequeña floristería de la población, se negaba a venderle otra cosa que no fueran flores ya cortadas. Un gesto que procuraba no tomarse demasiado en lo personal. De modo que el ciclo agrícola de la vida era algo que se le escapaba completamente.

Lo que sí sabía era que la fruta que crecía en los árboles maduraba después que la que lo hacía en las matas o en los arbustos. Que las fresas maduraban primero y que las cerezas, que crecían en árboles y que por tanto deberían madurar hacia finales del verano, lo hacían a mediados de junio. Sabía también que había familias que pasaban los veranos viviendo en pequeños remolques junto a huertos y frutales. Trabajaban recogiendo las distintas cosechas y una vez que terminaban de vendimiar a finales de septiembre y principios de octubre, se marchaban a otra parte.

Annabelle aparcó junto al círculo de caravanas. Antes incluso de que llegara a abrir la puerta, los niños bajaron de los remolques, saltaron de los columpios o salieron corriendo del pequeño bosque cercano.

En seguida rodearon su coche, abrieron la puerta y la urgieron a bajar.

—¿Los has traído? ¿Los has traído?

Annabelle se los quedó mirando con las manos en las caderas.

—¿Traer el qué? ¿Me habíais pedido algo?

Los niños, cuyas edades oscilaban entre los cuatro y los once o doce años, sonreían encantados. Uno de ellos se atrevió a escabullirse detrás de ella y consiguió abrir el maletero. Inmediatamente los demás se abalanzaron encima y se pusieron a rebuscar en los lotes de libros que había traído.

—Está aquí.

—Ese es mío.

—¿El segundo y el tercer libro de la serie? ¡Guau!

Para cuando los niños terminaron de localizar sus respectivos encargos para sumergirse en la lectura, las madres ya habían aparecido, la mayoría portando bebés en los brazos.

Annabelle saludó a las mujeres que ya conocía y le presentaron a las pocas que no. María, una mujer delgada de unos cuarenta y pocos años, se apoyaba pesadamente en su bastón mientras le daba la bienvenida con un cariñoso abrazo.

—Los niños se han pasado la mañana entera mirando el reloj —le comentó, guiándola hacia una pequeña mesa de camping, junto a la caravana más grande. El marido de María hacía de capataz del grupo de trabajadores y los representaba en sus tratos con los granjeros de la localidad. María, a su vez, hacía de «mamá gallina» para las mujeres más jóvenes.

—Me alegro —le dijo Annabelle, sentándose en una de las sillas plegables—. Cuando yo tenía su edad, el verano lo dedicaba entero a la lectura.

—Ellos igual. Desde el año pasado, cuando nos encontraste, los pequeños solo quieren libros.

Nada más trasladarse a Fool's Gold el año anterior, Annabelle se había dedicado a recorrer la zona. Había descubierto el enclave de remolques, se había encontrado con varias mujeres y había hecho amistad con los niños. María, que había sido la primera en darle la bienvenida, había acogido con entusiasmo su idea de llevarles libros.

Aquel año, Annabelle había creado varias listas de lectura a partir de las edades de los críos. Estaba gestionando donaciones para que, cuando las familias se marcharan, pudieran llevarse una buena cantidad de libros. Los suficientes para que les duraran hasta el año siguiente.

María ya había sacado té helado y galletas. Annabelle sirvió los vasos.

–Leticia va a tener su bebé esta semana –le dijo María–. Su marido está como loco. Los hombres no tienen paciencia con la naturaleza por lo que respecta a los hijos... Pregunta todos los días: «¿ya viene?». ¡Como si el bebé se lo fuera a decir!

–Debe de estar muy entusiasmado.

–Lo está. Y aterrado –de repente llamó a alguien en español.

–Sí, mamá –respondió una voz.

María sonrió.

–Están escribiendo los títulos de los libros que les has prestado, y los que querrán para la próxima vez.

–Volveré la semana que viene –Annabelle bajó la voz–. Ah, y tengo varias de esas novelas románticas que tanto te gustan, también.

–Bien –sonrió María–. Nos gustan a todas.

Annabelle quería ofrecerles más cosas, razón por la cual estaba tan obsesionada con recaudar dinero para el bibliobús. Con un poco de suerte, el año siguiente estaría en condiciones de llevarles algo más que tres o cuatro lotes de libros en el maletero de su coche. Podría ofrecerles acceso gratuito a internet. María y sus amigas podrían comunicarse por email con familiares dispersos por diferentes países, así como utilizar los variados recursos de la red para complementar la educación de sus hijos.

—Blanca está comprometida –le informó María con un suspiro.

—Vaya, felicidades.

—Ya te lo dije: allí hay buenos hombres.

—Sí, en Bakersfield. Me lo habías dicho –la hija mayor de María había estudiado enfermería antes de mudarse a la California central.

—Es médico.

Annabelle se echó a reír.

—¡El sueño de toda madre!

—Ella es feliz y eso es lo que importa, pero sí: me gusta poder decir que mi hija va a casarse con un médico. ¿Has pasado últimamente por el hospital?

—Muy sutil por tu parte...

—Necesitas un hombre.

Justo en ese momento se le acercó un niño corriendo, con un tarro pequeño en las manos. Deteniéndose frente a Annabelle, sonrió.

—Los hemos ahorrado para ti. Porque nos trajiste libros.

—Gracias, Emilio –recogió el tarro lleno de céntimos–. Esto nos va a ayudar mucho.

El niño salió disparado y Annabelle contempló el preciado regalo. Técnicamente no debía de haber más de un par de dólares, pero para los niños que habían recolectado las monedas, representaba toda una fortuna.

—Has creado un maravilloso hogar para tus hijos –le dijo a María–. Todas lo habéis hecho. Debéis de sentiros muy orgullosas de ellos.

—Así es. Pero no me he olvidado de lo que estábamos hablando. De que tienes que buscarte un buen hombre.

—Me gustaría encontrarlo –admitió. Pensó en la revelación que había tenido después del baile encima de la barra–. Uno que me quiera tal como soy. Que no quiera cambiarme. Todavía no he tenido la suerte de tropezarme con uno.

—La suerte puede cambiar.

–Eso espero.

Pensó fugazmente en Shane, que había hecho realidad, en tres dimensiones, su fantasía del vaquero atractivo. A aquel hombre le sentaban maravillosamente bien los vaqueros, pero también era un poco raro. Tendría que encontrar una manera cortés de preguntarle si no se habría caído de cabeza cuando era pequeño...

Además, lo guapo no siempre era lo bueno, y ella había tomado suficientes malas decisiones por lo que se refería a su vida amorosa. El siguiente hombre al que permitiera entrar en su mundo y en su cama tendría que quererla exactamente tal como era.

–¡Espera! –gritó Shane al joven que montaba el caballo–. Espera.

Elias, demasiado seguro de sí mismo pese a sus diecinueve años, tiró con fuerza de las riendas. El potro frenó en seco. El lazo de Elias fue a caer a un metro del ternero, que se alejó a toda velocidad.

–Ese maldito ternero se está riendo de mí...

–No es el único –gruñó Shane–. ¿Por qué no me escuchas?

–Te estoy escuchando.

–No. Estás haciendo lo que te da la gana, y mira lo que consigues.

Elias masculló algo por lo bajo y recogió su lazo.

–Si espero demasiado, se me escapará.

–Esperar demasiado no es tu problema.

–Estás hablando como mi novia.

Shane rio entre dientes.

–Mejor será que practiques en ambos aspectos... Vamos, probemos de nuevo.

–¿Lo ves? Necesitas trabajar conmigo, Shane. ¿Qué puedes hacer aquí que sea mejor que el rodeo?

–Vivir.

–¡Menuda vida! Estás atrapado en una ciudad pequeña.

Yo te juro que, en cuanto salga, no volveré más. No me puedo creer que, pudiendo vivir en cualquier otra parte, te hayas quedado aquí.

Shane pensó en las ochenta hectáreas que había comprado y en las cuadras y la casa que pensaba construir.

–Tengo todo lo que necesito.

Elias esbozó una mueca.

–Diablos, ayúdame a ganar y te daré todo lo que tengo.

–Chico, tienes nervio, pero vas a necesitar mucha más práctica. Y yo estoy fuera de juego.

Elias señaló con la cabeza el corral más alejado, desde donde Khatar contemplaba la escena.

–¿Cuánto te gastaste en él? Habrías podido comprar un rancho entero por lo que pagaste.

–Lo merece.

–Tú sueñas.

–Es perfecto –comentó Shane, sin molestarse en mirar al semental.

–Si no te mata antes.

–Tiene su reputación. Eso te lo garantizo. Pero no creo que sea tan malo como dice todo el mundo. ¿Estás interesado en entrenar o en estar de cháchara conmigo? Tengo mejores cosas que hacer que quedarme aquí oyéndote decir tonterías.

Elias sonrió.

–He venido a aprender.

–Eso pensaba yo.

–Hasta las tres. Luego tengo que irme a Wyoming –había abierto la boca para decir algo más, pero de repente la cerró y soltó un silbido por lo bajo–. Aunque creo que no me importaría servirme un poco de ese pastel...

Mientras Elias hablaba, Shane sintió un cosquilleo en la nuca. No tuvo que volverse para saber quién había llegado. No tuvo que verla para comprender que su tarde acababa de emprender una carrera hacia lo imposible.

Elias se bajó del caballo. Dejó caer las riendas y se sacó el sombrero antes de dirigirse hacia la valla.

–Buenas tardes –la saludó con los ojos muy abiertos y una estúpida sonrisa en los labios.

Shane se resignó a lo inevitable mientras se volvía para ver acercarse a Annabelle.

Había cambiado su ajustado vestido veraniego por unos vaqueros y una camiseta: un atuendo que no debería haber resultado sexy, y que si embargo lo era. Los vaqueros subrayaban unas curvas impresionantes, y aunque las piernas no eran muy largas, estaban perfectamente torneadas. Se había recogido su ondulada melena roja en una trenza. Una mirada de sus ojos verdes bastó para que sintiera el impulso de caer de rodillas ante ella y suplicarle... No sabía muy bien qué, pero a esas alturas habría aceptado cualquier cosa que ella hubiera tenido a bien ofrecerle. Aunque si se trataba de algo ardiente, duraba mucho tiempo y era ilegal en varios Estados, sabía que podría gustarle incluso más.

–¿Es tuya? –le preguntó Elias por lo bajo.

–No, pero mantente al margen.

–Pero yo...

–Que no.

Elias resopló disgustado mientras giraba su sombrero entre los dedos.

–Hola, Shane –lo saludó Annabelle, deteniéndose frente a él–. He venido a recibir mi lección –sonrió al tiempo que adelantaba un diminuto pie–. ¿Ves? Me he comprado botas vaqueras. Quería causarte buena impresión, aunque debo reconocer que, en mi caso, cualquier excusa para comprarme calzado es buena –su sonrisa se amplió–. Tienen un toque femenino.

–Son muy bonitas –comentó Elias.

–Gracias.

Shane tuvo que resignarse a lo inevitable:

–Annabelle, este es Elias.

–Encantada de conocerte.

–El placer es mío –Elias la miró detenidamente–. Se suponía que tenía que irme a Wyoming. Dentro de un par de días es el cumpleaños de mi abuela. Pero puedo retrasar el viaje...

—No, no puedes —lo cortó Shane, mirando a Annabelle como esperando que se pusiera a flirtear con el joven.

—Deberíamos dejar a la dama que decidiera eso.

Annabelle miró a uno y a otro y frunció el ceño.

—Perdonad, ¿estáis hablando de mí?

—Elias quiere saber si debería quedarse —le informó Shane—. Por ti.

—No entiendo —frunció delicadamente el ceño.

—Podríamos salir a cenar —le ofreció Elias—. O cenar en mi casa.

—Tú no tienes casa —le recordó Shane—. Anoche te quedaste en la mía.

—Podría conseguir una.

—Tienes novia.

Elias se volvió hacia Annabelle:

—No es nada serio...

—Tienes diecinueve años.

El joven lo fulminó con la mirada.

—No me obligues a hacerte daño, viejo...

—Sigo estando un poquito confusa —dijo Annabelle, sacudiendo la cabeza—. Er... yo he venido aquí a aprender a montar a caballo.

Shane hizo un guiño a Elias.

—Eso ha sido un no.

—Como si tú fueras a hacerlo mejor.

Shane sabía que eso era probablemente cierto. Y lo más importante, por razones de supervivencia: necesitaba guardar las distancias con Annabelle Weiss. Por muy grande que fuera la tentación de hacer lo contrario.

—Respecto a lo de la clase de montar... —empezó ella.

Elias suspiró.

—¿Tan importante es la edad? Todo el mundo piensa que soy muy maduro.

Shane le dio una palmada en la espalda.

—¿Es eso lo que te dicen?

—Mantente al margen, viejo. Esto es entre la dama y yo.
Annabelle abrió mucho sus ojos verdes.
—¿Me estás pidiendo que salga contigo?
—Si has tenido necesidad de preguntármelo, es que lo estoy haciendo mal —masculló Elias.
—¿No tendrá tu novia algo que decir en todo esto? —le preguntó Shane al joven en voz baja.
Elias lo fulminó con la mirada.
—Cállate.
Shane volvió a darle una palmadita en la espalda.
—Ten paciencia, chico. Con el tiempo lo irás haciendo mejor.
—Lo hago bien.
—Oh–oh.
Shane volvió a concentrar su atención en Annabelle. Tal y como había sospechado, aquella mujer creaba problemas allá por donde pasaba. Por un momento no supo si arrepentirse de su oferta de ayudarla o preguntarse cómo podría sobrevivir si no volvía a verla más. Era de la clase de mujeres que...
Pero sus pensamientos se vieron interrumpidos por un tipo de problema completamente distinto que se acercaba desde el establo.

Annabelle no tenía empacho en admitir que tenía un pésimo historial por lo que se refería a los hombres, pero lo cierto era que nunca los había encontrado tan desconcertantes. El joven vaquero estaba coqueteando con ella, lo cual resultaba halagador, pero era absurdo. Ella era demasiado mayor para él. Y el hombre con quien querría emparejarse todavía no había aparecido.
«Es la altura», pensó con un suspiro. Como era pequeña, la mayoría de la gente daba por supuesto que era más joven. O más incompetente. O ambas cosas a la vez.
En cuanto a Shane, que todavía le parecía más guapo de lo que recordaba, parecía más divertido que atraído por

ella. Y quizá probablemente fuera mejor así. Al menos ese día se estaba comportando con naturalidad. Tal vez no se había sentido bien la última vez que se habían visto...

–No te muevas –le dijo Shane en voz baja.

–¿Perdón? –parpadeó asombrada.

–Que no te muevas. Quédate justo donde estás. ¿Elias?

–Estoy en ello, jefe –el joven se deslizó entre los travesaños de la cerca y empezó a caminar en un amplio círculo.

–Todo va a salir bien –afirmó Shane sin apartar la mirada de ella.

Annabelle supo que no se trataba de algún extraño juego: realmente había un problema. Se quedó helada mientras se imaginaba una gran serpiente acercándose. Una venenosa, de grandes colmillos, diseñada para matar en seis dolorosos segundos. O quizá estuviera amenazada por algo peor, aunque en aquel instante no conseguía imaginarse nada que lo fuera.

–¿Un oso? –inquirió esperanzada. Ser despedazada le parecía mejor que cualquier trato con una serpiente–. ¿Se trata de un oso?

–Un caballo.

–¿Qué?

Se volvió para descubrir al gran semental blanco del que habían estado hablando el día anterior. Al parecer se había escapado del establo y trotaba en ese momento hacia ella. Era un animal hermoso, como sacado de una película. La crin y el rabo resplandecían, cada músculo se dibujaba bajo su blanco pelaje y sus cascos eran de un negro brillante. Sus oscuros ojos estaban clavados en los suyos mientras se dirigía directamente hacia ella.

Pensó que tenía una expresión muy tierna, con lo que su nerviosismo desapareció. Era casi como si quisiera asegurarle que nada tenía que temer. Se llevó una mano al pecho.

–Me has asustado... Creía que era una serpiente. Aunque detesto ser tan poco original, comparto el típico miedo femenino a las serpientes –se volvió hacia el caballo–. Hey, chicarrón... Eres precioso. Pensaba que me daban miedo los caballos por lo grandes que son, pero tú eres muy bueno, ¿verdad?

–Annabelle, quédate tranquila –el tono de Shane era insistente, casi temeroso.

–De acuerdo –dijo ella–. Eso puedo hacerlo.

–Retrocede lentamente.

Por el rabillo del ojo, vio a Elias aproximándose con un lazo. El joven se acercaba agachado, casi corriendo. Pensó que probablemente estaría exagerando para impresionarla.

–Hey, chico –murmuró, estirando una mano para acariciar la cabeza del animal–. ¿Quién es el más guapo del mundo?

Khatar se acercó todavía más, con la cabeza tocando casi la cara de Annabelle. Ella le sonrió y aspiró el aroma del caballo. No era tan apabullante como había imaginado. Le palmeó el cuello.

–Eres muy fuerte –le dijo–. ¿No te dicen eso todas las chicas? Apostaría a que eres muy popular entre las yeguas.

El animal apoyó la cabeza en su hombro. Era tanto el peso que casi se le doblaron las rodillas, pero se las arregló para mantenerse en pie. Cuando lo abrazó, habría jurado que lo oyó suspirar.

–¿Qué pasa? –le preguntó, apartándose para frotar la mejilla contra la suya–. ¿Te sientes solo? ¿Es que Shane no te hace caso?

Miró por encima de su hombro y vio que ambos hombres la contemplaban fijamente. Los ojos de Elias estaban muy abiertos, al igual que su boca. Shane también estaba sorprendido, pero no tenía un aspecto tan cómico.

–¿Qué? –preguntó.

–Quédate tranquila –le aconsejó Elias. Su tono sonaba extrañamente urgente.

–Estoy tranquila. ¿Qué os pasa a vosotros dos? –miró a su alrededor, medio esperando ver una serpiente al acecho, o doce.

Shane y el joven cruzaron unas palabras en un susurro. En seguida, Elias comenzó a rodear al semental. Khatar, mientras se dejaba acariciar por Annabelle, lanzó una coz como si tal cosa. Elias saltó hacia atrás.

—Annabelle, por favor, apártate.

El tono de Shane había sonado severo. Annabelle obedeció. Khatar la siguió, frotándole el hombro con la nariz.

—¿Voy a montarlo? —inquirió.

—¡No! —respondieron ambos hombres a la vez.

—De acuerdo, de acuerdo... —volvió a concentrar su atención en Khatar—. ¿Eres muy valioso? ¿Es ese el problema? Eres lo suficientemente precioso como para valer un fortunón. Aunque «guapo» sería una palabra más adecuada, ¿verdad? ¿Quién es el chico más guapo...?

Elias y Shane volvieron a comentar algo en susurros.

—Annabelle, vamos a ponerle un ronzal a Khatar —dijo Shane con tono razonable, ligeramente irritante.

—¿Quieres que lo haga yo? —se ofreció ella—. Parece que le gusto.

—No. Quiero que retrocedas lentamente, mientras yo me coloco entre tú y él.

Annabelle tomó la gran cabeza del caballo con ambas manos y le dio un leve beso, arriba de la nariz.

—Pórtate bien con Shane, ¿me oyes?

Los ojos del animal parpadearon antes de mirar al vaquero. Las orejas se le pusieron de punta.

Annabelle no sabía gran cosa de caballos, pero aquella no le pareció una buena señal.

—¿Por qué no me quedo cerca? —le propuso—. Así se quedará tranquilo.

—No está loca, jefe —dijo Elías—. Míralo.

«No está loca». Vaya. Quizá podría mandar imprimir ese texto como calcomanía para el parachoques de su coche. Sería una buena manera de anunciarse en el mercado sexual. Los hombres acudirían en manadas.

Shane dudó por un segundo y luego asintió.

–Ten cuidado –le dijo–. Vigila sus cascos. Le gusta dar coces.
–¿Cómo lo sabes? ¿Te ha coceado a ti?
–No, pero...
Cruzó los brazos sobre el pecho.
–¿Ha hecho este caballo alguna cosa mala desde que lo compraste?
–No, pero...
Annabelle suspiró.
–¿Por qué crees entonces que es problemático?
–No lo creo. Es un caballo estupendo. ¿Te parece bien? ¿Estás contenta?
Shane avanzó. Khatar se removió ligeramente. Annabelle le frotó el cuello.
–No pasa nada, chicarrón. Él no va a hacerte daño y yo me quedo aquí contigo.
Khatar se relajó y Shane le puso el ronzal. Fue ella la que recogió la cuerda.
–Ahora te tengo en mi poder –el animal dio un paso hacia ella. Miró a Shane–. Supongo que ahora podré llevarlo a donde tú me digas.
Ambos hombres se quedaron de piedra. Una vez más. Shane señaló el corral de donde había salido el caballo. Hacia allí se dirigió Annabelle, acariciándole el cuello mientras caminaba, con su cabeza muy cerca de la suya. Cuando llegaron al cercado, le hizo entrar, cerró la puerta y desenganchó la cuerda del ronzal.
–De nuevo en casa –dijo con una sonrisa.
Khatar suspiró. O quizá resopló. No habría sabido decirlo.
Shane corrió el cerrojo.
–Annabelle, retírate lentamente hacia la puerta.
–Oye, en serio, no necesitas utilizar esa voz de «tranquilicemos al caballo loco». El caballo está bien. Es una lástima que no pueda montarlo.
–No puedes –le aseguró Shane–. Y ahora, por favor, sal del corral.

Hizo lo que decía. Khatar la siguió hasta la cerca y se la quedó mirando fijamente, con aspecto triste, afligido.

—Creo que se siente solo. ¿No podrías hacerle un poco más de caso?

Elias se reunió con ellos.

—Ese caballo es un asesino.

—No es un asesino. Es difícil —se apresuró a corregirlo Shane—. O al menos tiene esa reputación.

—¿No lo has averiguado por ti mismo? —le preguntó ella—. ¿Solo es una suposición tuya? —Annabelle se volvió para contemplar la desolada expresión de Khatar—. Quizá deberías ocuparte un poco más de él.

—Pienso hacerlo —le aseguró Shane.

El mundo parecía diferente a lomos de un caballo, pensó Annabelle media hora después. Estaba encaramada sobre Mason, el gran caballo de su amiga Charlie, agarrándose a la silla con las dos manos. Aunque había leído un par de libros sobre equitación, nada la había preparado para lo lejos que se veía el suelo desde allí.

—No creo que pueda hacerlo —pronunció desesperada.

El caballo se mantenía perfectamente inmóvil, lo cual era una buena señal. Si daba un solo paso, estaba segura de que se pondría a gritar.

Estar tan alta le daba mucho miedo, pensó frenética. A poco más de cincuenta metros de allí, Khatar corría como un loco a un lado y otro del cercado, relinchando como si la estuviera llamando.

—Si lo que me estás diciendo es que lleve cuidado, te estoy haciendo caso —murmuró, consciente de que el semental no podía escucharla. ¿Montar un caballo que bailara? ¿En qué diablos había estado pensando?—. Quizá me ponga a lavar coches. Eso me reportaría dinero, ¿no? Sé lavar coches.

Shane esbozó una sonrisa.

—Vamos, Annabelle. Yo ya montaba a caballo antes de aprender a andar en bicicleta. No es tan difícil.

—Yo soy demasiado pequeña —estiraba tanto sus cortas piernas que prácticamente estaban en paralelo con el suelo—. ¿Sabe acaso que estoy subida encima? ¿Y si se cree que soy un insecto y decide tirarme?

—Mason es un caballo muy bueno. No te pasará nada. Y ahora agarra las riendas.

Sacudió la cabeza. Eso significaría soltarse de la silla, algo que no estaba dispuesta a hacer.

—Utiliza la mano izquierda —la instruyó—. Puedes seguir sujetándote con la derecha.

—No quiero —gimió, pero lenta y cuidadosamente recogió las riendas. El grueso cuero estaba gastado y más suave de lo que había imaginado. Continuaba agarrándose con fuerza a la pesada silla, pero por un momento se sintió un poco más amazona, allí subida y sosteniendo las riendas.

—Ahora piensa en el caballo moviéndose hacia delante y clávale ligeramente los talones.

—¿Qué?

—Quieres que se mueva, ¿verdad?

—En realidad no.

Estaba dispuesta a seguir montada mientras el caballo permaneciera quieto. Todo lo demás le parecía demasiado arriesgado. Tuvo que recordarse que todo aquello era por una buena causa. ¿Pero golpearlo...?

—No quiero hacerle daño —ni enfadarlo. En aquel instante, por lo que a ella se refería, era el caballo el que estaba al mando de la situación.

—No se lo hagas entonces —replicó Shane—. Como te dije antes, sé cuidadosa.

Annabelle aspiró profundo y tocó ligeramente los flancos del caballo con los talones.

No sucedió nada.

Volvió a hacerlo. Esa vez Mason volvió la cabeza y la miró, como preguntándose si había sido ella o una hoja que lo hubiera tocado.

—He sido yo —informó al animal. Se removió en la silla, urgiéndolo a avanzar—. Camina.

El caballo dio un paso brusco. A lo mejor no fue brusco, pero ella lo sintió como tal: el mundo entero pareció balancearse a su alrededor mientras el animal se movía lentamente al paso. Chilló, soltó las riendas y se agarró a la silla con ambas manos.

Oyó algo sospechosamente parecido a una risa, pero tardó demasiado en mirar en la dirección de Shane.

–No me estás ayudando –le gritó.

–Lo estás haciendo bien.

–No lo estoy haciendo bien. Estoy flirteando con la muerte.

–Relájate. Muévete con él, en lugar de contra él.

Volvió a aspirar profundamente e intentó tranquilizarse. Mientras distendía los músculos, se dio cuenta de que el movimiento no era tan brusco como había pensado. Se estaba manteniendo en la silla y no sentía que estuviera en peligro de caerse. Mientras seguía aferrándose a la silla con la mano derecha, recogió nuevamente las riendas con la izquierda.

–Bien –dijo Shane, frunciendo los labios sospechosamente–. Justo así.

–¿Te estás burlando?

–Solo un poco.

Media hora después, Annabelle había descubierto lo que era ir al paso, e incluso se había visto zarandeada durante un breve trote que la había dejado dolorida. Se las había arreglado para levantarse de la silla y empuñar las riendas como una verdadera amazona.

–No ha estado mal –observó Shane mientras frenaba a Mason.

–Gracias –dijo ella, inclinándose y palmeando el cuello del caballo.

–Estaba hablando con él.

Annabelle arrugó la nariz.

–Muy gracioso. Y ahora... ¿cómo me bajo?

Había usado una escalera de madera para situarse al nivel del caballo y montar, pero desmontar era otra cosa. Si

Mason no se colocaba en la posición correcta, ella podía perder pie y romperse un hueso.

–Alza la pierna derecha, tírala hacia atrás por encima de la grupa del caballo y posa el pie en el suelo –dijo Shane, sujetando el caballo del freno–. Yo me encargo de que se quede quieto.

Annabelle miró al suelo y negó con la cabeza.

–No creo que pueda.

–No puedes quedarte ahí arriba toda la vida –le recordó–. No te pasará nada.

–¿Tienes idea de lo muy baja que soy? Ahora mismo estoy más lejos del suelo que cualquier otra persona.

–No más de unos pocos centímetros.

Una distancia de unos pocos centímetros podía llegar a ser muy significativa. Annabelle pensó que él, como hombre que era, debería saber eso. Aun así, su argumento de que no podía quedarse sentada en aquella silla durante el resto de su vida era bueno. De modo que siguió sus instrucciones sobre cómo colocar las manos y pasar luego la pierna por encima de la ancha y muy alta grupa de Mason. Agarrándose fuerte a la silla, tanteó con el pie en el aire hasta que por fin sintió la solidez del suelo.

Luego se soltó... solo para descubrir que era incapaz de mantenerse de pie.

Estiró los brazos mientras se balanceaba, con las piernas demasiado débiles para soportarla. Era como si sus músculos se hubieran convertido en una pasta *al dente*.

Justo antes de caer al suelo, se vio envuelta y sujeta por unos fuertes brazos.

Se encontró de pronto presionada contra Shane, mirando aquellos oscuros ojos que tenían un brillo de humor. Tan cerca como estaba de él, le pareció todavía más guapo. Le gustó la firmeza de su mandíbula y el dibujo de su boca. Fue consciente de sus manos: una en su cintura y la otra descansando sobre sus riñones. Arrebujada contra su pecho, sentía calor por todas partes.

–Los músculos tardan un momento en recuperarse después de la monta –murmuró él–. Tenía que habértelo advertido.

Sintió la primera punzada seria de atracción atravesándola de parte a parte. Una punzada que la dejó más débil de lo que podría dejarle nunca la experiencia de montar a caballo, y expuesta a cincuenta clases diferentes de peligro.

Al parecer, Shane debería haberla advertido también sobre muchas otras cosas más.

Capítulo 3

–Lo encontré –anunció la niña toda orgullosa, blandiendo la última edición de la serie del *Conejo Solitario*. Aquella en concreto, *El Conejo Solitario va a la playa*, mostraba al famoso personaje con una pamela, tomando el sol sobre una toalla con el mar al fondo.

–Te va a encantar el cuento –le aseguró Annabelle–. Es uno de mis favoritos.

–¡No puedo esperar!

La niña corrió a mostrárselo a su madre.

Las mañanas de verano eran las más atareadas de la biblioteca. El programa de lectura vacacional coordinado con las escuelas hacía que se llenara de niños y de muchos padres.

Para las bibliotecarias el horario era más corto, pero más intenso el trabajo. Había que sacar adelante las tareas con menos horas y además con un montón de gente alrededor. A Annabelle le encantaba ver la biblioteca repleta, con la mayor parte de los asientos ocupados y los ordenadores echando humo de actividad.

Habitualmente no trabajaba en la sección infantil, pero la bibliotecaria jefe estaba de vacaciones y Annabelle la estaba sustituyendo encantada. Aquel trabajo tan poco habitual para ella le daba menos tiempo para pensar... lo cual era una buena cosa, teniendo en cuenta al hombre que tenía en la cabeza.

No había sido capaz de dejar de pensar en Shane desde

el «incidente del caballo». Técnicamente había sido el incidente producido «al bajar del caballo», pero no sentía la necesidad de ser tan quisquillosa.

Había sido capaz de lidiar con el atractivo de Shane sin mayor problema. Era un tipo guapo, si bien algo extraño, que iba a enseñarle a montar a caballo. Pero luego lo había visto bromear con Elias y se había sentido intrigada por su sentido del humor. Lo cual tampoco habría significado ningún problema si el día anterior no hubiera terminado apretada contra su cuerpo. Apretada a tope, con ardor y hormigueos. Una peligrosa combinación.

Annabelle sabía que, por lo que se refería a los hombres, tenía la palabra «desastre» tatuada en la frente. Siempre estaba intentando ser lo que el hombre de turno quería que fuera. Tenía que aprender a ser ella misma. ¿Podría hacerlo? ¿Podría dejar que Shane viera cómo era en realidad y evolucionar a partir de allí?

Si no fuera tan atractivo... pensó, triste. Porque, sinceramente, pensar en el sabroso Shane y en su poderoso pecho, sus largas piernas y sus sorprendentemente grandes manos hacía que le entraran ganas de averiguar qué era lo más atractivo que *él* veía en ella... y adaptarse a sus expectativas. Lo cual solo podía causarle problemas.

—Quiero ser yo misma —se recordó en voz baja. Eso significaba romper con antiguos patrones, ser fuerte y, sobre todo, ser ella misma. Así que si a Shane le gustaban las mujeres bajas que mataban las plantas y eran aficionadas a la lectura y a salir con sus amigas, entonces tendrían una oportunidad. Si no, tendría que ignorar el ardor y los hormigueos y seguir adelante con su vida.

Aunque tenía que tener en cuenta que todavía no le había pedido que saliera con él...

La buena noticia era que al día siguiente era Cuatro de Julio. Lo que quería decir que no habría biblioteca ni lecciones de equitación. Podía entregarse a la diversión que suponía un día de fiesta en Fool's Gold y olvidarse de cierto duro vaquero de seductora sonrisa.

Un pequeño chillido la alertó de la llegada de la persona que había estado esperando. Annabelle caminó hacia los niños que se habían apelotonado alrededor del perro de mirada triste y de la mujer que lo llevaba de la correa.

Montana Hendrix Bradley le sonrió.

—Ya estamos aquí.

El automático «gracias por venir» de Annabelle se le atascó en la garganta nada más contemplar su gigantesco vientre de embarazada.

—¿Estás bien? —le preguntó—. Pareces...

—¿Enorme? —Montana se frotó los riñones—. Estoy contando los días. Ya no estoy cómoda en ninguna postura. No puedo dormir —bajó la voz—. Orino a todas horas. Digamos que no soy una de esas mujeres que resplandecen durante el embarazo.

Annabelle experimentó una ligera punzada de envidia.

—Pero tendrás un bebé.

—Ésa es la parte buena. Solo un par de semanas más y tendremos una niña preciosa.

—¿Qué tal está llevando Simon la espera?

Ante la mención de su marido, la expresión de Montana se dulcificó.

—Me está volviendo loca, agobiándome todo el tiempo. Me telefonea a cada rato y me trata como si fuera de porcelana.

—Te encanta.

—Y a él. Ambos estamos igual de entusiasmados —miró a los niños que se apelotonaban en torno a Buddy—. Está bien, empecemos de una vez.

Solo tardó un par de minutos en conseguir que el primer lector se sentara con Buddy. Montana había comenzado el programa de lectura el año anterior. Buddy, un perro de terapia debidamente entrenado, era la elección perfecta. Tenía una expresión de constante preocupación que hacía que los niños se esforzaran instintivamente por alegrarlo. Cuando se ponían a leer, el animal se relajaba.

Durante el curso escolar, Buddy viajaba a diversas escuelas del distrito. En vacaciones era tutor habitual en la biblioteca. Annabelle había visto la gran ayuda que suponía para los niños que tenían problemas de lectura. Mientras que un niño podía sentirse incómodo leyendo en voz alta ante un adulto, un perro nunca juzgaba ni criticaba.

Una vez que Buddy y su primer lector se hubieron instalado en los sillones de espuma, Montana volvió a reunirse con Annabelle y se sentó con cuidado en una silla.

—Pareces tan preocupada como Buddy —le comentó mientras se recogía un mechón rubio detrás de la oreja. Seguía llevándolo largo y con flequillo. Montana era igual de bella que sus dos hermanas, trillizas idénticas como eran. Las tres se habían casado la Nochevieja del año anterior en una memorable ceremonia en el Gold Rush Lodge Ski.

—Aunque tenemos documentación suficiente sobre partos en esta biblioteca, no sé si estoy preparada para poner toda esa teoría en práctica...

Montana se echó a reír.

—No te preocupes. El hospital está cerca y, créeme, Simon se asegurará de llevarme. Mi pobre ginecóloga está acostumbrada a vérselas con maridos histéricos, pero como Simon es médico, se pondrá a hacerle preguntas técnicas. Sospecho que amenazará con sedarlo cuando yo me ponga de parto. ¿Qué tal van los preparativos de boda de Heidi?

—Estamos todavía en la primera fase —respondió Annabelle—. Heidi está empezando a organizarse y Charlie y yo hacemos todo lo posible por ayudarla. Entre la remodelación de la casa, sus cabras, él éxito de su negocio de quesos y ahora su compromiso, tiene que hacer verdaderos malabarismos.

Un brillo de diversión asomó a los ojos de Montana.

—Charlie no encaja exactamente en la idea de una planificadora de bodas...

—¿Porque no es lo suficientemente femenina? —replicó Annabelle con una risita. Charlie era una amiga maravillosa, pero nadie podía imaginársela ayudándola a una a escoger la mantelería de un banquete nupcial.

–No lo es mucho, que digamos.

–Se está esforzando porque es una buena amiga. Y es divertido verla tan fuera de su zona de confort.

–Dile a Heidi que le agradezco que haya fijado su boda un mes después del día previsto de mi parto... Así tendré tiempo de recomponer mi figura y ponerme un vestido decente, en lugar de las atractivas tiendas de campaña que luzco ahora.

–Estás maravillosa. Y, perdona que te lo diga, pero tienes ese resplandor de las embarazadas.

Montana sonrió.

–No se lo digas a nadie, pero no es un resplandor. Es pánico.

–Serás una gran madre.

–Eso espero. En cualquier caso, mi mamá está encantada. Ha pasado de tener un único nieto durante once años a la situación siguiente: se entera de que Ethan tenía un hijo del que no sabía nada, Dakota adopta a Hannah el año pasado, y este año Dakota tiene a Jordan Taylor y yo voy a tener una niña... –aspiró profundo–. ¡Uf! Ha sido una frase bien larga.

Annabelle se echó a reír.

–¿Todavía no habéis elegido nombre para el bebé?

–Seguimos en negociaciones –la expresión de Montana se tornó especulativa–. He oído que el *macizo* hermano de Rafe se ha trasladado de forma permanente a Fool's Gold. ¿Lo has visto? ¿Es como dicen que es?

–¿Shane? Es atractivo –Annabelle vaciló, sin saber qué más decir. No estaba dispuesta a confesarle lo del hormigueo a nadie.

–Me encantan los vaqueros –pronunció Montana, suspirando–. Es broma, claro. Simon es el mejor hombre sobre el planeta y yo soy la mujer más afortunada del mundo –sonrió–. Pero una chica tiene derecho a fantasear un poco, ¿no? ¿Has visto al tercer hermano Stryker? ¿Clay?

—He visto su trasero —Clay era modelo profesional de moda y doble de trasero en el cine. Sus... atributos habían aparecido en más de alguna película.

—Impresionante —comentó Montana con una sonrisa—. Es un tipo muy atrevido.

«Demasiado guapo para mi gusto», pensó Annabelle. Shane, en cambio, tenía una belleza tosca, dura.

—¿Qué hay de tu vida amorosa? —le preguntó Montana—. Te advierto que últimamente las bodas suelen venir de tres en tres. Tú eres amiga de Heidi, lo que quiere decir que corres peligro. O que estás de suerte, depende de cómo lo mires.

—No, gracias —repuso Annabelle—. No estoy interesada.

—¿No eres una gran creyente en la gran palabra que empieza por la letra a?

—Creo en el amor. Es solo... —se encogió de hombros—. Antes pensaba que había tenido mala suerte con los hombres, pero ahora también me culpo a mí de ello. Cuando finalmente encontré al que creía era el hombre de mi vida... resultó ser un marido egoísta y controlador que esperaba que representara el papel de mujer florero.

—Vaya.

—No fue algo agradable. Pero últimamente me he estado preguntando si no tendría yo buena parte de la culpa... Creo que le escondí una buena parte de mi personalidad con tal de complacerlo. Solamente cuando las cosas se torcieron de verdad me di cuenta de que él no tenía ni la más remota idea de quién era yo. No he sido lo suficientemente fuerte. Ya sabes, como las mujeres Máa-zib. Yo quiero una relación de verdad, pero solo si el tipo en cuestión me quiere también a mí tal como soy. Quiero un amor que sea loco y sincero. Estoy harta de las relaciones seguras y falsas.

Con sus antecedentes, había estado tan decidida a comprometerse a fondo... A ser una de aquellas parejas que permanecían juntas durante sesenta o setenta años, y se morían tomados de la mano. Lewis le había hecho creer que él era justo el hombre que había estado buscando y ella la mujer de su vida. Pero lo cierto era que no habían sido en absoluto tal para cual.

—Perdona —dijo Montana, acariciándole un brazo—. No quería traerte malos recuerdos.

—No pasa nada. Ojalá las cosas hubieran sido distintas. Con sinceridad: prácticamente he renunciado a encontrar el hombre de mi vida.

—¿Y lo de salir con tipos?

—Hasta el momento no he tenido éxito.

—No te olvides de tener un poco de fe —le dijo Montana—. El amor se presenta cuando menos te lo esperas. Mírame a mí. La primera vez que conocí a Simon, pensé que era el típico estirado con el sentido del humor de una piedra —se echó a reír—. Pensé que era un imbécil, aunque un imbécil muy sexy. Y ahora estamos juntos y vamos a tener nuestro primer bebé. A veces me despierto preguntándome cómo he podido tener tanta suerte.

En boca de su amiga, enamorarse sonaba maravilloso. Annabelle deseaba también creer en ello, pero ya se había equivocado antes. Había llegado el momento de utilizar una nueva estrategia: una que incluyera permanecer fiel a sí misma.

En Fool's Gold sabían hacer fiestas. Eso era lo que pensaba Shane mientras atravesaba la ciudad aquel Cuatro de Julio. Había atracciones de feria, puestos de comida, juegos para niños en el parque y muchísima gente. Aunque todavía era una hora muy temprana de la tarde, las aceras estaban repletas de gente y no tardó en verse separado de su hermano y de Heidi.

«Mejor así», pensó, deteniéndose para ganar distancia entre ellos. Cuando Rafe le propuso que los acompañara a bajar a la fiesta, Shane aceptó sin pensárselo dos veces. Sin pensar, por ejemplo, en que el hecho de que Rafe y Heidi estuvieran locamente enamorados y se lanzaran continuamente miraditas de amor podía llegar a recordarle lo muy solo que estaba. Y lo poco probable que era que eso fuera a cambiar.

Se alegraba de que su hermano, que siempre había vivido para trabajar, se hubiera relajado lo suficiente para encontrar a una mujer tan fantástica como Heidi, y esperaba que fueran muy felices juntos. Pero no necesitaba esa ilustración en tres dimensiones de lo que él nunca tendría. No mientras siguiera obsesionado con Annabelle.

Si pudiera olvidarla, quizá podría intentarlo con alguien más... normal. Una mujer sensata de bonita sonrisa. Una mujer a la que pudiera llegar a amar de una manera sensata, razonable. Eso era lo que quería. Una relación segura. Nada de fuego ni de pasión desesperada. Porque lo otro podía dejarlo convertido en un montón de cenizas.

Varios metros más adelante, Heidi se puso a buscarlo con la mirada. Cuando lo descubrió, retrocedió y lo tomó del brazo.

—¿Qué te parece? —le preguntó—. ¿No te parece una ciudad fantástica?

—De pequeño tenía el recuerdo del Cuatro de Julio como un gran acontecimiento, pero la verdad es que tanta fiesta me tiene sorprendido. Es más impresionante de lo que recordaba.

—Me alegro —se apoyó contra él—. ¿Tú no compartías la manía que Rafe le tenía a la ciudad?

—No. A mí me gustaba mucho.

Rafe, el mayor de los Stryker, había sido quien había ejercido el papel de responsable de la familia cuando su padre murió. Por aquel entonces no había sido más que un chico, pero se había preocupado mucho por su madre y sus hermanos, había trabajado duro y hasta se había quedado con hambre para que todo el mundo tuviera lo suficiente para comer.

Shane había tardado años en tomar conciencia de todo aquello a lo que había renunciado Rafe. Para cuando por fin lo hizo, Rafe ya estaba en la universidad, en Harvard, con una beca, rumbo hacia el éxito. Para Shane, Clay y Evangeline, Fool's Gold había sido siempre el mejor lugar del mundo. A Rafe, en cambio, le recordaba al niño pobre, hambriento y asustado que había sido.

—Siento no haber podido ayudarte más con la casa —le dijo Heidi—. Entre las cabras y la boda, estoy desbordada. Pero sacaré más tiempo.

Se estaba construyendo una casa, o empezaría a hacerlo tan pronto como aprobara los planos. Sabía exactamente cómo quería que fueran las cuadras, pero las decisiones relativas a la casa lo tenían desconcertado. Había cientos de modelos de picaporte diferentes. No podía entender por qué su contratista se sentía incómoda teniendo que tomar ella misma ese tipo de decisiones.

—No es tu problema —le dijo a Heidi—. Ya me las arreglaré.

—Podrías pedirle ayuda a tu madre cuando vuelva.

—No, gracias —no solo estaba de viaje con Glen, sino que Shane no quería vivir en una casa que hubiera diseñado su madre. No dudaba de que tenía buen gusto, pero eso le resultaba demasiado extraño—. Son solo unos cuantos detalles. Ya me las apañaré

—Eso espero —Heidi le palmeó el brazo—. ¿Quieres montarte en un poni? —le preguntó con una sonrisa, señalando la fila de niños que esperaban su turno—. Te invito yo.

—No —se estremeció.

—¿No te gustan los ponis?

—Son malos.

—No hay un solo poni malo en todo el planeta.

—Estás hablando como mi madre —gruñó Shane.

Iba a añadir algo, pero antes de que pudiera hacerlo, sintió una punzada de calor. Si hubiera estado en medio del bosque, habría pensado que lo estaba acechando un peligroso animal. Pero allí, en medio de aquella multitud, solo existía un tipo de peligro. Y él, o ella, se estaba acercando.

Se volvió para descubrir a Annabelle hablando con una bombero de uniforme. Tardó un segundo en apartar la mirada lo suficiente de la impresionante pelirroja como para ver que se trataba de una bombera y reconocer a Charlie Dixon, la dueña de Mason, el caballo que tenía acogido en su rancho.

Annabelle alzó entonces la mirada y lo vio a él y a Heidi. Les hizo una seña, dijo algo a Charlie y las dos mujeres se acercaron. Shane se preparó para el impacto.

Ese día, Annabelle se había vestido para causar un verdadero tumulto por donde pasara. El ligero vestido veraniego era de color verde claro, con tirantes finos. Llevaba el pelo suelto: una cascada de largos rizos que le caía sobre la espalda. Shane tuvo que recurrir hasta la última fibra de su autocontrol para no llevársela al rincón oscuro más cercano y aprovecharse de ella de todas las maneras posibles.

—Hola —lo saludó Annabelle mientras se acercaba—. Shane, ¿conoces a Charlie?

La bombera, una mujer alta y musculosa de grandes ojos azules y expresión sarcástica, suspiró.

—Guardo mi caballo en el rancho de su familia. Claro que conozco a Shane.

—Ya —sonrió Annabelle—. Está de mal humor. Charlie odia el Cuatro de Julio.

—No odio el día de fiesta —masculló Charlie—. Odio que la gente haga estupideces, y este es el día más indicado. ¿Sabes cuántas llamadas tenemos que atender por culpa de los imbéciles que se prenden el tejado de su propia casa con fuegos artificiales, y todo porque no se molestan en leer unas simples instrucciones sobre su uso? Es pirotecnia. Uno tiene que saber lo que está haciendo o dejarlo en manos de profesionales.

Annabelle le palmeó el brazo:

—Respira profundo varias veces. Tranquilízate.

—Mañana me tranquilizaré —Charlie frunció el ceño—. ¿Qué pasa con los animales de Castle Ranch? ¿Oirán los fuegos artificiales?

Heidi sacudió la cabeza.

—Estamos demasiado lejos de la ciudad. Pero no te preocupes. Shane regresará pronto y se encargará de ellos.

—Gracias. Me preocupa Mason –admitió Charlie.

—Eres una gran mamá–caballo –le dijo Annabelle–. Y Mason es muy bueno. Estuvo muy tranquilo conmigo. Aunque creo que se burló un poco cuando me caí al bajar.

—No lo dudes –repuso Charlie, alegre–. En cualquier caso, es muy manso. Imagínate como habría reaccionado un caballo con carácter.

—Como Khatar –murmuró Heidi–. A mí me da miedo.

—¿Khatar? –Annabelle sacudió la cabeza–. ¿Por qué te da miedo? Es muy dulce.

Shane había aprovechado que las mujeres estaban distraídas hablando para sobreponerse a su acaloramiento. En ese momento se aclaró la garganta y logró pronunciar:

—Khatar se escapó de su corral cuando Annabelle estaba presente, hace un par de días. Parece que le gusta.

—¿Para comérsela? –inquirió Charlie.

Annabelle sonrió.

—Incluso yo sé que los caballos son vegetarianos.

—Si alguno pudiera hacer una excepción, sería él. Lleva cuidado.

—Estoy bien. Si casi me hace hasta arrumacos... No es como pensáis.

Heidi le lanzó la misma mirada escéptica que Charlie.

—Guarda las distancias con él, Annabelle. No es como Mason ni como los demás caballos.

—Yo me encargaré de que no le pase nada –aseguró Shane.

Charlie enarcó una ceja, pero no dijo nada.

—Bueno, al menos Khatar no estará por mucho tiempo aquí –comentó Heidi.

—¿Adónde se va? –le preguntó Annabelle a Shane–. No lo habrás vendido, ¿verdad?

—No. He comprado ochenta hectáreas junto a Castle Ranch. Estoy levantando unas cuadras, y también una casa.

—¿Y eso? —sonrió Annabelle—. ¿No quieres quedarte a vivir para siempre con tu madre y su novio?

Shane soltó un gruñido.

—Te olvidas de mi hermano y su prometida... No, gracias.

—Hablando de tu hermano: será mejor que vaya a buscarlo —dijo Heidi.

—Te acompaño —le propuso Charlie—. Tengo que volver al cuartel.

Shane esperó que Annabelle se marchara con sus amigas, pero no se movió. En cuestión de segundos, a pesar de los centenares de personas que los rodeaban, se quedó a solas con ella.

—Vamos —le dijo—. Te enseñaré la ciudad. Luego me contarás lo diferente que la has encontrado desde que estuviste aquí de niño.

No encontró una manera educada de negarse y, en realidad, le gustaba la idea de pasar un rato con ella. Eso suponiendo que consiguiera mantener las manos quietas y pensar en algo que no fuera la sensación de su boca contra la suya...

Su gran plan pareció irse al traste cuando Annabelle lo tomó del brazo y se apoyó en él.

—Como ya sabrás —empezó—, la fiesta de Fool's Gold es la más importante de la comarca. Y quizá del mundo —alzó la mirada y le sonrió.

Veía su boca moverse, así que suponía que estaba hablando, pero no podía oír más que una especie de zumbido. Una punzada de calor lo atravesó con la misma sutileza que un montador de toros irrumpiendo en medio de una multitud. Su cara tenía algo mágico: su forma perfecta, el verde oscuro de sus ojos, las largas pestañas, el fogonazo de sus dientes blancos cada vez que sonreía...

Incluso en medio de aquella multitud, rodeados como estaban de puestos de comida, solo podía respirar la leve fragancia de su perfume. O quizá solo fuera el aroma de su cuerpo. Una mezcla de vainilla e invitación...

—¿Shane?

Se prometió que, cuando volviera al rancho, se daría de cabezazos contra la pared más cercana hasta que volviera mínimamente en sí.

—Perdona —murmuró.

—No pasa nada. Dime, ¿qué es lo que recuerdas de tu infancia aquí?

Se concentró en la pregunta. Era muchísimo más seguro que concentrarse en ella.

—Que adoraba el rancho. Siempre había tanto que hacer.... Allí tenía a mis hermanos, mis amigos. Cuando mamá nos dijo que teníamos que irnos, la amenacé con escaparme. Todos nos pusimos muy tristes... excepto Rafe.

—Heidi me comentó una vez que Rafe no quería volver —se rio—. Ahora está atrapado. Suele pasar cuando un tipo se enamora —giró la cabeza y le rozó el brazo con su larga melena—. ¿Tú siempre planeaste volver?

—No. Yo sabía que quería tener mi propio rancho, y planeaba tenerlo, pero no me había convencido ningún emplazamiento hasta que Rafe y mi madre me dijeron que habían comprado Castle Ranch. Lo visité, vi el terreno contiguo y lo compré.

—Impresionante. Y yo aquí, toda entusiasmada por haber acabado de pagar mi coche —frunció el ceño—. Pero no tienes casa, ¿verdad? Te la estás construyendo.

—Sí, y la cosa va lenta —suspiró Shane—. Las cuadras son fáciles. Sé lo que quiero y lo que no quiero. Pero la casa es un incordio. Cada vez que me paso por la obra, la contratista tiene más preguntas que hacerme. Que si las luces, los fregaderos, las encimeras, los electrodomésticos...

—¿No te gusta ir de compras? —le preguntó ella con un brillo de diversión en los ojos.

—No.

—Si fuera una casa prefabricada, sería estupendo, ¿verdad? Con los complementos y acabados genéricos de una vivienda. Elegirías una cosa de la columna A, dos de la columna B y... ¡listo! Ya tendrías la casa.

–Te burlas.
–Un poco. Pero mayormente porque es fácil.
–Gracias –gruñó–. ¿Tú te construiste tu casa?
–No. Se la alquilé a un encantador trotamundos, y me vino ya con todo. Me encantaría hacer algunos cambios, pero mi casero no comparte mi afición al diseño de interiores. Aunque me ha dejado que pinte las paredes de otro color que blanco, cosa que le agradezco –sonrió–. Tengo que confesar que me encantan esos programas de decoración de casas que dan por la tele, y soy la primera en leer las revistas de hogar cuando llegan a la biblioteca.

Se detuvieron ante una fila de puestos de comida. Shane señaló con un gesto todo lo que ofrecían: desde limonada hasta algodones de azúcar.

–¿Qué quieres? –le preguntó.
–Nada, gracias.

Había esperado que fuera a por una bebida y quizá algo de comer. Cualquier cosa con tal de que pudiera librarse momentáneamente de ella. No era que no disfrutara de tenerla tan cerca, tan apretada contra él, pero ese precisamente era el problema. Que estaba disfrutando demasiado.

Dos niños pasaron corriendo al lado y a punto estuvieron de chocar contra ella. Annabelle consiguió apartarse a tiempo, lo que hizo que sus senos entraran en contacto directo con su pecho. Shane apretó los dientes y reprimió un gruñido mientras un sensual ardor lo abrasaba por dentro.

–Perdón –se disculpó ella, apartándose–. Me encanta esta ciudad, pero la verdad es que en verano se pone demasiado concurrida.

–¿Cuánto tiempo llevas aquí? –le preguntó, obligándose a pensar en las encimeras de granito y los azulejos para su casa. Cualquier cosa con tal de evitar que la sangre enfilara rumbo al sur para instalarse allí.

–Me vine el año pasado. Tuve suerte. Quería empezar de nuevo y encontré este trabajo casi inmediatamente –lo miró–. Estuve casada. Después del divorcio, me entraron ganas de irme lo más lejos posible.

—¿De dónde?
—Carolina del Norte.
—Sí que estamos lejos de allí. No tienes acento sureño.
—Crecí en Arizona.
—¿Te gusta esta costa?
—Me encanta. Aquí hay estaciones. Tenemos nieve —sonrió—. Me puse un poco nerviosa cuando tuve que aprender a conducir en la nieve, pero no me fue tan mal. Tengo buenos neumáticos y nervios de acero. O quizá solo sean de plástico duro... En cualquier caso, sobreviví. Y recibí mi primera lección de trineo.
—¿Qué tal fue?
—Terrible —se echó a reír—. Mi instructor tenía doce años y no cesó un momento de reírse de mí.
—Ya lo harás mejor este año.
—Eso espero —se puso seria—. Me preocupaba lo de empezar de cero, pero ha salido bien —lo miró de reojo—. Er... Tengo entendido que hay una exseñora Stryker en tu pasado.
—La hay.
—¿Te arrepientes?
—¿De haberla dejado? No. Rachel fue un error de principio a fin. Nunca debí haberme casado con ella.
Annabelle se detuvo entonces frente a él.
—Guau. ¿Todavía poniendo energías en algo que salió mal?
—No, pero doy gracias por cada día que no paso con ella.
—¿Cómo era?
Estaban a menos de medio metro de distancia. Todo en ella lo tentaba. Si cerraba los ojos, sería perfectamente capaz de imaginársela al detalle. Peor aún: sería capaz de oír su risa... un sonido que se le antojaba tan delicioso como el resto de su cuerpo.
—Un desastre.
Annabelle sonrió.
—¿No vas a contestar a la pregunta?

Se quedó callado, pero luego decidió responder con la verdad:

–Se parecía mucho a ti.

–Mamá está pensando en comprarte una piscina –dijo Shane.

Vio que Priscilla alzaba las orejas con interés.

–Al menos *tú* estás hablando conmigo. Eso es algo.

La elefanta volvió su enorme cabeza hacia él y le rozó ligeramente un brazo con su trompa, como recordándole que no podía culpar a nadie más que a sí mismo.

–Lo sé –musitó–. Yo soy el malo de la película.

El día anterior no había querido herir los sentimientos de Annabelle. Cuando le confesó que ella le recordaba a Rachel, la pobre se había quedado pálida; inmediatamente se había disculpado y se había marchado.

–Quizá debí haber salido en su busca.

Priscilla pareció replicar, con su sabia expresión: «¡no me digas!».

–Pero eso habría significado atraparla –detenerla, ponerle posiblemente una mano en el hombro. ¿Pero luego qué? Tenía el mal presentimiento de que un simple contacto sería lo único que necesitaría para...

Era temprano, hacía poco que había amanecido. Shane no había dormido mucho, de manera que ya estaba despierto cuando llegó la hora de levantarse para atender a los animales. Su estado de ánimo no preocupaba gran cosa a sus caballos y a la dispar colección de viejas llamas y ovejas de su madre, Priscilla incluida. Querían desayunar.

Oyó un portazo, el de la puerta trasera. Shane vio a su hermano dirigirse decidido hacia él y comprendió que la noticia ya había corrido.

–¿Qué diablos...?

–Buenos días a ti también –gruñó.

–Heidi y Annabelle son amigas.

–No quiero oírlo.

—No me importa. Vas a oírlo. Annabelle está dolida, Heidi enfadada y yo me encuentro en medio. ¿Qué le dijiste?

—Estuvimos hablando de Rachel.

—Buen tema para una primera cita.

—No era una cita.

—Ya. Por lo que he oído, ni siquiera tú eras tan obtuso con las mujeres.

Shane abandonó el recinto de Priscilla. Tuvo que recordarse que no quería pelearse con su hermano, aunque en aquel momento no veía razón alguna para no hacerlo.

—Me preguntó cómo era Rachel. Y yo le dije que ella me la recordaba.

Rafe se lo quedó mirando con expresión incrédula.

—Y antes habías estado despotricando contra Rachel.

—No, no despotriqué.

—Siempre despotricas contra ella. Le explicaste lo muy mala que era y luego le dijiste a Annabelle que ella era igual.

Shane pensó nostálgico en el café que aún no había tomado.

—Yo no le dije eso.

—Casi —Rafe juró entre dientes—. No me gusta ver a Heidi enfadada.

—Me disculparé.

—¿Con Annabelle?

Shane asintió. Quizá no tuviera necesidad. Quizá Annabelle estuviera en ese momento decidida a evitarlo.

—Ella no es como Rachel —le dijo Rafe—. Rachel era una bruja. Annabelle es buena.

—Yo no me refería a su personalidad —se apresuró a explicarse Shane—. Es más bien...

Rafe esperó, pero Shane se limitó a sacudir la cabeza. No iba a confesarle que la necesidad que había sentido de poseerla era la misma que había experimentado con su exmujer. La diferencia estribaba en que con Annabelle se lo pasaba bien.

—Es peligrosa —pronunció al fin.
—¿Qué? ¡Pero si es una bibliotecaria!
—¿La has visto?
—Claro. Bajita y pelirroja. ¿Y qué?
«¿Y qué?», se preguntó a su vez Shane. Aquella mujer era la tentación hecha carne.
—Lo de la bibliotecaria es como un disfraz. Una fachada.
Rafe gruñó.
—Tienes un problema. Arréglalo. No quiero tener que escuchar lo muy imbécil que eres por boca de Heidi.
—Me encargaré de ello.
Ojalá supiera cómo exactamente.

Capítulo 4

Annabelle se dijo que tenía que ser una persona madura. Posiblemente por primera vez en su vida, reflexionó con una sonrisa. Quizá estuviera dando demasiada importancia a lo que le había dicho Shane. Era solo que evidentemente odiaba a su exmujer, y el hecho de que le hubiera oído decir que le recordaba a ella la había desconcertado. Y sí, también le había dolido un poco.

–Necesito aprender a montar a caballo –pronunció en voz alta antes de cuadrar los hombros y agarrar con fuerza el volante–. Por el bien del bibliobús.

Necesitaba no perder de vista su objetivo. La fiesta culminaría con el baile del caballo. Era ella la que se había comprometido a aprender a montar. Alguien había donado de forma anónima el dinero para pagar las clases. Tampoco iba a suplicarle a nadie...

Alguien golpeó de repente la ventanilla de su coche aparcado. Dio un grito y saltó en su asiento... hasta que vio a Shane.

Su primer impulso fue regresar a casa. Pero ya estaba allí y necesitaban reconciliarse. Bajó el cristal.

–Hola.

–Hola. No sabía si aparecerías.

Intentó adivinar si estaría complacido o decepcionado por ello. Pero la mirada de sus oscuros ojos resultaba imposible de descifrar.

—Te pido disculpas —pronunció él bruscamente—. Por lo que dije. No era mi intención decirlo de esa forma.

—¿Cómo querías decirlo?

Vaciló e inspiró profundamente.

—¿Podemos olvidarnos del tema? —abriendo la puerta del coche, le tendió la mano—. Mira, me gustaría mucho enseñarte a montar, y también enseñar a uno de los caballos a ejecutar el baile. Si es que aceptas mis disculpas.

Annabelle pensó que si hubiera estado de pie, se habría caído redonda al suelo. Shane se estaba mostrando todo amable y conciliador con ella. Si le decía que no, sería ella la que quedaría en ridículo. Además de que necesitaba aquellas clases.

—Eso sería estupendo —respondió, y aceptó su mano.

Por un instante le pareció sentir un ligero hormigueo, pero en seguida se dijo que eran imaginaciones suyas. Tenía que tratarse de un fenómeno de electricidad estática.

La soltó nada más ayudarla a bajar del coche.

—Voy a buscar a Mason —le dijo mientras cerraba la puerta.

De repente se puso rígido y juró por lo bajo.

Annabelle se volvió para descubrir a Khatar trotando hacia ellos.

—Había cambiado la cerradura de su puerta —le informó Shane—. Quédate detrás.

Pero ella lo ignoró y caminó hacia el bello semental blanco.

—Es listo y guapo. ¿A que sí, chicarrón? ¿Quién es el caballo más listo del mundo? —mientras hablaba, estiró una mano y le acarició la cabeza.

Khatar se acercó todavía más. Colocó su corpachón entre ella y Shane, y bajó luego la cabeza para poder apretarla contra su pecho.

—Eres un pedazo de pan, ¿verdad? —miró por encima de sus orejas a Shane—. Deberías dejar que lo montara.

—No lo creo.

—¿Es porque es caro? Llevaré cuidado. ¿Acaso no necesita ejercicio? ¿Por qué no puedo hacerlo? Es tan dulce...
—No es dulce.
Si no hubiera tenido una expresión tan seria y preocupada, se habría echado a reír.
—Debes de confundirlo con otro caballo —le dijo antes de rodear con los brazos el poderoso cuello del animal—. Tú nunca me harías daño, ¿a que no?
—No puedes montarlo.
Había algo en el tono de Shane. Algo que hacía que le entraran ganas de sacarle la lengua y recordarle que él no era nadie para mandarle nada. Una reacción no precisamente muy madura.
Intentó decirse que Khatar era su caballo y que él tenía perfecto derecho a decidir quién podía montarlo y quién no. Aun así, Khatar se mostraba tan cariñoso...
—¿Puedo probar? —inquirió.
—No.
—¿Ni por un momento?
—Te tirará y luego te pateará.
—No hará nada de eso. Me adora. Te lo demostraré.
Estaba de pie junto a la cerca del corral, con el caballo entre ella y Shane. Con un rápido movimiento, apoyó un pie en el travesaño más bajo y se aupó dispuesta a montarse. Khatar incluso se volvió para facilitarle un mejor ángulo. El cuerpo entero de Shane se puso rígido mientras palidecía visiblemente.
—¡Annabelle, no!
Su tono era desesperado. Solo entonces se dio cuenta Annabelle de que no había estado bromeando respecto a su preocupación. Se disponía a bajarse cuando resbaló con la madera y empezó a caer. Se sujetó agarrándose a Khatar. El animal permaneció perfectamente inmóvil, como deseoso de asegurarse de que no se hiciera daño alguno.
Shane rodeó al animal por delante y se lo quedó mirando con fijeza.
—Está bien.

—¡Eh! Que sigo aquí colgada... —le recordó ella, aferrada todavía al cuello de Khatar y pataleando en el aire. Estaba empezando a resbalarse.

Shane se apresuró a sostenerla de la cintura.

—Ayúdame a subir.

Por un instante, Shane no se movió, como si no supiera qué hacer. Tomó luego su pie izquierdo y lo apoyó sobre su rodilla, que levantó.

Annabelle tomó impulso, pasó la otra pierna por encima de la grupa del animal y de repente se encontró sentada encima. No había silla ni lugar alguno donde agarrarse.

—Me parece que ha sido una mala idea —susurró.

—Ya te lo había dicho yo.

Khatar empezó a caminar. Annabelle se sostuvo apretando las rodillas y descubrió lo fácil que resultaba adaptarse a su ritmo firme y tranquilo.

Shane se los quedó mirando hasta que finalmente sacudió la cabeza.

—Tú ganas. Voy a por el ronzal y luego veremos lo que está dispuesto a hacer.

Desapareció en el establo para volver en seguida con el ronzal y las bridas. Khatar se acercó, estirando la cabeza hacia las cintas de cuero. Shane le puso el bocado y entregó luego las bridas a Annabelle.

—Adelante.

Rodearon lentamente el establo un par de veces. Cuando Shane abrió la puerta de un corral, ella urgió a Khatar a dirigirse en esa dirección y el animal obedeció.

—Pintado a la manera Máa–zib estaría guapísimo.

Shane esbozó una mueca.

—Te recuerdo que este caballo tiene un linaje de trescientos años de antigüedad.

—Es pintura al agua. Se quitaría fácilmente.

—No es un gran consuelo.

—Yo llevaría un disfraz, si eso sirve de algo...

—De muy poco.

—La ceremonia también incluye un sacrificio humano.

Un macho humano. Se supone que tengo que arrancarle el corazón a un tipo –palmeó el cuello de Khatar–. No de verdad, claro. Sería una simulación.

–Me alegra saberlo.

–Hasta el momento no se ha presentado ningún voluntario.

–¿Y eso te sorprende?

Le enseñó cómo debía girar y silbó luego al caballo para ponerlo al trote. La manera en que el cuerpo de Annabelle rebotó entero sobre el lomo desnudo del animal no fue agradable, pero sobrevivió.

–¿Tienes ya bastante? –le preguntó Shane media hora después.

–Creo que mis entrañas se han convertido en un batido –se llevó una mano al estómago–. Pero Khatar se ha portado estupendamente. Ya te dije que era muy dulce.

–Solo contigo –recogió las bridas y guio al caballo a un lado del corral–. ¿Serás capaz de mantenerte de pie cuando toques el suelo?

–No tendré problema –le aseguró, esperando que fuera verdad, y miró luego el lomo desnudo del caballo–. ¿Pero dónde me agarraré mientras me bajo?

–Yo te sujetaré.

No estaba tan segura de ello. Mason también era un caballo alto, pero al menos entonces había tenido una silla a la que agarrarse. Con Khatar solo contaba con su crin, y tenía la sensación de que su buen humor desaparecería si se agarraba a ella para bajar al suelo.

Decidiendo que sería más seguro ver el suelo contra el que acabaría estrellándose, pasó una pierna por encima del cuello de Khatar y quedó sentada frente a Shane. Acto seguido tomó impulso y empezó a resbalar hasta que tocó el suelo de tierra apisonada con las puntas de los pies. Por un segundo se las arregló para conservar el equilibrio. Pero enseguida le flaquearon las piernas y empezó a caer.

–¿No habíamos hecho ya esto? –bromeó Shane, sosteniéndola de la cintura.

—Creí que esta vez me saldría mejor —admitió ella mientras apoyaba las manos sobre sus hombros.

Los hormigueos que había experimentado antes regresaron, junto con la descarga de adrenalina por haber estado montando. Aunque en esa ocasión el problema no parecía ser montar a caballo, sino el hecho de que la estuviera sujetando Shane. Y quizá «problema» no fuera la palabra adecuada. «Complicación» se le antojaba más exacta.

Lo cual resultaba interesante, ya que... ¿no era ella la que estaba buscando algo loco, pasional? ¿Y no pertenecía acaso la palabra «complicación» a la misma familia?

No llevaba sombrero, pensó distraída. ¿No se suponía que los vaqueros tenían que llevarlo? Su pelo oscuro brillaba al sol. Lo llevaba tan corto que sus leves ondas no llegaban a rizarse.

El color de sus ojos abarcaba los más diversos tonos del castaño y se le dibujaban patas de gallo cuando sonreía. Solo que esa vez no estaba sonriendo. La estaba mirando muy serio. Y muy sexy.

Se ordenó no mirar su boca. Ni pensar en lo que esa boca podría hacerle... Así que mantuvo la mirada fija en sus ojos, que resultaron ser igualmente peligrosos, porque tuvo la sensación de que una mujer podía perfectamente perderse en ellos. Perderse para no volver a encontrarse nunca más.

—Fui una imbécil —dijo Annabelle mientras jugueteaba con su ensalada—. Me quedé allí quieta, como una quinceañera deslumbrada por el capitán del equipo de fútbol americano del instituto.

—¿Balbuceaste? —le preguntó Charlie antes de dar un mordisco a su hamburguesa.

—No. Me largué. Tan pronto como estuve segura de que podía mover las piernas sin caerme. Corrí hasta el coche y me marché.

Charlie masticó el bocado y se lo tragó.

—Habría pagado dinero con tal de ver eso.
—No estás siendo de mucha ayuda.
Estaban comiendo en el Fox and Hound. Annabelle había sentido la necesidad de confesarle su reacción a Charlie y sabía que podía confiar en su discreción. Normalmente se lo habría contado a Heidi también, pero dado que estaba comprometida con el hermano, hacerlo se le habría antojado un tanto... incestuoso.
—Pero tú querías hacértelo con él, ¿no? –repuso Charlie–. ¿Cuál es entonces el problema?
—No es verdad –protestó Annabelle antes de dejar caer su tenedor–. Está bien, sí: quería hacérmelo con él. Pero no puedo. Me está enseñando a montar a caballo.
—¿Y? Es un tío guapo y está disponible. Y tú también lo estás, si no me equivoco. ¿Qué problema hay? No es pariente tuyo. Tampoco es un cura.
—No, pero... –recogió nuevamente su tenedor–. Era más fácil cuando lo que me preocupaba era que se hubiera caído de cabeza cuando era pequeño.
—¿Perdón?
—No importa –bebió un sorbo de té helado–. Lo único que yo quería era aprender a montar lo suficientemente bien como para ejecutar la danza tradicional de la virgen guerrera. No era un sueño muy importante, pero era el mío.
—Tendrás que seguir yendo a aprender a montar. Shane te instruirá. Y si te portas muy bien, él te enseñará sus atributos viriles.
Annabelle rompió a reír.
—¿Su qué?
—Así está mejor –sonrió Charlie–. No soportaba verte tan deprimida. Has encontrado a un tipo que probablemente te encuentre muy atractiva. Lo deseas. Eso está bien. Deja de preocuparte por eso.
—¿Por sus atributos viriles?
—Lo he leído en alguna parte.
—No pienso preguntarte dónde –recuperado su buen humor, atacó de nuevo su ensalada.

Pensó que Charlie tenía razón. Encontraba atractivo a Shane. Muchos tipos lo eran. En cuanto a los hormigueos, pensaría en ello. Ciertamente seguía algo afectado por lo de su ex, pero... ¿acaso la pasión no funcionaba así? Y un hombre capaz de sentir eso era de los que ponían toda la carne en el asador...

—Estás a punto de ponerte a recapitular tu patética vida amorosa, ¿verdad? —Charlie recogió su hamburguesa—. No todos los hombres son como tu ex.

—Lo sé. Nada de recapitulaciones, te lo prometo. Y eso a pesar de que me casé con Lewis. A pesar de que salí con él, confié en él, creí enamorarme de él y me comprometí a pesar el resto de mi vida con él.

—¿Te arrepientes de haberlo dejado?

—No. Por supuesto que no.

Lewis había sido bastante mayor que ella: doce años. Un escritor de éxito, casi famoso. La había impresionado con su inteligencia, su sofisticación. Había viajado por todo el mundo, tenía infinidad de anécdotas interesantes que contar. Siempre era el centro de atención, así que cuando él se fijó en ella, Annabelle se sintió especial. Querida.

Pero luego empezó a descubrir que las anécdotas de Lewis tenían más de ficción que de verdad, y que aunque aparentaba dominar todos los temas, las informaciones que suministraba eran, como poco, superficiales. Había llegado a personificar el concepto de todo fachada y cero sustancia.

—Tardé mucho tiempo en asimilar que Lewis no era para nada lo que yo pensaba que era —admitió—. Que nunca me quiso de verdad. Que solo quería lo que yo representaba para él.

—¿La mujer florero? —inquirió Charlie con tono irónico.

—Un poco. Lo cual era extraño, porque Lewis siempre me estaba recordando la suerte que había tenido al casarme con él... Y que si él no hubiera aparecido, nadie más me habría querido.

—¿Te has mirado en el espejo?
—Últimamente no.
—Pues deberías.
Annabelle sonrió.
—Eres una buena amiga.
—Ya lo sé. Deberías mandarme regalitos y enviarme tuits todos los días alabando mis virtudes —picó una patata frita—. Mira, todos tenemos nuestros secretos.
—¿Cuál es el tuyo? —le preguntó Annabelle por preguntar, sin esperar realmente una respuesta.
—Ha pasado mucho tiempo de eso —repuso Charlie, encogiéndose de hombros.
Annabelle se la quedó mirando fijamente.
—¿Quieres explicármelo?
Como regla general, Charlie prácticamente no hablaba nunca de su pasado. Annabelle sabía que su amiga no se había criado en la comarca: que era de algún lugar más al este. Alguna vez había mencionado que había tenido una madre difícil, y un padre que había muerto de manera inesperada, pero poco más.
Charlie inspiró profundo como esforzándose por serenarse antes de responder:
—Me violaron en una cita que tuve cuando estaba en la universidad
Annabelle sintió que se le encogía el estómago. A punto estuvo de devolver la poca ensalada que había comido.
—No —musitó—. Lo siento tanto...
Charlie se encogió de hombros.
—Son cosas que pasan.
—No. Es horrible —no teniendo experiencia alguna al respecto, Annabelle no supo qué decir—. ¿Quieres hablar de ello?
—No. Sí —Charlie se pasó una mano por la frente—. Es por esto por lo que nunca hablo de ello. Está muerto y enterrado. Solo que no puedo dejar de recordarlo —volvió a aspirar profundo—. Como te decía, en la universidad salí con un tipo realmente guapo. Jugaba al fútbol americano

de senior. La típica historia tópica, ¿verdad? Pero no la vi venir.

Annabelle esbozó una mueca.

—Pensabas que realmente te quería.

—Exacto. Pero, en lugar de ello, me utilizó para tener sexo. Para intentar hacer conmigo cosas que estaban más allá de lo que yo quería, y cuando intenté resistirme, me violó. Yo era virgen, y fue una experiencia horrible.

—¿Lo denunciaste?

Charlie torció el gesto.

—Oh, sí. Fui a la policía del campus y lo llevaron ante mi presencia. Tuve el buen sentido de no ducharme. Tenía evidencias de ADN.

—Entonces no entiendo. Si tenías pruebas...

—No me creyeron —declaró rotunda, desviando la mirada—. Lo oí hablando con los polis. Se reía, de hecho, y decía que me miraran a mí y luego a él. No hubo una sola persona dispuesta a creer que no tuve que suplicarle de rodillas que saliera conmigo... La policía había avisado a mi madre. Cuando llegó y lo vio, se acercó para decirme que era una grosería por mi parte que lo hubiera provocado. Y que no debía mentir sobre algo tan serio como una violación.

La expresión de Charlie no cambió en ningún momento. A excepción de la tensión de su boca, se mostró imperturbable. Solo Annabelle era capaz de adivinar la verdad. Que Charlie había quedado destrozada, como cualquiera en su lugar. Pero su dolor había sido aún peor porque nadie se había puesto de su lado, y porque la gente en la que más había confiado se había tomado lo ocurrido como una broma.

—Lo siento —susurró.

—¿Sí? Yo también —tomó su hamburguesa y volvió a dejarla—. Sigo diciéndome a mí misma que ha pasado mucho tiempo de aquello. Que lo he superado. Y es verdad. Pero esa es la razón por la que no salgo con hombres.

—Tienes miedo de confiar en alguien.

—En un hombre —la corrigió—. Confío en mis amigas mujeres.

Annabelle enarcó las cejas.

—Y sin embargo no quieres salir con ninguna de nosotras.

—¿Te estás ofreciendo? —sonrió Charlie.

—No, pero puedo preguntar por ahí.

—Gracias, pero no.

—¿No intentaste volver a salir con nadie después de la agresión?

—Algo. Pero no cuajó nada —Charlie dejó de sonreír—. No se montan precisamente colas de hombres esperando para salir conmigo.

—Eso es porque tú misma te aseguras de que sepan que no estás interesada —repuso Annabelle mientras procesaba toda aquella información—. ¿Así que no has... er... no lo has hecho desde entonces?

Charlie sacudió la cabeza.

—¿Y por qué habría de querer hacerlo? Fue algo horrible. Todo lo relacionado con aquella noche fue aterrador. No es como para echarlo de menos, ¿no te parece?

Solo que su tono era levemente nostálgico. Annabelle le tocó una mano.

—Tú eres la persona más fuerte que conozco, Charlie. Y la más valiente. No puedes dejar ni por un momento que ese canalla te gane.

—No me gana.

—Sí. Has renunciado a una importante parte de tu ser por su culpa. Quizá no quieras casarte ni fundar una familia, pero al menos te debes a ti misma intentar averiguarlo. Hay un montón de hombres buenos ahí fuera.

—¿Me ves a mí con un hombre bueno?

—En este momento, creo que sería una magnífica idea.

—Él no me ha ganado —insistió Charlie, aunque ya no con tanta convicción—. Me niego a dejar que me gane.

—Así está mejor —aprobó Annabelle—. ¿Has pensado en recurrir a ayuda profesional?

—¿Terapia? —Charlie puso los ojos en blanco—. No. Preferiría desahogarme con un saco de boxeo.
—¿O con el tipo en cuestión?
—No merecería la pena —suspiró—. Pero tienes razón. Llevo años ignorando lo que me pasó. Supongo que necesito trabajar sobre ello para superarlo de una vez.
—¿De qué manera podría ayudarte yo?
—Ya lo estás haciendo al escucharme. Gracias.

Annabelle asintió y continuó comiendo su ensalada. Ya había perdido el apetito, pero sabía que si no lo hacía, se ganaría una reprimenda de Charlie.

Aunque detestaba lo que le había sucedido a su amiga, se alegraba de que le hubiera contado la verdad. Eso explicaba buena parte del comportamiento de Charlie a la hora de confiar en los hombres. El camino que le quedaba era largo. De todas formas, Annabelle estaba segura de que lo conseguiría. Y de que sus amigas procurarían asegurarse de que así fuera.

—Gracias por venir —le dijo Shane a Annabelle, que acababa de bajarse del coche y se dirigía hacia él.
—Te mostraste muy críptico —repuso ella, riendo—. ¿Cómo podía resistirme?

Mientras se preparaba para la inevitable punzada de deseo, pensó que el sol la favorecía. Llegó como si la hubiese convocado con el pensamiento mientras admiraba sus largos rizos, su piel cremosa y la tentación que brillaba en sus ojos verdes. Estalló el calor, el deseo explosionó y se descubrió a sí mismo anhelando que estuvieran a solas en algún lugar tranquilo y oscuro. Como su dormitorio. O el de ella. No tenía prejuicios.

Pero, en lugar de ello, se encontraban en un aparcamiento a la puerta de la oficina de su contratista. En pleno día. En el centro de Fool's Gold. No era exactamente el lugar más indicado para una cita. Una cita que, por cierto, ella no le había pedido.

La veía acercarse con sus sandalias de altísimos tacones y la falda revoloteando en torno a sus muslos. Lucía una camiseta que no debería haber sido nada sexy, y que sin embargo lo era. Se le estaba haciendo la boca agua.

Se detuvo frente a él a la espera, evidentemente, de que le explicara por qué le había pedido que se encontraran allí.

—Necesito ayuda —le dijo, esperando que no se diera cuenta de la absoluta veracidad de aquella frase—. Ya te lo dije antes, me están construyendo una casa, con cuadras y corrales. Me arreglo bien con todas las decisiones relativas a los corrales. Sé lo grandes que quiero los boxes, dónde quiero que queden las ventanas y todo lo demás.

Annabelle sonrió.

—Me alegro porque yo de eso no tengo la más remota idea. Entonces, ¿cuál es el problema?

—La casa. Jocelyn sigue enviándome listas de preguntas que se supone tengo que responder y no sé cómo. ¿Tienes idea de cuántos puntos de luz lleva solamente una cocina? Focos de techo, lámparas colgantes, focos debajo de la barra. Hay interruptores, acabados, aparatos. Colores de pintura, de suelos... —no quería ni pensar en todo aquello—. Y yo no tengo tiempo.

—Ni interés —añadió Annabelle con otra sonrisa—. Pobrecito Shane. Eres tan... masculino.

—¿Qué se supone que quiere decir eso?

—Tú lo que quieres realmente es una casa prefabricada. Una que venga perfectamente amueblada de manera que solo tengas que elegir el color beis con el que quieras pintar las paredes antes de mudarte.

—¿Qué tiene de malo el beis?

Annabelle se echó a reír.

No había querido hacer una broma con su pregunta, pero casi se alegraba de ello.

—Deduzco que Jocelyn es tu contratista, ¿verdad?

—Sí. Está lista para empezar a echar los cimientos, pero yo aún no he aprobado los planos. Pensé en pedirle ayuda a mi madre, pero Glen y ella están de viaje y Heidi anda muy ocupada con la boda –había más cosas que quería decirle, pero le estaba costando trabajo recordarlas. Había algo especial en la manera que tenía de mirarlo. Algo que le hacía desear atraerla hacia sí y... Se aclaró la garganta–. Recuerdo que me dijiste que te gustaba decorar. Si me ayudas con la casa, no te cobraré las clases de equitación.

Vio que se le iluminaban los ojos.

–¿De veras? Tengo una donación para cubrir ese gasto, pero podría invertir el dinero en el proyecto del bibliobús. Eso sería estupendo –se interrumpió–. ¿Estás seguro? No sé si mi ayuda valdría tanto...

–Te advierto que es mucha casa.

–Entonces perfecto. Estaré encantada de ayudarte –acercándose, lo tomó del brazo–. ¿Podemos conseguir una bañera rosa para el baño principal? Siempre he querido tener una bañera rosa.

Sintió la presión de su seno en el brazo. Intentó decirse que ya no tenía dieciséis años y que aquello no tenía por qué ser el acontecimiento del día. Pero había partes de su cuerpo que se empeñaban en no hacerle caso.

–Rosa no.

–Pero si es precioso...

Se dirigieron a la oficina.

Una vez dentro, Shane se apartó cuidadosamente, necesitado de guardar las distancias. No podía pensar cuando la tenía tan cerca. Sabía que, si se despistaba, podía terminar aceptando la bañera rosa.

Jocelyn, una mujer pragmática y eficaz de unos cincuenta y pocos años, lo estaba esperando en su pequeño despacho. Dirigía su cuadrilla de obreros con mano amable pero firme, y había aceptado en su contrato una cláusula leonina para ella en caso de que no acabara las obras de las cuadras dentro del plazo establecido. Eficaz como era, había contado con las mejores referencias.

–Esta es Annabelle –dijo a modo de presentación.

–No me habías dicho que estabas casado –repuso Jocelyn, tendiéndole su mano de palma callosa–. Yo siempre necesito conocer a la mujer. Sé quién lleva la voz cantante en una relación.

Annabelle se echó a reír.

–No, no soy su mujer.... Solo una amiga dispuesta a ayudar a Shane en todos aquellos detalles... femeninos.

Se estrecharon las manos. Jocelyn se sonrió mientras miraba a Shane.

–La lista de los acabados te ha dado miedo, ¿eh?

–Era algo más larga de lo que esperaba –admitió.

–Siempre lo es –Jocelyn se pasó una mano por su pelo gris, cortado a cepillo–. Mi consejo es ofrecerle hasta tres opciones en cada categoría. Ni una más. Los hombres no pueden soportarlo.

Shane quiso protestar, pero el mismo hecho de que se hubiera traído consigo a Annabelle confirmaba el argumento de la contratista.

Jocelyn los llevó a una sala de reuniones donde los planos estaban extendidos sobre una enorme mesa.

–Necesito aprobar el tamaño de la casa –empezó mientras les señalaba dos sillas, la una junto a la otra–. Podemos cambiar paredes si es necesario, pero quiero empezar a tramitar permisos y a reservar equipos. En teoría podríamos echar los cimientos en un par de semanas, cuando comencemos con las cuadras.

–¿Tan rápido? –le preguntó Annabelle, tomando asiento.

–Si consigo un poco de colaboración, sí. Este señor –señaló a Shane– sabía bien todo lo que quería tener en las cuadras, hasta el color de las paredes de la oficina. Pero por lo que se refiere a la casa, es como si nunca hubiera estado en una.

–He estado en casas: lo que nunca he hecho ha sido construirlas –rezongó mientras se sentaba al lado de Annabelle, procurando no acercarse demasiado–. Hay una diferencia.

–Dime tú cuál es –la contratista le entregó a Annabelle

una lista impresa de preguntas–. Respóndeme a todo eso y te admiraré toda la vida. Antes de que os vayáis, si es posible –se dirigió hacia la puerta–. Procurad no gritar mucho.

–No gritaremos –le aseguró Annabelle.

Jocelyn sonrió.

–Entonces se nota que tú tampoco has hecho eso antes. Créeme, cariño: siempre se grita –y se marchó, cerrando la puerta a su espalda.

Annabelle acercó los planos.

–Es tu casa. No vamos a discutir –se volvió para sonreírle–. Porque vas a hacer caso de todo lo que te diga, ¿verdad?

Parecía retenerlo con la mirada, inmovilizarlo. Aunque tampoco tenía ganas de irse a ninguna otra parte.

–No es probable.

Annabelle se echó a reír antes de volver a concentrarse en los planos.

–Muy bien, vamos con la casa. Es bonita. Me gusta que tenga tantas ventanas. Tendrá mucha luz en invierno. Un gran dormitorio. Buen armario el de él y el de ella –se removió ligeramente y la melena resbaló por su hombro para posarse sobre el dorso de la mano de Shane.

Aquellos rizos lo tentaban, haciéndole desear hundir los dedos en ellos. Sin intentarlo siquiera, podía respirar su aroma. Juró para sus adentros, recordándose que tenía que conservar el control.

–Mmmm –Annabelle señaló la cocina–. Pero esto no va a funcionar. Mira dónde está la despensa. ¿Detrás de la nevera? Y esta pared de aquí lo cierra todo...

–Se necesita la pared para los armarios.

–Se necesita *una* pared para los armarios. Hay una diferencia. La cocina es estupenda, pero la disposición es extraña. Está como torcida.

–¿De veras?

Quizá fueran imaginaciones suyas, pero habría jurado que ella se le había acercado un poco más. Y que entreabría los labios con un leve suspiro.

Annabelle parpadeó rápidamente y volvió a concentrar su atención en los planos:

–Lo único que hay que hacer es girarlo todo unos noventa grados. Así la cocina quedará frente al comedor y el fregadero seguirá estando ante la ventana. Y la despensa quedará perfectamente accesible, así... –tomó un lápiz y trazó un par de rápidas líneas.

Shane estaba más intrigado por su anterior reacción que por lo que estaba haciendo en ese momento. ¿Sería posible que ella también lo sintiera? ¿La conexión? Se trataba de un elemento nuevo, que venía a cambiar las reglas del juego. Él no estaba buscando comprometerse, pero entre «comprometido» e «interesado» había todo un mundo de posibilidades.

–Hablaré con Jocelyn –dijo sin dejar de mirarla.

–Creo que deberíamos quedar juntos en una tienda especializada para que pueda hacerme una mejor idea de lo que quieres. Ya sabes: los acabados y complementos. Eso me permitirá reducir las opciones. Sé que todo el mundo está loco por las encimeras de granito, pero yo creo que hay otros muchos materiales a considerar. Que además son más fáciles de mantener.

¿Volver a quedar juntos? ¿Pasar más tiempo con ella?

–Me gusta el plan.

–Bien.

Se volvió hacia él. Sus rostros estaban apenas a unos centímetros de distancia. Su boca parecía llamarlo a gritos y de mil maneras que lo dejaban tan ávido como decidido. La deseaba y, si ella sentía lo mismo...

–¿Qué?

–¿Mmmm?

–¿Qué piensas de Charlie?

No era precisamente la pregunta que había estado esperando.

–¿Charlie Dixon?

–Sí. La dueña de Mason. El otro día la viste. ¿Qué piensas de ella?

Por supuesto que conocía a Charlie. Se encargaba de cuidar a su caballo.
—¿En qué sentido?
Annabelle se sonrió.
—Románticamente hablando. ¿Te gustaría salir con ella?
No eran pocos los potros salvajes que lo habían derribado en su vida, pero jamás había aterrizado sobre su trasero de esa manera. Se la quedó mirando fijamente, preguntándose por lo que había hecho para merecer aquello. Él lo único que quería era un tipo de vida normal con una mujer normal. Alguien bueno y cariñoso, a quien pudiera cuidar y serle fiel. ¿Acaso era pedir demasiado?
Con esa descripción, Charlie debería ser su opción ideal. Era la sensatez personificada. Pero, en lugar de ello, estaba loco por la pelirroja que tenía delante. La que bailaba sobre las barras de los bares y susurraba a los caballos.
—¿Shane?
Hizo lo único que se le ocurrió. La agarró de los hombros, la acercó hacia sí y la besó con todas sus ganas.

Annabelle había imaginado que Shane le diría una de dos cosas: o que le gustaba Charlie o que no era su tipo. Sinceramente había esperado lo segundo, teniendo en cuenta los hormigueos que había empezado a sentir cada vez que estaba con él. Pero lo que en absoluto había esperado era aquello.
Su boca era cálida. Firme, un poco exigente: lo suficiente en todo caso para mantener el interés. Olía bien, sabía mejor y la abrazaba como si no quisiera volver a soltarla nunca. Una cualidad que valoraba en un hombre. Era...
De repente se vio acometida por la necesidad. Tan pronto estaba disfrutando de la sensación de besarlo como al momento siguiente se puso frenética. Desesperada, de hecho. Quería refugiarse en su regazo, y quizá hasta dentro de él. Quería más besos, más contacto, que la poseyera incluso. Lo de la posesión sonaba pero que muy bien.

Había experimentado antes pasión, pero nada como aquello. Nada tan... desesperado.

Moviéndose como una sola persona, se levantaron. Lo cual estuvo aún mejor. Porque entonces pudo echarle los brazos al cuello y apoyarse en él. Y Shane pudo estrecharla todavía con mayor fuerza antes de deslizar las manos arriba y abajo por su espalda. Se apretó todo lo posible, sintiendo los duros planos de su cuerpo contra sus curvas. No era el tipo de hombre que cediera fácilmente. Una característica a la que podría acostumbrarse.

Ladeó la cabeza para poder profundizar el beso. Él la ladeó en el sentido opuesto al tiempo que le acariciaba el labio inferior con la lengua. Y ella entreabrió los labios mientras se aferraba a sus hombros, consciente de que aquella iba a ser una galopada salvaje.

No la decepcionó. A la primera caricia de su lengua, Annabelle se sintió arder. Un intenso calor le debilitó las piernas. El hormigueo volvió, recorriendo su cuerpo a la carrera antes de instalarse en sus senos y entre sus muslos.

La besó profundamente, acariciándole la lengua con la suya. Ella acogió encantada cada caricia, excitándose más y más a cada segundo. Sus grandes manos sujetaban su cintura. Quiso que las subiera más, que la tocara toda ella. La tensión la impulsó a mecerse contra él, frotando su vientre contra su erección.

La entusiasmó aquella prueba de la necesidad que sentía por ella. Aunque jamás en toda su vida se había comportado con tanto descaro, en aquel momento el pensamiento de hacerlo sobre el escritorio, allí mismo, en aquella oficina, le pareció perfectamente factible. Incluso razonable.

Shane interrumpió entonces el beso y retrocedió un paso.

Se miraron fijamente: sus jadeos eran el único sonido en el silencio de la habitación. Annabelle recuperó un mínimo de cordura, que alivió un tanto su tristeza por la manera en que él se había apartado. Sí, habría sido increíble. Y sí, también se habría arrepentido.

Pero una mujer tenía derecho a soñar...

Se aclaró la garganta, no del todo segura de que pudiera volver a hablar con normalidad.

—Entonces... ¿eso ha sido un no a Charlie? —le preguntó.

—Eso ha sido un no.

Capítulo 5

–¡Annabelle! No me estás escuchando.

Annabelle abandonó la deliciosa ensoñación en la que se había pasado buena parte del día. El rebobinado del beso de Shane en su memoria era casi tan intenso como lo había sido el propio acontecimiento. No sabía si eso hablaba de química o de la vacía tragedia que era su vida amorosa.

Quizá ambas cosas.

–Lo siento –sonrió a la niña que tenía delante–. ¿Qué pasa, Mandy?

–¿Es Shane un vaquero de verdad? La semana pasada, cuando estuvimos en la fiesta del Cuatro de Julio, mi mamá dijo que Shane era un vaquero y medio. Yo no sé lo que quiere decir eso.

Annabelle reprimió una sonrisa, pensando que eso quería decir que la mamá de Mandy tenía buen gusto para los hombres. Tener un precioso jardín propio no era incompatible con admirar el precioso jardín de otro...

–Shane es un vaquero de verdad –le aseguró–. Tiene caballos y sabe montar. Oh, y está ayudando a otro vaquero a mejorar sus habilidades para el rodeo, así que supongo que también sabe de eso.

–A ti te está enseñando a montar, ¿verdad?

–Ajá. Para el festival Máa-zib de finales del verano.

–Yo quiero aprender a montar.

—De acuerdo —Annabelle no sabía muy bien qué hacer con esa información.

—Mi hermano dice que solo los chicos pueden ser vaqueros y que yo no puedo aprender a montar a caballo —los azules ojos de Mandy se oscurecieron de preocupación—. ¿Tiene razón?

—Por supuesto que no. Tú puedes montar tan bien como cualquier chico. No es tan difícil. En realidad es el caballo quien hace la mayor parte del trabajo.

Mandy se apartó los rizos rubios que le caían sobre la frente. A sus diez u once años, era una gran lectora que siempre estaba probando autores nuevos. Y lo que era aún mejor, desde la perspectiva de Annabelle: las otras niñas hacían caso a Mandy. Si a ella le gustaba un libro nuevo, lo leían también.

—¿Así que podría intentarlo yo?

—Sí, claro que sí. Montar a caballo es divertido —Annabelle pensó en su experiencia con Khatar—. Son grandes, así que al principio te dan un poco de miedo, pero luego te lo pasas fenomenal. Tienes que sujetarte con las rodillas y, bueno, después te duelen un poco los músculos. Pero es un dolor bueno.

—Gracias —le dijo Mandy con una sonrisa—. Voy a decirle a mi hermano que no tiene razón.

—¡Buena suerte!

Charlie volvió a guardar en la caja el cepillo duro de Mason y sacó el suave. El caballo puso las orejas en punta en espera de su fase favorita del proceso de cepillado. Mientras empezaba por la parte alta del cuello, oyó a Shane saliendo del establo. Vio que la miraba rápidamente para desviar la vista en seguida, incómodo.

Charle nunca había estudiado psicología criminal, pero sabía lo suficiente de las personas como para adivinar que había un problema. Shane y ella no se conocían demasiado, pero se llevaban bien. Él cuidaba a Manson mientras trabajaba, y ella le daba permiso para que se lo prestara a los tipos que necesitaban practicar el lazo con los terneros. Mason había sido caballo de rodeo con anterioridad y disfrutaba del ejercicio.

Pero desde que había llegado a primera hora de la tarde había visto a Shane distante, sin ganas de hablar. No habían cruzado más que un breve saludo que no la habría preocupado si no hubiera sido por la manera que tenía de mirarla. Como si estuviera espantado. Y tenía la sensación de que sabía exactamente qué clase de fantasma había visto.

–Shane –gritó antes de que pudiera volver a refugiarse en el establo–. Acércate.

Vio que se tensaba ligeramente, como si se preparara para algo. Indudablemente se estaba preparando para lo inevitable, pensó mientras continuaba cepillando a Mason con largos y fluidos movimientos.

Lo había atado a la sombra de uno de los grandes árboles. Bajo las ramas que agitaba la brisa, el sol de la tarde doraba su pelaje oscuro.

Shane se acercó lentamente pero con decisión. Si Charlie hubiera sido otro tipo de mujer, lo habría atormentado primero. Solo por divertirse. Eso estaba ciertamente en su naturaleza, pero los hombres, al menos en un sentido romántico o sexual, no formaban parte de su diversión.

Esperó a que se detuviera al otro lado de Mason. Luego apoyó ambas manos sobre el lomo del caballo mientras lo miraba fijamente.

–Annabelle te habló de mí –le espetó sin más. No era una pregunta.

Shane se sacó el sombrero y se pasó una mano por el pelo. Tras aclararse la garganta, se las arregló para pronunciar:

–Algo me comentó.

Con gusto habría matado a Annabelle, pensó Charlie pese a recordarse que su amiga solo había pretendido ayudarla. Aunque, al parecer, con la sutileza de una excavadora irrumpiendo en un jardín de flores.

—Tú no eres mi tipo –le dijo, convencida de que la brusquedad era su mejor defensa y que había llegado el momento de exhibirla–. No te ofendas.

Shane prácticamente se desmayó de alivio.

—No me ofendo. No es que no me parezcas atractiva... –añadió con voz débil.

—Por supuesto. Seguro que te desvelas por las noches pensando en mí.

—Lo mismo digo –repuso Shane, esbozando una media sonrisa.

—Ya –volvió a concentrar su atención en el caballo y continuó cepillándolo–. Annabelle solo está intentando ayudarme. Está obsesionada con que tengo que salir con alguien. Dios sabe con quién más habrá estado hablando.

—¿No he sido yo el único candidato? –Shane enarcó las cejas–. Estoy decepcionado.

—No lo dudo –volvió a mirarlo por encima del lomo de Mason–. Aunque yo diría que Annabelle es más de tu gusto.

Shane había estado a punto de volver a calarse el sombrero. Se detuvo de una manera casi cómica, con los brazos paralizados en el aire.

—Yo, er... No sé si...

—¿Así que es verdad? –solo entonces Charlie se relajó, consciente de que habían dejado de hablar de ella. Ahora sí que podía permitirse un poco de diversión–. Bueno es saberlo. Por cierto, Annabelle es muy apreciada en la población. No le hagas daño o lo lamentarás.

Por fin Shane se puso el sombrero.

—¿Ni siquiera estamos saliendo juntos y ya te estás imaginando que rompemos y que la culpa es mía?

—Es mi amiga.

—Y yo te cuido el caballo.

—No es lo mismo –Charlie desvió la vista hacia el corral que se hallaba al otro lado de la propiedad, sobre una loma. Priscilla se encontraba donde siempre, mirándolo todo con la expresión más solitaria que podía esperarse en una elefanta–. Aquella chica tuya de allí necesita un amigo. ¿Es que a los elefantes no les gusta la compañía?

Shane se giró, siguiendo la dirección de su mirada.

–Por lo que he estado leyendo, sí. Lo he intentado con las llamas, el burro y un par de cabras. Atenea le cae bien, pero no han hecho mucha amistad.

–¿Y una de tus yeguas? Quizá la preñada. A Priscilla podría gustarle hacer de abuela.

Por mucho que había leído al respecto, Shane no había sido capaz de deducir la edad de la elefanta. Priscilla procedía de un pequeño circo desmantelado. Su cuidador había supuesto que tendría unos veintitantos años. Aunque los elefantes en el medio salvaje podían llegar a superar con creces los cincuenta, en cautividad no vivían tanto.

Se había documentado sobre la mejor manera de cuidar de Priscilla. Durante el último mes habían excavado una balsa para ella y él mismo se había ocupado de plantar árboles y vegetación en el recinto. Pero no había sido capaz de encontrarle un amigo.

–Lo de la yegua preñada es una buena idea –le dijo a Charlie–. Voy a probarlo –y se dirigió hacia Priscilla, todo decidido.

Mientras se acercaba, vio que la elefanta sacudía la cabeza y daba un pisotón en el suelo. Casi como si lo estuviera amenazando. Se detuvo. Tenía que admitir que no tenía mucha experiencia con elefantes, pero Priscilla y él siempre se habían llevado bien...

–¿Qué te pasa, chica? –le preguntó, aproximándose más lentamente–. ¿Te encuentras bien?

La elefanta alzó su trompa y Shane volvió a detenerse. Le pareció detectar algo familiar en lo que estaba haciendo. Un recuerdo le hacía cosquillas en un rincón de su mente, pero no conseguía identificar cuál era...

Se dio cuenta entonces de que estaba protegiendo algo. Miró a su alrededor, buscando lo que fuera que hubiera entrado en su corral. ¿Un perrillo, quizá? ¿Un mapache?

Continuó acercándose con las manos en los costados,

en un intento por mostrarse lo menos amenazador posible. Como si no fuera ella el mamífero más grande y fuerte de los dos...

Al principio no vio nada. Hasta que detectó un fugaz movimiento. Siguió avanzando y se agachó.

—Maldita sea —musitó en voz baja—. ¿Estás de broma?

Allí, al pie de un árbol, en un hueco entre el tronco y las raíces, había una gata y cuatro gatitos.

La madre era de color blanco con manchas pardas, atigrada. Dos de los gatitos también eran atigrados; el tercero de color mermelada y el cuarto todo negro. Eran diminutos: probablemente no tenían más de una semana de vida.

Priscilla se acercó al árbol y bajó la cabeza. Con la trompa acarició suavemente a la gata, que cerró los ojos como si se dispusiera a dormir.

Conocía a los gatos que se acercaban al rancho cada vez que las cabras eran ordeñadas y sabía que la gata no era uno de ellos. Parecía más salvaje que los diarios visitantes de las cabras. También era consciente de que aunque Priscilla le proporcionaba una impresionante protección y que había agua suficiente en el recinto, la elefanta era herbívora. No sabía lo que la gata estaría comiendo, pero seguro que tenía que habérselo conseguido ella misma.

Se quedó mirando fijamente a la elefanta, y le pareció distinguir un brillo de diversión en sus sabios ojos.

Volvió a la casa, sacó algo de pollo de la nevera, lo cortó y apuntó «comida para gatos» en la lista de la compra que llevaba su madre. Llevó luego el plato al borde de la valla, dejándolo lo más cerca posible de la familia felina. Priscilla seguía observándolo con cierto recelo, todavía montando guardia.

Sacudió la cabeza y se alejó.

No había recorrido ni seis metros cuando dos todoterrenos entraron en la propiedad y aparcaron junto al establo. Un grupo de lo que parecían veinte niñas, aunque en realidad debían de ser solo cinco o seis, bajaron corriendo y se apelotonaron a su alrededor.

–¿De verdad eres un vaquero?
–¿Muerden los caballos?
–¿Podemos hacerles trenzas en las colas?
–¿Tiene algún caballo los ojos azules?
–¿A qué huelen?

Las conductoras bajaron de los vehículos. Sus caras le resultaron familiares de las pocas visitas que había hecho a la ciudad. Nada en aquella situación debería haber resultado peligroso, pero no pudo evitar la sospecha de que su vida estaba a punto de complicarse.

–Señoras –las saludó, tocándose el ala del sombrero–. ¿Es qué puedo ayudarlas?

–Venimos por las clases de equitación.

Cuando Annabelle llegó al rancho, Shane la estaba esperando. Parecía hosco y serio, y tan atractivo como siempre. Aunque no estaba dispuesta a permitir que su atractivo la distrajera. Aquel hombre necesitaba que le dejaran unas cuantas cosas bien claras.

Bajó del coche, pero antes de que pudiera empezar a quejarse, él le espetó:

–Tenemos que hablar.

–Bien. Yo estaba pensando lo mismo. He recibido llamadas. Llamadas de madres de niñas que están destrozadas porque no quieres enseñarles a montar a caballo. ¿Qué es lo que pasa? Tienes caballos, un rancho. Sé que puedes hacerlo. Te vi con ese chico del rodeo. Estaba aprendiendo y tú le estabas enseñando. Esas mujeres son clientes que pagan y ese es tu trabajo. ¿Por qué te estás poniendo tan difícil?

Shane se sacó el sombrero y se pasó las manos por la cara.

–Necesito una copa.

–Solo son las tres de la tarde.

–He tenido un día horrible.

Se acercó a ella. Poniéndole las manos sobre los hombros, le hizo volverse para que pudiera contemplar los corrales.

−Ésos son mis caballos −le dijo.

−Ya lo sé.

−¿A qué crees que me dedico?

No entendió la pregunta.

−A cosas de caballos −respondió, constatando lo obvio−. Tú, er... crías caballos y los entrenas. Y a la gente también. Estás construyendo un rancho, así que supongo que comprarás más. ¡Oh! −se volvió para sonreírle−. Tienes yeguas preñadas, así que también los cruzas.

−Creo que tomaré dos copas −masculló mientras la soltaba.

Quiso protestar. La sensación de sus manos en su cuerpo era muy agradable. Más que agradable. Su contacto era cálido, sus dedos fuertes. Shane era un hombre paciente y... ¿acaso no era esa la mejor cualidad en un potencial amante?

−Yo empecé en el rodeo. Me fui de casa con dieciocho años y trabajé donde pude. Aprendí con la práctica. Se me daba bien, pero pronto comprendí que nunca sería un campeón. Así que me concentré en los caballos. Descubría que tenía un talento especial para cruzarlos. Purasangres.

Lo miró asombrada.

−Caballos que corren. Ya sabes, como el Derby de Kentucky.

Annabelle volvió a mirar los caballos que estaban pastando. Se fijó en sus poderosos pechos y en sus largas patas.

−¿Caballos de carreras? −tragó saliva−. ¿No son... muy caros?

−Sí.

−¿Has preparado caballos para correr en esas carreras?

−Quedamos los segundos en los Belmont Stakes.

Otra carrera de la que no había oído hablar. Estaba empezando a darse cuenta de que Shane no era exactamente lo que había pensado que era. Había supuesto que era un tipo normal que trabajaba con caballos. Un hombre que tenía unos cuantos para... Bueno, no sabía muy bien para qué tenía caballos la gente. A Charlie le gustaba montar a Mason, pero el mundo de las carreras y los purasangres era distinto.

Desvió la mirada hacia Khatar.

–Él es distinto de los otros.

–Es de raza árabe.

Annabelle pensó en las conversaciones que habían tenido y el estómago le dio un vuelco.

–Depende de lo que entiendas por caro. No llegó a las siete cifras.

¿Siete? ¿Como un millón de dólares?

–Bueno, claro. ¿Por qué habrías de pagar tanto dinero por un caballo? –inquirió con voz débil–. Pero te acercaste, ¿verdad? –no quería ni saberlo.

–Me acerqué. Y mucho.

Estaba a punto de desmayarse. Allí mismo caería fulminada al suelo y posiblemente se golpearía en la cabeza y tendría que padecer, en lo sucesivo, la correspondiente amnesia. La buena noticia sería que entonces sería capaz de olvidar aquella conversación.

–Es por eso por lo que me hacías montar a Mason. Porque es un caballo normal y no podía hacerle daño.

–Tampoco habrías podido hacer daño a ninguno de los otros caballos. Es que no son para montar Y menos aún para un principiante o para un montón de chiquillas –alzó las manos y volvió a dejarlas caer a los costados–. No soy malo con las niñas, Annabelle. Pero lo cierto es que no tengo monturas para ellas.

–Ahora lo entiendo. Se lo explicaré a las madres. Tiene que haber alguien cerca con los caballos apropiados. Porque las niñas estaban muy entusiasmadas con la oportunidad. Quizá podría alquilarles un caballo o algo así...

Shane soltó un gruñido.

–¿Tienes presupuesto para eso?

–No. Trabajo en una biblioteca. Ya se me ocurrirá algo.

–El cerco se está estrechando... –masculló–. ¿Has hablado con mi madre de esto?
–No. ¿Por qué?
–Hazme un favor: no lo hagas. Te propongo una cosa. Conseguiré caballos de picaderos fuera del rancho. Los alquilaré para el verano, por ejemplo.
–No tienes por qué hacerlo. No es tu responsabilidad.
–Tienes razón, pero a estas alturas es ya mi problema. Si no alquilo esos caballos y mi madre se entera, los comprará ella. Jacos viejos, probablemente. Y yo tendré que cuidar de ellos. De esta manera será más fácil. Daré unas cuantas clases y asunto arreglado.

Aunque agradecía el gesto, Annabelle seguía sintiéndose culpable y un tanto estúpida. ¿Cómo podía no haberse dado cuenta de lo de Shane?

Antes de que se le ocurriera algo que añadir, Khatar se acercó procedente del establo. Se echó a reír al ver que se dirigía directamente hacia ella. Shane se volvió.

–¿Qué diablos...? ¿Cómo se ha escapado?

Annabelle fue al encuentro del caballo y le rodeó el cuello con los brazos.

–¡Hey, chicarrón! ¿Cómo estás? ¿Quién es el caballo más guapo? ¿Sabías que eras tan caro? Tienes que cuidarte bien.

–Está asegurado –le informó secamente Shane.

Se concentró en Khatar, porque le resultaba más fácil que mirar a Shane.

–Puedo continuar ayudándote con la casa. Si quieres, claro. Ya sabes, para compensarte por todo esto.

Esperó que dijera que no, pero la sorprendió al aceptar.

–No llegamos a decidir nada respecto a la cocina –le recordó él–. Quizá podamos hacer algo el próximo día o el otro. Jocelyn está encima de mí esperando a poner los cimientos.

–Podemos hacerlo después de nuestra clase, si quieres.
–Claro. ¿Tendrás tiempo?

Por lo que se refería a Shane, estaba empezando a pensar que tenía todo el tiempo del mundo. Le gustaba incluso cuando estaba enfadado. Los enfados de Shane eran de baja intensidad. Ni una sola vez había alzado la voz ni decía nada desdeñoso. Lewis, su ex, la habría llamado tonta para empezar, y después no habría dejado de culparla. Habría hecho todo lo posible para que se sintiera pequeña e inútil.

–Puedo quedarme –le aseguró ella.

Sus miradas se anudaron. Annabelle fue consciente del latido ardiente que pulsaba entre ellos. Algo que podría llegar a ser muy, pero que muy loco. Quizá él quisiera...

Un fugaz movimiento llamó su atención. Vio a una de las yeguas en el corral contiguo al recinto de Priscilla.

–¿Estás probando a ver si Priscilla quiere hacerse amiga de alguno de los caballos?

Shane se volvió y asintió con la cabeza.

–Ayer encontré a una familia de gatos con Priscilla. Una gata con cuatro gatitos. Entré en internet para documentarme sobre elefantes asiáticos. Las hembras necesitan un grupo al que adherirse. No creo que con un gato sea suficiente, así que estoy probando con yeguas. Una a una, hasta que empiece a encariñarse.

–Eso es muy dulce...

–Priscilla es de mi madre. Pero como me ha dejado a mí el cuidado de sus animales, hago todo lo que puedo.

–Quizá acabe enamorándose. O al menos empiece a salir con alguien.

Shane se la quedó mirando de nuevo.

–Hablando de salir... –empezó.

Annabelle sintió que el corazón le daba un vuelco. ¿Iba a pedirle que salieran juntos? ¿Habría sentido él también la química que había entre ambos? ¿Pensaría que debían al menos poner a prueba la atracción que sentían?

–Ayer tuve una interesante conversación con Charlie –le informó Shane.

Annabelle esbozó una mueca.

–Ah.

—¿Ah? —enarcó las cejas, extrañado por su reacción—. ¿Eso es todo?

—Charlie necesita empezar a ver a alguien. No entraré en los motivos, pero tiene que volver a salir, y tú me parecías el tipo adecuado... Pero luego tú mismo dijiste que no estabas interesado y que la cosa no funcionaría —de ningún modo le recordaría su beso... por mucho que no pudiera dejar de pensar en él—. Supongo entonces que es eso lo que ha sucedido. No herirías sus sentimientos, ¿verdad?

—Charlie me puso en mi sitio. Deberías estar orgullosa.

—Me alegro.

—¿Tienes alguna otra candidata con la que emparejarme?

Annabelle negó con la cabeza.

—¿Algún otro grupo que vaya a presentarse sin avisar?

—No se me ocurre ninguno.

—Bien. ¿Lista entonces para nuestra lección?

—Sí. ¿Voy a montar a Khatar?

Shane sacudió la cabeza.

—Eso es lo que ambos queréis. ¿Cómo voy a interponerme yo?

—Pero es tan caro... No quiero hacerle daño.

—No se lo harás —repuso él, suspirando.

Khatar seguía al lado de Annabelle, con su cuello sobre su hombro.

—Tendré mucho cuidado.

—Estoy seguro de ello.

Shane echó a andar hacia el establo. Ella lo siguió, con Khatar pisándole los talones.

—¿Crees que soy como un grano en el trasero, verdad?

Se giró para mirarla.

—Sé que estás intentando no serlo.

—No lo soy. Por lo general no soy nada difícil.

—¿Cómo es que me cuesta tanto creer eso?

Estaba pensando en una respuesta cuando Shane la agarró de los hombros y la besó en la boca. Fue un beso duro y apasionado que la dejó completamente estremecida.

Pero antes de que ella pudiera abrazarlo o incluso devolverle el beso, la soltó.

–Khatar nunca ha probado una silla vaquera. Tendrás que utilizar una inglesa.

El placer y la necesidad empezaron a latir en su cuerpo al ritmo de su corazón. Exhaló un suspiro tembloroso.

–Haré lo que tú digas, Shane.

–Ojalá fuera cierto... –gruñó él.

Capítulo 6

–Rafe y yo hemos decidido celebrar la boda aquí –anunció Heidi mientras servía el té helado en el comedor del rancho–. Es más económico y podrá venir más gente.

Charlie aceptó el vaso que le ofrecía.

–¿En serio? ¿Está preocupado Rafe por lo que va a costar?

Heidi se echó a reír.

–No, pero es que yo siempre he llevado un estilo de vida muy sobrio. Y no es probable que eso vaya a cambiar pronto.

Annabelle imaginaba que su amiga tendría que adaptarse a su nueva situación económica. Heidi y su abuelo nunca habían estado sobrados de dinero. En ese momento, Heidi iba a casarse con un próspero empresario cargado de millones. Estaba segura de que Rafe habría pagado cualquier tipo de boda que ella hubiese querido. Pero también sabía que Heidi nunca lo habría consentido.

–Además –continuó Heidi–, se trata más del lugar en sí que del coste. He hecho muchas amistades en la ciudad. Quiero que todo el mundo venga y se lo pase de maravilla.

–¿Más fiesta que recepción nupcial? –quiso saber Charlie.

–Eso suena perfecto.

–Estoy de acuerdo –dijo Annabelle–. El tiempo será cálido sin ser sofocante, y la gente disfrutará de un espacio más relajado.

May, la madre de Rafe y de Shane, entró en el comedor con varios cuadernos de notas bajo el brazo y un puñado de bolígrafos en su mano libre.

—¿Llego tarde? ¿Habéis empezado sin mí?

—Llegas justo a tiempo —aseguró Heidi a su futura suegra.

—Os vi entrar a Glen y a ti en la ciudad a eso de las tres de la mañana —le comentó Charlie.

—Sí, nuestro avión llegó a San Francisco a medianoche —explicó May, tomando asiento a la mesa y repartiendo los cuadernos y los bolígrafos—. Pensamos en alquilar una habitación junto al aeropuerto, pero luego decidimos continuar hasta casa.

—¿Qué tal en Australia? —le preguntó Annabelle.

—De maravilla. Vamos a volver. Ya os aburriré después con las fotos. Pero primero tenemos una boda que preparar y necesito que me pongáis al día de todo lo que ha pasado mientras estuve fuera.

—Lo típico —dijo Heidi—. No ha habido ningún cotilleo especialmente sabroso.

Un brillo de diversión asomó a los ojos oscuros de May, tan similares a los de sus hijos.

—No me estaréis diciendo esto para que me sienta mejor...

Heidi le tocó una mano:

—Te prometo que no.

Mirándolas, Annabelle reflexionó sobre lo atípico de la situación. No era muy normal que las novias vivieran con su futura suegra. La pasada primavera, May y Rafe se habían ido a vivir con Heidi y con su abuelo. Primero se habían enamorado Glen y May, y luego Rafe y Heidi. La pareja mayor se estaba haciendo construir una casa más pequeña en un rincón de la propiedad, con la idea de trasladarse allí tan pronto como terminaran las obras.

En ese momento, Shane estaba viviendo también en la

casa principal, con lo cual eran ya multitud. Pero Heidi parecía encantada con su nueva familia. En realidad, Annabelle estaba un poco envidiosa. Sus padres se habían separado cuando todavía era muy joven y ambos le habían dejado muy claro que ninguno de los dos quería estar «atado» a ella. Como hija única que había sido, se había sentido muy sola. De ahí que el hecho de tener un montón de gente cariñosa a su alrededor le pareciera sencillamente perfecto. El sentido de comunidad que reinaba en Fool's Gold representaba para ella su mayor atractivo.

—He oído que Shane te está enseñando a montar a caballo —dijo May.

—Sí, la cosa está yendo bien —respondió Annabelle.

—¿Con Khatar?

—Parece que le gusto.

—Es más que eso —comentó Charlie—. Ella es su único y verdadero amor. Shane no sabe cómo refrenarlo cuando ella está cerca.

May frunció el ceño.

—Es un caballo peligroso. Ten cuidado.

—Lo tendré, pero la verdad es que es muy bueno. Muy cariñoso.

—Es cierto —le dijo Heidi a May—. Vas a tener que creernos. Khatar se pone muy meloso cuando está con Annabelle.

—Si tú lo dices... —May parecía escéptica.

—Y hay más —dijo Heidi, con un brillo de diversión en los ojos—. Un grupo de niñas pequeñas se presentaron en el rancho con la idea de aprender a montar a caballo. Quieren que Shane les enseñe porque, según ellas, es un vaquero de verdad.

Annabelle suspiró.

—Yo tengo la culpa. No tenía ni idea de que todos esos caballos eran tan caros, mencioné lo de las clases a un par de niñas que vinieron a la biblioteca y rápidamente cundió la voz. Shane ha reaccionado estupendamente —se apresuró a añadir—. Está hablando de alquilar algunos caballos.

—¿Alquilar? No hay ninguna necesidad de hacer eso —May se levantó—. Vosotras, chicas, seguid con la planificación. Vuelvo ahora mismo.

Heidi la observó marcharse.

—Oh–oh. Tengo la sensación de que más viejos animales van a aparecer por aquí mañana mismo o pasado. ¡Pobre Shane! Esta vez sí que va listo. Eso le pasa por involucrarse.

Annabelle esbozó una mueca, consciente de que la preocupación de Shane por lo que pudiera hacer su madre no había sido infundada. Pero no sería ella quien lo avisara. Recogió su vaso de té helado y estaba a punto de beber un sorbo cuando se dio cuenta de que Charlie la estaba mirando fijamente.

—¿Qué pasa?

—Hablando de involucrarse... —dijo lentamente su amiga—. ¿Estuviste intentando emparejarme con Shane?

—No —repuso, encogiéndose—. Er... sí. Quizá. Lo siento.

—¿Qué es lo que me he perdido? —quiso saber Heidi—. ¿Algo divertido?

—Annabelle piensa que necesito salir más —dijo Charlie sin dejar de mirar a la aludida—. Empezar a salir, mejor dicho.

—¿Acaso sabe...? —se interrumpió Heidi, apretando los labios.

—Sí —finalmente Charlie desvió la mirada—. Le conté lo que me había pasado.

—Pensé que sería una buena idea que empezara con alguien bueno y honesto —se disculpó Annabelle con voz débil—. Shane lo es.

—No es mi tipo. Y, además, él está interesado en ti.

—¿De veras? —se irguió en su silla—. ¿Crees que yo le gusto?

Heidi miró a Charlie.

—Parece que Khatar no es el único que ha tenido un flechazo...

—Yo no he tenido ningún flechazo con Shane —protestó Annabelle—. Solo he dicho que es un hombre bueno y honesto. Hay una diferencia.

—No cuando te estás poniendo tan colorada —se burló Heidi.

—¿De modo que me ofreciste a un tipo en el cual tú estabas interesada? —le espetó Charlie, aparentemente ofendida.

Annabelle apretó los labios.

—No estaba segura, y tú dijiste que querías curarte.

—Estás hablando de mí como si fuera un pobre perrito abandonado.... Mira, te agradezco el esfuerzo, pero puedo resolver esto sola. Ya encontraré alguna manera de superar mi desconfianza hacia los hombres, o quizá no. Al fin y al cabo, no necesito un hombre para fundar una familia ¿verdad?

—Bueno, más bien sí —repuso Annabelle con tono suave.

—Annabelle tiene razón —intervino Heidi—. Pero todo es para bien. Te estás enfrentando con el problema. Me alegro de ello. Y también estoy algo sorprendida. No sabía que te gustaran los niños.

—Refunfuño con ellos, pero me gustan. Siempre he pensado que un día... —se encogió de hombros—. Pero... ¿a quién estoy engañando? Eso nunca podrá suceder.

—Eso no —le recriminó Annabelle—. No puedes darte por vencida antes de haber empezado.

—Lo sé. Es que las dos sois tan normales y yo tengo una madre tan horrible...

Annabelle sabía que sus padres no habían sido exactamente una gente muy cariñosa, pero ese no era el momento de hablar de ellos.

—¿Vive todavía?

—La última vez que la vi, sí —se interrumpió antes de explicar—: Mi madre era bailarina de ballet. De fama mundial. Dominique Guérin.

Annabelle frunció el ceño.

—Creo que he oído ese nombre. Es preciosa, con mucho talento.

Charlie soltó un gruñido.

—Se quedaría destrozada si supiera que tu vida no gira en torno a ella. Y no estoy diciendo que eso sea divertido.

—¿No es la típica mujer casera y hogareña? —le preguntó Heidi.
—Tiene el mismo instinto maternal que una piedra.

Annabelle pensó en la menuda y elegante bailarina que había visto de niña, y comparó aquella imagen con la mujer que tenía delante. Charlie era alta, más de uno ochenta, de hombros anchos y mucho músculo. Conducía el camión de la brigada de bomberos de Fool's Gold y entrenaba a los voluntarios. Era inteligente, eficaz, leal y una gran amiga. Pero no podía imaginarse a una mujer como Dominique teniendo una hija como Charlie. Y, por lo poco que Charlie le había dicho, no había sido una relación muy entrañable.

—Por su culpa, nunca pensé en tener hijos —admitió Charlie—. Tenía miedo de no saber qué hacer.

—¿Y eso está cambiando? —inquirió Annabelle.

—Más o menos. Quizá. No lo sé. No hablemos más de eso.

Heidi se inclinó hacia ella.

—Yo tenía miedo del amor —le confesó—. Miedo de perder el control, de resultar herida. Ni siquiera estaba segura de que el amor era algo real. Pero ahora, con Rafe, sé que lo es y que merece la pena. Puedo entregarle mi corazón y confiar en él completamente. Nunca pensé que sería capaz de decir eso de nadie.

Annabelle ignoró la punzada de celos que acababa de atravesarla. Aunque había estado casada, nunca había experimentado lo que Heidi acababa de describir. Con Lewis, se había sentido halagada y agradecida solo con que reparara en su presencia. Más tarde, cuando él le había sugerido que se casaran, se había dicho a sí misma que estaba enamorada... pero ahora sabía que sus sentimientos no habían sido más que un desesperado intento por demostrar que alguien, en alguna parte, podía amarla. Solo que se había equivocado de medio a medio. Lewis solamente se había querido a sí mismo.

Ella quería la clase de pasión que veía en Heidi y en

Rafe. Quería estar con alguien que la amara tal como era, y a quien pudiera amar con todo su corazón. Quería ese sueño.

El móvil de Charlie sonó de pronto. Se lo sacó del bolsillo y miró la pantalla antes de contestar.

—¿Ahora? —inquirió, y se interrumpió para escuchar—. Estoy en el rancho, con Heidi y Annabelle. Ajá. Sí, tengo mi lista. Haré las llamadas de camino. En seguida estoy allí —colgó y se volvió hacia ellas—. Montana se ha puesto de parto. Hora de ir al hospital.

—¿Puedes explicarme esto? —le preguntó Shane a su hermano en voz baja.

—No. Hace un momento estaba en el rancho, ocupándome de mis cosas, y ahora estoy aquí.

—Dímelo a mí. Tiene que ser un efecto que produce esta ciudad.

No era nada místico: solo una fuerza más poderosa que cualquier otra que hubieran conocido. De otro modo no podía explicarse por qué estaban en ese momento en la sala de espera de la maternidad del hospital de Fool's Gold. Y lo más desconcertante de todo era que ninguno de ellos conocía ni a la futura madre ni a su marido.

—Aceptémoslo —dijo Rafe en voz baja—. Heidi se pondrá contenta.

—Que es algo que te importa más a ti que a mí —rezongo Shane.

Su hermano sonrió.

—En eso llevas razón.

Shane hundió las manos en los bolsillos de los vaqueros y miró a su alrededor. La gran sala de espera estaba repleta de gente, la mayoría conocidos. Por lo que recordaba, Montana era trilliza. De niño había conocido a sus hermanos, que no a las hermanas Hendrix, más pequeñas que él. Vio a dos mujeres que parecían idénticas y se imaginó que serían ellas.

–¿Tú eres Shane?

Se volvió para descubrir junto a él a una mujer alta y morena, de pelo rizado. Sostenía un niño en los brazos, una pequeña que no tendría más de un año de edad.

–Hola. Soy Pia Moreno. Me encargo de coordinar las fiestas de la ciudad y tengo entendido que estás ayudando a Annabelle con su danza del caballo.

–La estoy enseñando a montar –admitió. Hasta el momento no habían llegado a lo del baile.

–Bien. La ruta del desfile será de kilómetro y medio. El caballo recorrerá esa distancia al paso. La actuación en sí será el final.

Shane experimentó la urgente necesidad de darse de cabezazos contra la pared más cercana.

–¿La ruta del... desfile?

–¿No te lo dijo Annabelle?

–No, no me lo dijo.

Dada la afición que Khatar le había tomado a Annabelle, Shane había pensado en usarlo para la ceremonia. Pero un desfile de kilómetro y medio significaría que tendría que acostumbrarlo a la continuada presencia de la gente a su alrededor.

–Te conseguiré una copia de la ruta –le ofreció Pia–. Es casi toda recta. Un par de calles y estará en el parque. Levantaremos un estrado para que todo el mundo pueda contemplar el sacrificio.

–Claro. Supongo que no te gustaría que alguien se perdiera el espectáculo de un pobre hombre muriendo degollado.

Pia se echó a reír.

–Ese será el momento culminante de mi jornada –se sacó del bolsillo trasero de los vaqueros una tarjeta de presentación, que le entregó–. Llámame si tienes alguna pregunta. Intentaré conseguirte la ruta para la semana que viene. No te preocupes por los permisos. En esta ciudad somos muy amigos de los desfiles y hemos querido juntar la ceremonia con la fiesta que se hace todos los años.

—Qué suerte la nuestra —masculló por lo bajo.

La observó alejarse antes de desviar la mirada ligeramente a la izquierda. Desde donde estaba, tenía una vista perfecta de Annabelle. No era que quisiera mirarla: era que no parecía capaz de evitarlo. Como su semental, de repente se había encontrado en la desafortunada tesitura de desear desesperadamente a la batalladora bibliotecaria.

Se volvió antes de que alguien lo sorprendiera devorándola con los ojos y casi tropezó con una mujer mayor de pelo blanco y traje de chaqueta. Algo en ella le resultó familiar. Antes de que pudiera identificarla, fue ella la que se presentó.

—Soy la alcaldesa Marsha Tilson. Y tú eres Shane Stryker.

—Sí, señora —si hubiera llevado sombrero, se lo habría quitado inmediatamente.

—Llevo tiempo queriendo acercarme al rancho para conocerte, pero últimamente los asuntos de la ciudad me han tenido muy entretenida. Por favor, disculpa mi tardanza, Shane. Espero que te estés instalando bien en Fool's Gold.

—Así es.

—Me alegro. Tengo entendido que te estás haciendo construir unas cuadras y una casa. Excelente —sonrió—. La ciudad agradece tus futuras contribuciones fiscales. Y la contratación de trabajadores de la localidad. Jocelyn es una de las mejores en su especialidad. Ha estado un par de años en la zona de Sacramento, trabajando en obras de gran responsabilidad. Afortunadamente, ha vuelto a casa y piensa quedarse. Quedarás satisfecho con su trabajo.

Shane no sabía muy bien si la alcaldesa le estaba dando conversación o instrucciones.

La mujer se sacó un papel del bolsillo de la chaqueta y se lo tendió.

—Este es el nombre y el número de un amigo mío. Tu madre me comentó que estabas buscando caballos para montar.

Shane ni siquiera miró el papel.

–Ahora mismo no tengo intención de comprar caballos.

La expresión de los ojos azules de la alcaldesa Marsha permaneció imperturbable.

–Entiendo que tienes un programa propio de cría de purasangres, Shane. Pero estos otros caballos son para las niñas. Vas a darles clases, ¿no?

Aunque la temperatura de la sala era muy cómoda, sintió una especie de ardiente comezón en la nuca.

No. La palabra resultaba fácil de pronunciar. ¿Dar clases a niños? Él era un tipo ocupado con una empresa que estaba creciendo. Solo que ya había aceptado, y retractarse no era una opción.

Tragó saliva.

–Los caballos vienen con todo el equipo necesario: sillas, bridas.... –sonrió–. Bueno, yo no estoy familiarizada con los detalles –continuaba sosteniendo el papel–. Está esperando tu llamada.

Fue como si una fuerza invisible e inexplicable lo agarrara del brazo y tirara de él. Cerró los dedos sobre el papel y se lo guardó.

–Sí, señora.

–Confía en mí –la sonrisa de la mujer se amplió–. No te arrepentirás.

De eso ya no estaba tan seguro.

–Oh, también está el asunto de Wilbur.

–¿El propietario de los caballos?

–No. Wilbur es un cerdo. Un nombre desafortunado, pero qué le vamos a hacer. Está disponible. Para Priscilla.

Shane recordaba haber dormido bien esa noche. Y por la mañana había tomado sus dos buenas tazas de café. Su cerebro debería estar funcionando bien, pero no podía hacer las necesarias conexiones mentales.

–¿Me está ofreciendo un cerdo?

–Para tu elefanta. He oído que se siente sola. No creo que una familia de gatos sea suficiente compañía. Tienes un par de yeguas que podrían servir, pero no estarían a la altura de su inteligencia. Los cerdos son muy inteligentes. Al menos eso es lo que tengo entendido. Llegará la semana que viene. Si la cosa no funciona, avísame y haré que lo recojan –desvió la mirada hacia la puerta–. Bueno, se acerca el momento de dar la bienvenida al más reciente ciudadano de Fool's Gold –y, dicho eso, se volvió para abandonar la sala de espera.

Shane permaneció en el centro de la habitación, intentando asimilar lo que acababa de suceder.

–¿Te encuentras bien? –le preguntó Annabelle, apareciendo de pronto frente a él–. Pareces... –frunció el ceño–. No sabría describirlo.

–Yo tampoco. ¿Quién es ella?

–¿La alcaldesa Marsha? ¿No te ha quedado lo suficientemente claro por el título?

–¿Se trata de una especie de bruja?

Annabelle se echó a reír.

–No seas tonto. Es una mujer encantadora que lleva años cuidando de la ciudad.

–¿No tiene poderes paranormales?

–No que yo sepa. Está muy bien conectada. Todo el mundo se lo cuenta todo. Con ella es imposible guardar un secreto.

–De eso ya me había dado cuenta –le mostró el papel.

–¿Vas a adquirir caballos? –parecía encantada–. ¿Para las clases de equitación?

–¿Por qué no? –no había tenido mucha elección–. Y un cerdo para Priscilla. Se llama Wilbur. Lo cual parecía no gustarle a la alcaldesa.

–¿Wilbur? ¿Como el de *La telaraña de Charlotte*? Es un cuento infantil. Charlotte es una araña que... –sacudió la cabeza–. No importa. Te conseguiré un ejemplar en la biblioteca. Entonces comprenderás la broma.

–¿Era una broma? –a él, la alcaldesa Marsha le había parecido más bien un tornado. Irrumpía en las vidas de la gente, se las organizaba y luego desaparecía. Lo único que le había quedado era una sensación de aturdimiento.

—Creo que lo del cerdo es una idea verdaderamente interesante —comentó Annabelle—. Se supone que son muy inteligentes.

—Ya. Me aseguraré de proporcionarles un crucigrama diario a los dos.

Annabelle se apoyó en su hombro. El aroma de su cuerpo llegó hasta él.

—Así es esta ciudad. La gente se preocupa de la gente. Es bonito.

—Es extorsión y persecución.

—Estás exagerando.

—Quizá un poco —admitió. Le gustaba que Annabelle se apoyara en él. Bajó la mirada hasta sus labios mientras se preguntaba si habría algún lugar privado cerca donde pudiera aprovecharse de ella...

Annabelle se volvió en ese momento hacia la multitud que abarrotaba la sala de espera.

—¿Conoces a alguien aquí?

—Ninguno es muy amigo mío. Precisamente Rafe y yo nos estábamos preguntando por lo que hacíamos aquí, esperando a que dé a luz una mujer a la que ni conocemos.

—Estáis apoyando.

—¿No te parece que ella lo encontraría un poco extraño?

Annabelle sonrió.

—Eres tan remirado... Además, tú conoces a sus hermanos. Tienes que conocerlos. Rafe conoce a Ethan, así que tú deberías conocer a Kent o al otro, no me acuerdo de su nombre...

—Ford —pronunció Shane con tono ausente, volviendo a mirar la habitación. Descubrió a Ethan en aquel momento, hablando con Rafe. Kent estaba con un niño que debía de tener unos diez u once años.

Kent alzó entonces la mirada y lo vio. Enarcó las cejas con un gesto de sorpresa y se dirigió hacia él.

—Oí que estabas en la ciudad —le dijo, estrechándole la mano—. Me alegro de que hayas vuelto.

—Yo también. ¿Conoces a Annabelle Weiss?

Kent asintió con la cabeza.

—Nos hemos visto en la biblioteca.

—Tu hijo es un lector excelente —comentó Annabelle.

—No en verano. Cuando hace bueno, se pasa la mayor parte del día fuera de casa —Kent le dio a Shane una cariñosa palmada en el hombro—. Igual que tú. Recuerdo cuando me enseñaste a montar a caballo —se volvió hacia Annabelle—. Shane adoraba el rancho. Nunca quería venirse a jugar con nosotros después del colegio. Éramos nosotros los que teníamos que ir a verlo a él. ¿Te acuerdas de cuando desafiaste a Ford a saltar aquella valla?

Shane esbozó una mueca.

—No pensé que diría que sí. Era demasiado alta. El caballo se frenó, pero Ford no. Se rompió el brazo. Vuestra madre se enfadó muchísimo conmigo.

—¿Y te extraña? —inquirió Annabelle—. Típico de los chicos —miró a Kent—. A Ford creo que no lo conozco. ¿Vive en la ciudad?

—Está en el ejército. Lleva años fuera de casa.

—Eso debe de ser duro para la familia.

—Lo es. Sobre todo para mi madre. Nos telefonea y envía mensajes, pero podemos pasar meses sin saber nada de él. Está metido en misiones secretas.

Shane intentó imaginarse de soldado al niño que había conocido dieciocho años atrás.

—Si hablas con él, dale recuerdos.

La puerta se abrió en ese momento y apareció una mujer rubia. A Shane le resultó familiar, hasta que se dio cuenta de que era la madre de Kent y de Ford.

La mujer sonrió con una expresión de alivio y orgullo a la vez.

—Es una niña —anunció feliz—. Skye pesa tres kilos diez gramos y es perfecta. Montana y Simon están eufóricos, y yo tengo otra nieta.

Annabelle condujo hasta Castle Ranch y experimentó al

llegar una sensación como de pertenencia. Una sensación estúpida, en realidad. Porque ella no pertenecía a ese lugar. Era amiga de Heidi y cliente de Shane, pero poco más. Y, sin embargo, una chica tenía derecho a soñar. Había algo especial en aquella porción de tierra, en su tranquilidad, en los variados animales que contenía. Era una vida que desconocía, pero que evidentemente tenía su atractivo. Además de que el rancho estaba lo suficientemente cerca de la población como para poder disponer de una buena margarita y un poco de compañía a unos cuantos minutos de allí.

Aparcó y bajó del coche. Priscilla se hallaba junto al árbol, con aspecto fieramente protector. Había oído hablar de la familia de felinos con la que estaba encariñada y esperaba que todo estuviera saliendo bien. Existía una evidente diferencia de tamaño, lo que podía estorbar cualquier tipo de significativa amistad.

Shane había trasladado a las dos yeguas preñadas al corral contiguo al recinto de la elefanta. Tal vez se encariñara también con ellas, ampliando de esa forma su círculo. Durante los últimos días había estado leyendo algo sobre elefantes y había descubierto que las hembras eran extremadamente sociales. La pobre Priscilla se había sentido muy sola desde que llegó al rancho.

Se volvió hacia las cuadras y vio a Shane caminando hacia ella. Por un segundo, disfrutó de la vista: un vaquero alto y guapo, con sombrero y todo. Era más una silueta que una forma, a contraluz del sol. Tuvo que cubrirse los ojos para observar mejor los detalles, pero mereció la pena. A aquel hombre le sentaban maravillosamente bien los vaqueros.

Tuvo la fugaz ocurrencia de que probablemente estaría igual de bien o mejor sin vaqueros, pero decidió no abundar en ese pensamiento. Aunque había disfrutado de sus besos, no sabía muy bien qué pensar de todo ello. No podía decirse que estuviera saliendo con Shane. Apenas eran amigos. Por regla general, no se relacionaba físicamente sin algún vínculo emocional de por medio. Aun así, lo que estaba claro era que era capaz de ponerle el pulso a nivel aeróbico sin siquiera proponérselo.

—Justo a tiempo —le dijo Shane mientras se aproximaba.

—Soy una maniática de la puntualidad.

Desvió la mirada de su rostro hacia algo que estaba detrás de ella y soltó un gruñido. Annabelle ni siquiera se molestó en volverse. Simplemente esperó hasta sentir la familiar vibración que indicaba que Khatar se acercaba trotando.

El caballo se detuvo ante ella y se dejó acariciar la cabeza.

—Hey, cariño. ¿Cómo estás?

Relinchó suavemente. Annabelle le rascó detrás de las orejas. El animal estiró el cuello y curvó hacia arriba el belfo superior.

—Te gusta esto, ¿verdad?

Shane sacudió la cabeza.

—Le he aconsejado que conserve un mínimo de orgullo, pero parece que no me va a hacer caso.

Annabelle se echó a reír.

—Entonces ya sois dos, porque él es de la opinión que deberías ofrecerte voluntario para la escena de sacrificio de la ceremonia.

—No, gracias. Ya dejé que una mujer me arrancara el corazón una vez.

Suponía que lo había dicho de broma, pero algo en su tono le hizo sospechar. Se apoyó en el caballo.

—Eso no suena nada bien. ¿Has sabido últimamente de tu ex?

Shane se quitó el sombrero y lo sacudió contra el muslo.

—No y me alegro de ello. Lo último que necesito son más culebrones por aquí. Ya tengo bastantes.

—¿Seguro que no la echas de menos?

—Hablar de Rachel me recuerda que los hombres pueden llegar a cometer muchas estupideces por una mujer.

Annabelle quiso señalarle que no todas las mujeres eran

infieles y promiscuas. Ella no lo era. Siempre y cuando el hombre en cuestión estuviera dispuesto a amarla con todo su corazón.

–Me engañó –le confesó él, rotundo–. Más de una vez, y probablemente muchas más de las que yo tuve conocimiento. Cuando finalmente me cansé y pedí el divorcio, ella me suplicó que volviera. Lo hice y se lió con mi jefe. Aquello ya fue el colmo.

–Lo siento.

–Yo también. Y estoy harto de hablar de ello. ¿Quieres echar un vistazo a los planos de la cocina para que podamos darle el visto final a Jocelyn?

Annabelle sonrió.

–¿Otra vez con tus invitaciones sensuales?

Shane soltó una carcajada. Fue una risa un tanto forzada, pero parte de su tristeza se evaporó de sus ojos.

–Tengo los planos en el establo –le informó, señalándoselo–. Así no tendrás que entrar en la casa y tu amigo no se enojará.

Annabelle se echó a reír.

–Es tan guapo.... ¿verdad, Khatar? Y majestuoso. Prácticamente estoy saliendo con un príncipe.

–Te advierto que nunca ha conducido un deportivo.

–No me importa. Él es mejor que cualquier deportivo.

–Una mujer que sabe lo que quiere. Eso me gusta.

Por un instante se la quedó mirando como la deseara: con una invitación en los ojos. Pero luego la mirada desapareció y Annabelle seguía sintiendo un hormigueo por todo el cuerpo.

Mientras lo seguía al establo, pensó en Rachel y la incapacidad que tenía Shane de confiar en nadie por su culpa. Lo que significaba que no le gustaba la sensación de perder el control. Ni sexual ni, eso era seguro, emocionalmente.

Imaginaba que se sentía atraído hacia ella, ya que de lo contrario no la habría besado. Pero no tenía fe alguna: ni en ella ni en sí mismo. Había aprendido a tener cuidado.

Quizá incluso a proteger y esconder su corazón. Ella quería algo loco, mientras que él quería algo seguro.

Una mujer inteligente mantendría aquella relación en términos de amistad y nada más. Todo el mundo decía que Khatar era peligroso, pero la verdad era que Shane podía hacerle un daño muchísimo mayor. Los huesos rotos podían curarse. Los corazones rotos, sin embargo, conservaban toda la vida sus cicatrices.

Capítulo 7

Shane firmó el recibí y se lo entregó al empleado de la empresa de reparto. Mientras se guardaba la copia amarilla, vio a Annabelle entrar y aparcar junto al establo.

–Que pase un buen día –se despidió el hombre.

–Lo mismo digo.

Shane miró a Annabelle. Todavía quedaban bastantes horas para su clase de equitación y, por lo que sabía, trabajaba los martes por la mañana. ¿Qué estaría haciendo allí?

Se dirigió hacia ella, rodeando la camioneta de reparto. El conductor metió marcha atrás, giró y se marchó. El remolque ya vacío dio una sacudida en un bache del camino y varias briznas de heno cayeron al asfalto.

–Buenos días –la saludó.

–Estás ocupado –dijo con un suspiro–. Debí haber llamado.

–Solo era una entrega de heno. Ya está almacenado y registrado.

–¿Heno?

–Se acerca el invierno.

–Estamos a mitad del verano.

–En seis meses habrá nieve. Son muchos los animales que hay que alimentar. Nos hacen una rebaja en el precio si compramos el heno recién embalado. De esa manera ellos se ahorran el coste de almacenaje.

Llevaba un vestido ajustado que destacaba sensualmente sus curvas. Provocador, sí, pero no para él. Porque desear era una cosa, y tomar era otra muy distinta. Al menos eso era lo que se decía cuando estaba al mando de sus hormonas.

—He tomado una decisión —anunció Annabelle. Un brillo de determinación asomaba a sus ojos.

—No me gusta cómo suena eso

—Todavía no sabes cuál es mi decisión.

—Lo cual no tiene que ver con la manera en que me la tome.

Annabelle sonrió.

—Ha hablado el hombre sabio, experto conocedor de las mujeres.

Shane suspiró profundamente.

—Estoy preparado. Adelante.

Asintió, mirándolo fijamente a los ojos.

—He decidido que deberíamos ser amigos.

Esperó la segunda parte de la frase, pero no parecía haber ninguna.

—¿No lo somos ya?

—Me gustaría decirte que sí, pero tú no confías en mí. Porque yo te recuerdo a Rachel.

Shane soltó un gruñido.

—No es tan sencillo.

—Debería serlo. No soy una mala persona y tampoco me parezco a tu ex.

—¿Cómo lo sabes? No la conoces —alzó ambas manos—. Ya sabes lo que quiero decir.

—Sé que eres un buen tipo y que ella te engañó. Mi marido era un imbécil: tardé bastante en descubrirlo. Si no lo hubiera sido, aún seguiría con él.

A Shane no le gustaba imaginársela casada con nadie. Annabelle se encogió de hombros antes de continuar:

—No podremos ser realmente amigos mientras no confíes en mí, y ahora mismo no tienes ninguna razón para hacerlo. Sí, tu caballo se ha enamorado de mí, pero dudo que Khatar pueda servirte de referencia. Así que esta mañana voy a enseñarte mi mundo. Y espero que cuando lo veas y me comprendas algo mejor, empieces quizá a confiar en mí para que podamos ser amigos de verdad.

Lo que decía casi tenía sentido, lo cual lo puso aún más nervioso. Lo que no podía decirle era que él no *quería* que le gustara; al menos no más de lo que ya le gustaba. Que el hecho de no confiar en ella le permitía mantener las distancias. Y sí, tenía que admitirlo, le permitía sobre todo estar a salvo. Porque Annabelle significaba problemas, y peligro, y todo lo malo del mundo en un pequeño envoltorio de lo más sexy.

Le diría que no. Que ya había hecho bastante con aceptar enseñarle a montar a caballo. Que había sido amable, incluso generoso. Lo que tenía que hacer era pedirle amablemente que se marchara.

–Estoy ocupado... –empezó.

Vio la mirada de sus ojos verdes y casi pudo sentir físicamente su decepción. Pero en seguida alzó la barbilla y se dirigió decididamente hacia su coche. Una vez allí, abrió la puerta del pasajero.

–No me lo creo.

Shane sabía que podía insistir. Mostrarse incluso grosero. Pero, si lo hacía, tendría luego que ver cómo desaparecía aquella luz de sus ojos. Vería abatirse aquellos finos hombros sabiendo que él era el culpable. Maldijo para sus adentros, porque eso sí que no podría soportarlo.

Lo cual venía a demostrar precisamente lo mucho que le gustaba. «¡Mujeres!», exclamo en silencio, con un suspiro. «¿En qué habría estado pensando Dios cuando las creó?».

Rodeó el coche por la parte trasera y subió al asiento del pasajero. Ella sonrió y cerró la puerta.

–No te arrepentirás –le prometió mientras se sentaba al volante–. Soy muy buena conductora.

No era la conducción lo que lo preocupaba, pensó Shane mientras la veía encender el motor. Era la proximidad. Su aroma parecía envolverlo, delicioso y provocador. El coche era pequeño, el espacio exiguo. Podía ver demasiadas cosas. Como por ejemplo la manera en que se le ahuecaba el escote del vestido, revelando sus senos, cada vez que tomaba aire.

Intentando encontrar un lugar más seguro en el que concentrarse, bajó la vista para descubrir precisamente que la falda se le había levantado un poco, descubriendo un muslo hasta la mitad. No era la mitad más interesante, desde luego, pero el efecto fue el mismo. Porque bastó para que se preguntara si no se habría estropeado el aire acondicionado del coche.

–Técnicamente hoy no trabajo –le informó ella mientras abandonaba el rancho para incorporarse a la carretera principal–. Es la temporada de verano. Así que utilizo el tiempo libre para visitar a algunos de nuestros ermitaños particulares. Obviamente, cuando tenga el bibliobús, lo haré en días laborables. Quiero ir preparando el terreno para asegurarme de que voy a ser bien recibida.

Shane bajó el cristal de la ventanilla, lamentando no poder sacar la cabeza como un perro. Al menos eso supondría una distracción.

–¿Qué sucede en invierno?

–Depende de la nieve que haya y de si puedo salir. Abrimos más horas, así que habitualmente alguien me sustituye para que pueda salir a visitar a los clientes que han dejado de bajar a la ciudad.

Si no hubiera comprado a Khatar, le habría entregado sin más el dinero para el bibliobús y habría terminado con aquel asunto, pensó sombrío. Quizá pudiera convencer a Rafe de que le prestara cien de los grandes por unos meses. Cualquier cosa con tal de evitar la tortura de verse atrapado en un coche con aquella mujer.

–La primera parada será montaña arriba. Tres hermanos que hace ya tiempo compraron una tierra a partes iguales. Para serte sincera, ignoro cómo se han ganado la vida durante todos estos años. Alguien me comentó que habían vendido árboles a una compañía maderera, pero eso no es algo que pueda hacerse cada año. Se necesita tiempo para que crezcan los árboles nuevos. He oído rumores sobre una mina de oro y alguien me dijo que pensaba que estaban cultivando marihuana, pero lo dudo.

Continuó hablándole de los hermanos y de su relación con la comunidad. Le contó que a Alfred le encantaban las novelas de suspense y que Albert prefería las novelas que le hacían llorar; que Alastair había muerto hacía tres años y que los otros dos hermanos aún no habían superado su pérdida. Sus esposas no estaban tan interesadas por la lectura: siempre desaparecían dentro de la casa cuando ella llegaba. Había intentado hacerse amiga de ellas, pero la relación entre las tres parecía algo tensa: como si fueran hermanas que se llevaran mal.

–Yo soy hija única –dijo Annabelle–. De niña siempre quise tener un hermano o una hermana. Tú tuviste suerte.

–La verdad es que sí –masculló, procurando no mirarle las piernas. Inspiró profundo y se obligó a concentrarse en la conversación. Así al menos lograría distraerse–. Mis hermanos y yo siempre hemos estado muy unidos –pensó en Rafe y en Clay–. A menos yo me he llevado bien con los dos. Ellos han tenido algunos problemas entre ellos.

–¿Por qué?

–Nuestro padre murió cuando éramos niños. Rafe es el mayor. Mamá tuvo que apoyarse en él para salir adelante, probablemente más de lo que habría debido. Él se preocupó mucho, se echó a la espalda las tareas más duras. Lo recuerdo siempre tan serio, tan reconcentrado.

Miró por la ventanilla. Habían abandonado la autovía y estaban subiendo la montaña. Los árboles que flanqueaban la carretera los protegían del sol.

–Después de la muerte de mi padre, el dinero escaseó. Mamá trabajó de ama de llaves para el viejo canalla propietario por aquel entonces de Castle Ranch. Él no le pagaba su salario; en lugar de ello, le prometía que le dejaría el rancho cuando muriera.

Annabelle lo miró antes de volver a concentrarse en la carretera.

—Yo creía que May y tu hermano vinieron aquí hace solamente unos meses...

—Y así fue. Después de la muerte del viejo, el rancho fue a parar a unos parientes suyos del Este. Nosotros nos encontramos fuera en cuestión de días. Rafe se alegró de ello. Por aquel entonces odiaba el rancho y no podía esperar para largarse. Yo detestaba la idea de marcharme y me prometí a mí mismo que, cuando fuera mayor, tendría mi propia tierra y nadie volvería a echarme nunca de ningún lugar.

—Y cumpliste tu promesa.

—Me costó trabajo, pero sí. Tengo mi propia tierra.

—Y tus caballos de carreras.

—Y mis caballos de carreras.

—¿Qué vas a hacer con Khatar?

—Entrenarlo, hacerle famoso y luego cruzarlo.

—Buen plan. ¿Estorbo yo en la fase de entrenamiento?

—No. Ahora mismo estoy demasiado ocupado preparando las nuevas cuadras. Este invierno comenzaré a entrenarlo.

Annabelle sonrió.

—No es un caballo malo en absoluto. Es muy cariñoso.

—Contigo.

—Tienes que admirar su buen gusto.

—Y que lo digas.

Sus miradas se encontraron por un segundo. Fue ella la que desvió primero la vista, pero no antes de que Shane descubriera en sus ojos un brillo de lo que solamente podía ser calificado de interés. Una punzada de deseo le atravesó el estómago... y algo más abajo. Maldijo para sus adentros. Tuvo que recordarse que lo más seguro era guardar las distancias. Pero, en aquel momento, no lograba entender la lógica de no tener lo que tanto deseaba...

Afortunadamente en aquel momento, Annabelle giró para tomar un camino de montaña. El coche se sacudió y gimió en protesta.

—Ahora te darás cuenta de por qué necesito un vehículo con tracción a las cuatro ruedas —dijo ella mientras rebotaba en el asiento—. Con este coche no podría subir a verlos en invierno. Y son muchos meses para estar sin un libro o una película.

—¿Bajan a la ciudad?

—Algunas veces.

Aunque a Shane le gustaba la vida de campo, disfrutaba también de la posibilidad de escaparse cada vez que quisiera. Quedarse aislado en invierno no era una perspectiva muy apetecible.

El camino de montaña se fue estrechando mientras los árboles parecían abalanzarse sobre ellos.

—¿Les avisaste de que veníamos? —inquirió, imaginándose un puñado de viejos con rifles y una visión deficiente.

—Sí. Tendrán teléfono hasta que el tiempo diga lo contrario.

El camino de montaña dio una curva y luego se ensanchó. No tardaron en llegar a un claro con tres casas pequeñas y muy juntas. Eran casi idénticas, con tejados en punta y muchas ventanas. Estaban rodeadas de amplios porches, con un par de mecedoras a la derecha de cada puerta. Cinco de ellas estaban ocupadas por la gente más anciana que Shane había visto en su vida.

Dos hombrecillos arrugados y tres mujercillas igualmente arrugadas se quedaron mirándolos fijamente. Todos ellos encorvados y de piel atezada, con diminutos ojillos negros y vestidos con ropa anticuada.

Mientras el coche se detenía, los cinco se levantaron. Las mujeres entraron en la casa y los hombres, con extremada lentitud, abandonaron los porches para dirigirse hacia ellos.

—¡Annabelle! —gritaron al unísono los agostados hombrecillos.

Annabelle bajó del coche y corrió a su encuentro para verse abrazada y besada en las mejillas. Shane no estaba seguro, pero le pareció ver que el viejo de la izquierda le daba una palmada en el trasero.

En seguida fue presentado y estrechó la mano de todo el mundo. Tuvo buen cuidado de no apretar demasiado. Albert, o quizá fuera Alfred, siguió a Annabelle al maletero del coche, donde llevaba una caja pequeña con una decena de libros.

—De modo que eres amigo de Annabelle —le dijo Alfred, o quizá fuera Albert—. Es una chica preciosa.

—Sí que lo es.

Aquellos ojillos negros lo miraban fijamente.

—Pues será mejor que no te aproveches de ella, chico —sus pobladas cejas blancas se fruncieron en un gesto amenazador—. Ella es especial, y aunque mi hermano y yo no somos tan jóvenes como antes, todavía podemos acertarle a una ardilla a trescientos metros. ¿Comprendes lo que quiero decir?

Shane asintió, dudando si creerle o no, pero poco deseoso de ponerlo a prueba.

—A no ser que pretendas casarte con ella —continuó su nuevo amigo con una risotada que evidenció los muchos dientes que le faltaban—, en cuyo caso tendría que considerarte un pintas con suerte. La chica está de buen ver. Y tiene buen gusto con la lectura. Aunque no sé si sabe cocinar...

Shane alzó ambas manos.

—Annabelle y yo somos amigos.

—Eso son zarandajas. A un lado está un hombre y una mujer, y al otro está la muerte. No hay gran cosa entre medias. Mi Elizabeth y yo estuvimos casados setenta y dos años. ¿Crees que nos reservábamos para la noche del sábado?

Aquella explícita información fue acompañada de un codazo y de un guiño. Shane retrocedió un paso, intentó sonreír y se preguntó si alguien se daría cuenta si daba media vuelta y disimuladamente se ponía a trotar de regreso a la ciudad. Serían unos veinte kilómetros que correría con gusto.

–Albert, ven a ver lo que he traído. Encontré un nuevo autor que creo que te va a gustar mucho.

Veinte minutos después, con su estómago protestando por el aguardiente casero que Alfred había insistido en que probara, Shane apoyaba la cabeza en el respaldo del asiento del coche de Annabelle y cerraba los ojos.

–¿Cómo los conociste?

–Un día del verano pasado llamaron a la biblioteca para preguntar si alguien podía subirles algunos libros. Decían que había mucho tráfico en la ciudad para ellos y que no se sentían cómodos conduciendo allí abajo.

–Claro. Porque Fool's Gold tiene... ¿cuántos semáforos? ¿Ocho?

Annabelle se echó a reír.

–Probablemente sean demasiados para ellos. Creo que los hermanos bajan a la ciudad unas tres o cuatro veces al año. Es un mundo muy distinto, pero son buena gente.

Shane pensó que eso era muy fácil de decir. A ella no la había amenazado de muerte ningún anciano rijoso de un siglo de edad.

–No sé si tengo ganas de conocer a tus otros clientes.

–No te preocupes –repuso Annabelle, riendo–. Ava te gustará. Es encantadora. Programadora de ordenadores de una multinacional. Baja a la biblioteca cada vez que puede, pero cuando se encuentra algo mal, le subo yo los libros.

–¿Una programadora de ordenadores que no lee libros electrónicos?

–Los hay que prefieren los de papel. Es una cosa táctil. De contacto.

Shane también prefería el contacto, solo que no precisamente de un libro.

Annabelle blandió la pequeña bolsa de regalo que había traído consigo.

–Sé que lo tradicional es una cazuela de comida, pero

no soy muy buena cocinera, así que traer una me pareció algo arriesgado.

Montana le abrió la puerta de su casa, riendo.

–Si vieras mi nevera, no te disculparías. En serio: tenemos comida suficiente hasta el 2021. Tuve que devolver las cazuelas que me enviaron mi madre y hermanas –abrazó a Annabelle–. Gracias por venir.

–Gracias a ti por invitarme.

Montana curioseó el contenido de la bolsa y alzó luego la mirada con expresión entusiasmada.

–¿Es posible...?

–Su nueva trilogía veraniega en audio. Pensé que podrías escucharla mientras te ocupabas del bebé.

–Eres un encanto. Gracias. Pasa, por favor.

Annabelle entró en la enorme casa. La luz del sol bañaba la doble puerta, procedente de la ventana del primer piso. Brillaban los suelos de madera. El vestíbulo llevaba a un amplio salón, con un comedor lo suficiente grande como para sentar a veinte personas. Pese a ello, la casa tenía un sabor hogareño, acogedor. Annabelle casi podía sentir el amor que la inundaba.

Montana la guio a través del salón y de la también enorme cocina hasta una sala contigua, muy luminosa. La pequeña Skye, desde el moisés, movió sus diminutas manos cuando vio a su madre.

Annabelle sintió que se le apretaba el pecho de emoción al ver al bebé. Nunca se había tenido por una mujer muy maternal, pero siempre había pensado que algún día tendría una familia. Su divorcio había aparcado aquellos sueños. En ese momento tendría que idear alguna manera de resucitarlos.

–¿Qué tal la experiencia? –preguntó a Montana, que había empezado a servir dos vasos de té helado– ¿Estás durmiendo bien?

–No, pero sesteo, y eso ayuda –Montana miró a su hija y sonrió–. Ser madre es aterrador, pero justo cuando creo que no puedo soportarlo o no sé qué hacer, alguien me llama o aparece de visita y me ayuda a superarlo. Mamá se está portando conmigo de maravilla. Ella tuvo seis, así que si alguien sabe cómo se hace, es ella.

Annabelle asintió, esforzándose todo lo posible por sentir únicamente alegría por su amiga y no tristeza por ella misma.

Siempre había oído que, durante un divorcio, los padres discutían por el privilegio de poder ver más a sus hijos. En su caso, sus padres habían competido más bien por desembarazarse de ella. Ninguno había querido la custodia y Annabelle tenía la sensación de que si hubieran encontrado una manera de devolverla al remitente, lo habrían hecho.

El bebé volvió a mover los bracitos. Montana miró a Annabelle.

–¿Quieres tenerla en brazos?
–Me encantaría.

Montana levantó cuidadosamente a su hija y se la entregó. Annabelle la tomó con delicadeza, sosteniéndole la cabecita y acunándola en los brazos.

Skye tenía los ojos brillantes, una boquita perfecta y unas manitas preciosas. Era tan pequeña que apenas pesaba.

–Es tan bonita... me pasaría el día entero contemplándola.

–Y yo –admitió Montana, riendo–. Me he convertido en una de esas irritantes mujeres que solo quieren hablar de su bebé. Para mí, es un milagro. Simon está igual de loco con ella. Viene a casa corriendo para verla. Cece, nuestro caniche, está igualmente enamorada de ella. Skye es la primera a la que saluda cuando entra con Simon.

Annabelle sabía que Cece era algo más que una simple mascota. El caniche era un perro de terapia que trabajaba con niños hospitalizados. Se le permitía incluso la entrada en la unidad de quemados, donde el doctor Simon Bradley obraba su magia.

–Tienes la familia perfecta –murmuró Annabelle mientras mecía suavemente a la bebé, que la miraba con sus ojazos verdes.

—Es cierto —repuso Montana, recostándose en el sofá—. Simon y yo somos muy afortunados. Los dos queremos tener más hijos, pero primero queremos disfrutar de cada segundo con Skye.

Annabelle acarició las perfectas manitas de la niña.

—¿Sabes? Mientras estuve casada, yo quise tener hijos. Y cuando el matrimonio terminó, me alegré de no haberlos tenido. Ahora, sin embargo...

—¿Peco de indiscreta si te pregunto por Shane? He oído rumores.

Annabelle confió en no ruborizarse.

—No hay gran cosa que decir. Somos amigos. Él me está enseñando a montar a caballo para la ceremonia Máa-zib que quiero organizar para recoger fondos. La Danza del Caballo.

—Es un vaquero muy guapo. De los irresistibles.

—Quizá —sonrió Annabelle—. Un poco.

También besaba de maravilla y, a veces, cuando la miraba como si ella fuera la única mujer sobre la tierra, conseguía que le flaquearan horrorosamente las rodillas.

—Sería fácil enamorarse de un hombre como él —admitió.

—¿Tan malo sería eso? —inquirió Montana.

—No lo sé. Tiene sus cosas, pero yo también.

—El amor justifica cualquier riesgo.

—¡Ha hablado la mujer que lo tiene todo!

—¿Algún problema? —inquirió Rafe.

Shane observaba detenidamente a Priscilla. No era un experto en paquidermos, pero sospechaba que la elefanta no era feliz.

—No lo sé —admitió Shane—. Ya no está interactuando con las yeguas preñadas.

—Quizá hayan discutido —comentó Rafe, riendo.

Shane entrecerró los ojos.

—¿Quieres hacerte responsable de ella? Me encantaría anunciarle a mamá que te has ofrecido voluntario.

Rafe alzó las manos en un gesto de rendición y retrocedió un paso.

—No, gracias. Estás haciendo un gran trabajo.

—Ya me figuraba yo que dirías algo así —volvió al remolque, de donde no uno, ni dos, sino cuatro caballos estaban descendiendo, y reprimió un gruñido. Según lo prometido, la alcaldesa Marsha le había proporcionado animales de picadero.

Había intentado rechazar el transporte, pero cuando se resistió, su madre había firmado sin más un cheque. Y en ese momento los caballos, junto con todo el equipo, estaban siendo entregados. Caballos que no quería para enseñar a niñas pequeñas a las que tampoco sabía cómo iba a enseñar.

—Te las arreglarás bien —le aseguró Rafe.

—No lo creo —esbozó una mueca cuando un quinto animal descendió por la rampa—. Espera un maldito momento. ¿Qué diablos es eso?

Rafe desvió la mirada hacia el remolque y rio entre dientes.

—A mí me parece un poni.

—Dije que nada de ponis. Odio los ponis. Son seres malos y mezquinos —se adelantó hacia el tipo que estaba bajando un pequeño poni de color pardo por la rampa—. Quieto. El poni no. Yo no he comprado ningún poni.

—Ya lo sé —repuso el chófer con tono alegre—. Se lo dan gratis.

—No lo quiero.

—Es un ejemplar excelente. Se llama Reno.

—No quiero ponis —masculló, apretando los dientes.

—Está bien —gruñó el hombre—. Si insiste...

—Insisto.

El hombre ató a Reno a la valla y se acercó a los otros cuatro caballos.

—¿Dónde quiere que los ponga?

—Por aquí. Los mantendré juntos de momento —ya les había preparado cuatro cubículos en el establo.

Rafe se reunió con ellos. No les llevó mucho tiempo instalar a los nuevos caballos. Shane revisó la lista de animales y tachó el nombre de Reno.

Rafe y él esperaron mientras el chófer telefoneaba a su oficina.

—Tienes que admitir que el poni es gracioso —le dijo Rafe.

—A mí no me lo parece.

—Menos mal que no está aquí mamá. Ella insistiría en que se quedara.

—Entonces me alegro de que se hayan marchado para Tahoe esta mañana —fulminó a su hermano con la mirada—. Porque ella no se enterará de esto.

—¿De que has rechazado a un viejo y pobrecito poni sin hogar? ¿Quién se encargara de cuidarlo?

—El tipo que lo poseía, en primer lugar.

Shane no estaba dispuesto a ceder. Nunca había conocido un caballo que no pudiera controlar, pero los ponis eran distintos. Por lo que a él se refería, eran animales mezquinos que aterrorizaban a los niños y disfrutaban además haciéndolo. Había tenido seis años cuando un poni lo derribó y luego intentó pisotearlo en una granja de la localidad. Había sido Rafe quien tuvo que sacarlo de debajo de sus afilados cascos.

Rafe desvió la mirada hacia las cuadras.

—Te estás involucrando a fondo.

—¿Las clases de equitación? —Shane se encogió de hombros—. No pude negarme. Solo serán unas pocas lecciones. ¿Cuánto tiempo podrá llevarme?

—Procura no hacerte esa pregunta —repuso Rafe—. Es lo que tiene esta ciudad. Tan pronto te estás ocupando de tus propios asuntos como al momento siguiente ellos te están complicando en los suyos. Mírame a mí. Voy a traer aquí la empresa entera. Dante no está nada contento.

—Lo superará. Es abogado. Lo suyo es transigir y llegar a acuerdos, ¿no?

Rafe se echó a reír.

—Él habría preferido ganar, pero se ha resignado. Vendrá para la semana siguiente o la otra, y entre los dos encontraremos un local que nos convenga. Habrá que remodelarlo, claro, lo que significa que provisionalmente tendremos que alquilar algo.

Shane conocía a su hermano casi tan bien como se conocía a sí mismo.

—Alquilarás algún local muy cerca de aquí —vaticinó, confiado—. A Heidi le gusta tenerte cerca.

Rafe asintió.

—A mí también me gusta estar cerca de ella.

Eso era porque hacer feliz a su novia había pasado a convertirse en el primer objetivo de su vida. Shane recordaba bien la época en que su hermano había vivido para los negocios. Al igual que le ocurría a Dante, le gustaba ganar. Pero todo eso había cambiado cuando se enamoró.

A Shane le había sucedido lo mismo: quizá eso formara parte del ADN de los Stryker. Su madre había llorado la muerte de su marido durante décadas. Hasta que conoció a Glen, cerca de veinte años después. Y él no quería repetir la experiencia: esperar durante tanto tiempo a que estuviera en condiciones de volver a confiar en alguien.

El chófer del remolque terminó por fin de hablar por teléfono.

—Está bien, ya he aclarado lo de Reno. Me lo llevo. ¿Dónde lo ha puesto?

Shane miró la valla del corral donde lo había atado. El animal no estaba por ninguna parte.

—Yo no lo he movido de allí.

El hombre sacudió la cabeza.

—Pues yo mismo lo até a esa valla. No puede haberse escapado.

—La realidad sugiere lo contrario —murmuró Rafe.

—Es típico de los ponis —rezongó Shane, mirando a su alrededor. No lo vio ni cerca de las cuadras ni de la casa. Tampoco en el jardín, ni en...

Rafe le dio un codazo.

–Creo que tienes un problema, hermanito.

Shane se volvió para descubrir que Reno se había acercado al recinto de la elefanta. Priscilla permanecía pegada a la valla, deslizando la trompa por entre los travesaños para acariciar el lomo del poni. El gesto, casi humano, era una evidente invitación a la amistad.

A su lado, Rafe soltó una risita.

La alcaldesa Marsha había tenido razón. La familia de gatos probablemente no había sido compañía suficiente para un animal tan social como Priscilla. El misterioso Wilbur aún no había llegado y las yeguas no habían congeniado con la elefanta. Lo que significaba que no podía rechazar al poni, por mucho que quisiera.

–Bueno, maldita sea –masculló, y se volvió luego hacia el chófer del remolque–. Déjelo aquí.

–¿Seguro?

No, no estaba seguro. Había regresado contento a Fool's Gold para comprar tierras y comenzar con su programa de cruces de purasangre. Y lo que había conseguido, para su infortunio, era un puñado de animales que no quería, una mujer a la que no podía olvidar y la sensación de que su vida estaba siendo gobernada por fuerzas que no podía controlar ni comprender siquiera.

Rafe le dio una palmadita en la espalda.

–Reno es ahora uno de los nuestros, Shane. Será mejor que empieces a acostumbrarte a ello.

Capítulo 8

Annabelle aparcó junto a la casa del rancho y bajó rápidamente del coche. Se dirigía apresurada al corral donde se hallaban los cuatro caballos recién llegados cuando vio a Shane saliendo del establo, cargado con sillas de montar. Como ya era habitual, la visión de Shane en acción le alborotó las hormonas. Pero ignoró el estremecimiento de su vientre y el deseo que tenía de sentir su boca contra la suya para concentrarse en una cuestión, al menos en ese momento, más importante:

–¿Es cierto? ¿Glen y May se han fugado para casarse? –había recibido la llamada esa mañana. Todo el mundo en la ciudad ardía de entusiasmo con la romántica noticia–. Así que el viaje a Tahoe no fue una simple escapada...

–Supongo que no.

A ella le parecía absolutamente romántico que la pareja mayor hubiese tenido aquel gesto, pero pensó que quizá los hijos de May no lo vieran de la misma manera.

–¿Lo estás llevando bien? –le preguntó–. ¿No se te hace un poco extraño que tu madre se haya vuelto a casar a estas alturas?

Shane se le acercó. Mientras se aproximaba, se quitó el sombrero de manera que ella pudo verle los ojos y descubrir el brillo de diversión que ardía en ellos.

–Llevan durmiendo en la misma cama desde que llegué aquí –le dijo–. He tenido que soportar sus cuchicheos y sus sonrisitas cómplices, para no hablar de otras cosas en las que no quiero ni pensar. Al lado de todo eso, el matrimonio palidece en comparación.

–De acuerdo, eso tiene sentido. Pero a mí me sigue pareciendo tremendamente romántico. Lo de escaparse juntos y no decírselo a nadie.

El hecho de que Glen y May se hubieran encontrado le daba esperanzas de que el amor pudiera llamar a su puerta cuando menos se lo esperaba.

–¿Son para las clases? –inquirió, mirando los nuevos caballos.

–Sí. Las daré después de la tuya –no parecía muy contento.

–Deberías encargar unas tarjetas. Ya sabes, para la escuela de equitación que estás montando.

–Gracias por tu apoyo.

Antes de que pudiera añadir algo más, Khatar apareció trotando procedente del establo. Ya estaba ensillado, pero a juzgar por las riendas que arrastraba por el suelo, era evidente que había vuelto a escaparse.

–Eres tan listo... –le dijo, abriendo los brazos. El caballo se acercó y le frotó la mejilla con el morro.

Shane masculló algo ininteligible.

–No entiendo cómo se las arregla para escaparse.

–Es un buen chico –le rascó detrás de las orejas–. Así que ya has asumido que voy a montarlo para la ceremonia...

Annabelle se estaba preparando para montar cuando descubrió al poni con Priscilla.

–¡Oh, mira! Tiene un amigo nuevo.

–No quiero ni hablar de ello.

–¿Qué quieres decir? Es adorable. Tan pequeñita...

–Es un macho. Se llama Reno.

–Mira esos cascos tan pequeñitos... ¡Qué monada!

Shane estaba mascullando de nuevo. Las pocas palabras que ella logró identificar no parecían muy amables.

–¿No te gusta Reno?

Shane entrelazó los dedos para que apoyara un pie sobre ellos a modo de estribo.

–No.

Annabelle apoyó la bota en sus manos y se agarró a la silla. Khatar permanecía perfectamente quieto.

–Pero si es un poni.

Shane la levantó, impulsándola. Ella cruzó la otra pierna al otro lado de la silla y montó con facilidad. Tras recoger las riendas, se inclinó y acarició a Khatar.

–Odio los ponis –gruñó–. Yo no quería a Reno. El propietario de los caballos me lo envió como regalo. Pero antes de que pudiera despacharlo de vuelta, Priscilla decidió que le gustaba.

Lo que quería decir que Reno iba a quedarse. Annabelle se esforzó por reprimir una sonrisa. Shane tenía sus defectos, pero en el fondo era un pedazo de pan. Entre el poni y las niñas pequeñas que querían aprender a montar, por no hablar de la manera en que cuidaba el bestiario de su madre y la insistencia de Khatar en erigirse en verdadero amor de Annabelle, resultaba obvio que ejercía muy poco control sobre su propia vida. Pero en lugar de priorizar su propio proyecto, procuraba complacer a todo el mundo.

Urgió al caballo a avanzar con un leve golpe de talones. El animal obedeció mansamente y entró en el corral. Allí Shane lo puso al paso y después al trote.

–Vamos con la primera parte del baile –dijo mientras lo llevaba al centro del corral.

Annabelle le había prestado algunos libros que describían los rituales Máa–zib, concretamente la Danza del Caballo, a la par que le había hecho alguna sugerencia sobre lo que Khatar y ella podrían hacer. Era un ejercicio sencillo, con unos pocos pasos cruzados y un par de giros. Lo suficiente para entretener a la multitud hasta el momento final en que simularía el sacrificio humano, en el que arrancaría el corazón a un varón. Imaginaba que ese sería un buen broche final.

Cerca de una hora después habían acabado. Khatar había aprendido rápidamente los primeros pasos del baile. Y Annabelle se había dado cuenta de que su tarea principal no consistiría más que permanecer sentada en el caballo y dejarlo hacer.

—Creo que es bastante más listo que yo —admitió mientras desmontaba.

Shane se acercó para ayudarla, sosteniéndola de la cintura. Cuando ella se volvió, estaba muy cerca. Lo suficiente como para que apoyara las manos sobre sus hombros para mantener el equilibrio mientras lo miraba a los ojos.

Se descubrió ansiando aproximarse aún más a él. Quería sentir su cuerpo contra el suyo, sus brazos en torno a ella, hasta que no les quedara más remedio que besarse.

Bajó la mirada hasta su boca y habría jurado que sintió un cosquilleo en los labios, como anticipándose a lo que estaba a punto de ocurrir.

No dudaba de que Shane sabía besar. Tenía la sensación de que sabía hacer otras muchas cosas, también, y se imaginó sus toscas manos recorriendo su piel desnuda. La imagen fue tan nítida como potente. Los senos empezaron a dolerle y se sintió inquieta, a la vez que incapaz de moverse.

«Es una mala idea», se dijo con tono firme mientras le sostenía la mirada, tentada por el fuego de sus ojos oscuros. Aunque le gustaba Shane y lo respetaba, sabía de su diferente punto de vista sobre lo que debería ser una relación. Él deseaba una relación tranquila y racional, mientras que ella quería algo loco, apasionado. Él se había quemado mientras que ella ansiaba sentir el fuego. Acostarse con Shane sería peligroso, porque dudaba que pudiera entregarle su cuerpo sin ofrecerle al menos un pedazo de su corazón. ¿Y luego qué? Una noche de sexo no la compensaría del dolor. Ni siquiera un sexo espectacular sería suficiente, aunque representaba ciertamente una tentación.

Un coche se detuvo en ese momento junto a las cuadras. Al sonido del motor, Shane se apartó y ella se volvió de nuevo hacia Khatar. Segundos después se abrieron las puertas y cuatro niñas pequeñas se acercaron corriendo a ellos.

—¡Ya estamos aquí! ¡Ya estamos aquí!

—¿Es ésa una de las yeguas que vamos a montar? Es tan guapa...

—¿Me caeré?

—¿Podremos galopar hoy?

Las preguntas se amontonaron mientras las niñas formaban un círculo en torno a Shane. Parecía acosado y atrapado, lo cual hizo sonreír a Annabelle.

—Veo que venís muy preparadas, chicas —les dijo ella, reparando en sus brillantes botas vaqueras y sus gastados vaqueros. Eran adorables. Y estaban absolutamente entusiasmadas con su nueva aventura.

—Sí —respondió Mandy—. Ah, te he traído esto —rebuscó en un bolsillo y sacó tres arrugados billetes de un dólar—. Ayudé a mi papá a limpiar y ordenar el garaje el fin de semana. Había pensado en ahorrar el dinero para un nuevo juego de ordenador, pero luego pensé en todos esos niños que quieren leer y que no pueden comprarse libros... Por eso te lo doy para el bibliobús.

Annabelle le sonrió.

—Eres muy generosa —no quería aceptar el dinero de la niña, pero sabía que aprender a dar representaba una lección muy importante—. Lo usaré para comprar un libro —le prometió—. Tengo unas etiquetas que dicen quién ha donado el libro. ¿Te gustaría firmar en la etiqueta para que todo el mundo que lea el libro sepa que ha sido gracias a ti?

Mandy asintió encantada.

—Eso sería muy divertido. Gracias.

La madre de Mandy se acercó a ellos.

—Hola. Yo soy Darlene. Tú debes de ser Shane.

Se estrecharon las manos. Darlene se volvió hacia Annabelle:

—Gracias por haber organizado esto. Las niñas están verdaderamente entusiasmadas con la posibilidad de aprender a montar —miró de nuevo a Shane—. A riesgo de quedar como una de «aquellas» madres, voy a preguntártelo: esto es seguro, ¿verdad?

Shane asintió.

–Usaremos caballos tranquilos y bien entrenados, de picadero. Los he probado antes personalmente, para comprobar que son de confianza.

Mandy alzó la mirada hacia Khatar.

–¿Es ese uno de ellos?

–No. Ese estará aparte.

–Pero es tan bonito...

–Me gusta cómo brilla al sol.

Las niñas se aproximaron a Khatar. Shane quiso llevárselo de las riendas, pero ellas fueron más rápidas. Al final no hizo falta. Khatar se quedó perfectamente tranquilo, aceptando sus atenciones. Bajó la cabeza para que las pequeñas pudieran acariciarlo con sus manitas.

–A este caballo le encantan las damas –comentó Annabelle.

–Es la cosa más mal.... er, asombrosa que he visto en mi vida.

–Parece que lo tienes todo bajo control –aprobó Darlene–. Esperaré en el coche. Tengo un libro y ésta es la excusa perfecta para leerlo.

Shane reunió a las niñas y las llevó hacia los caballos que esperaban.

–Empezaremos por las reglas básicas de seguridad.

Annabelle le tocó un brazo.

–Yo me encargaré de Khatar.

–¿Para qué? Estoy seguro de que se desensillará y cepillará él mismo, si tú se lo pides.

Ella se echó a reír.

–¿Te duele que él me ame más a mí?

–No, pero la verdad es que es un caballo peligroso.

–Ya lo veo –se descubrió a sí misma cautivada por su oscura mirada–. Sé que no has pedido nada de todo esto –bajó la voz–. Me refiero a las clases de montar, al poni y todo lo demás. Pero te agradezco que ayudes a las niñas.

—Ya, bueno —se removió, incómodo—. No es para tanto. Si puedo enseñar a un puñado de adolescentes a lacear un ternero, puedo enseñar a un puñado de niñas de diez años a montar a caballo.

Quiso señalarle que no estaba alabando tanto sus habilidades como su generosidad, pero decidió no hacerlo. Por lo que se refería a Shane, parecía encontrarse en un estado constante de debilidad. Mejor que no fuera consciente del poder que ejercía sobre ella.

La tarde del viernes sorprendió a Shane en la ciudad. Había terminado con sus obligaciones del día y había bajado a Fool's Gold sin un destino particular en mente. Aparcó y bajó de la camioneta para detenerse durante unos segundos en la acera, sin saber adónde ir. El bar de Jo estaba descartado. Demasiadas mujeres y pocos partidos. Rafe se hallaba con Heidi, así que no podía recurrir a su hermano.

Vagó por el centro de la ciudad, evitando a los turistas que entraban y salían de las tiendas. Delante de la librería de Morgan se había reunido una verdadera multitud a la espera de que Liz Sutton firmara su última novela de suspense. Pensó en comprar un ejemplar para su madre, pero no quería hacer cola.

No sabía qué diablos le pasaba. *Debería* encontrar un bar tranquilo, pedir una cerveza y ver un partido, y retirarse luego a dormir. Pero en lugar de ello revisó el teléfono en busca de mensajes, vio que no había ninguno y continuó caminando.

Llevaba ya andado más de un kilómetro cuando se detuvo delante de una casa desconocida. Era pequeña, con un bonito jardín y flores bien cuidadas. Nunca antes había estado allí, pero en algún momento había tomado la decisión de buscar esa dirección. Sabía quién vivía en ella y sabía también lo que ocurriría si llamaba a la puerta.

No estaba indeciso: sabía exactamente lo que quería. Lo que lo disuadía de aceptar eran las consecuencias. Porque el sexo lo complicaba todo. Cuanto mejor el sexo, mayores las complicaciones. Porque desear a Annabelle lo estaba volviendo loco, pero poseerla podría significar quizá descender a otro círculo del infierno.

Seguía sin saber qué hacer, de pie en la acera, mirando fijamente la casa. Al cabo de un par de minutos, se abrió la puerta y Annabelle salió al porche.

Había la suficiente luz para que pudiera verla bien. Llevaba un pantalón corto blanco y una camiseta verde. Iba descalza, suelta la larga y ondulada melena rojiza. Parecía joven, bella y sexy, y supo en aquel momento que tenía que hacerle el amor. No había más remedio.

–Me telefoneó una de mis vecinas. Me dijo que había un desconocido rondando mi casa y me preguntó si necesitaba que llamara a la policía.

Shane miró a su alrededor y descubrió a la anciana que lo acechaba detrás de una cortina medio corrida. La saludó con la mano y la mujer se apresuró a esconderse.

–No era mi intención asustarte.

–¿Cuál era entonces tu intención?

–Todavía no lo sé.

Annabelle contempló a Shane, que la observaba a su vez. Alto y viril, con el pelo todavía húmedo, como recién duchado. Le leyó la intención en los ojos y supo a qué había venido.

No iba a ser fácil decirle que no. Decirle simplemente que estaba ocupada y volver dentro. Era de la clase de hombres que aceptarían una amable negativa. Si acaso era eso lo que ella quería.

Tenía un centenar de razones para no ceder. Se imaginaba al menos una decena de escenarios en los que acabaría con el corazón destrozado, su vida trastornada y arrepintiéndose durante años. Pero sabía también que Shane tenía un buen corazón. Y si nunca volvía a arriesgarse con un hombre, especialmente con aquel que le debilitaba las rodillas de puro deseo, ¿en qué posición le dejaba eso? Atrapada en la rutina de siempre.

Aquel hombre era una especie de fantasía personal. ¿Tan malo sería pasar una noche con él? ¿Tan peligroso? Seguro que era lo suficientemente fuerte como para entender lo que estaba sucediendo y lidiar luego con las consecuencias.

Se volvió para entrar en la casa, dejando la puerta abierta. Una vez que hubo cruzado el umbral, pensó que tendría que tomar una decisión rápida. Dudaba que hubiera mucha conversación intrascendente entre ellos a partir del momento en que él se encontrara dentro.

Se detuvo en el salón. Y decidió luego que no había razón alguna para ser sutil.

Recorrió el corto pasillo hasta el dormitorio. Todavía había luz y la tarde era cálida. Cerró las persianas, encendió el aire acondicionado y se volvió para retirar la colcha de la cama. Solo que no le dio tiempo.

Shane estaba detrás de ella. Poniéndole las manos sobre los hombros, la obligó a volverse. Se dejó hacer de buena gana, dispuesta. Sus miradas se encontraron solo por un instante antes de que él la acercara hacia sí, o ella a él. No supo quién fue el primero, ni tampoco le importó. No cuando ya la estaba besando.

Sus labios eran firmes y sin embargo tiernos, tomando y ofreciendo a partes iguales. La expectación endulzó aquel momento cuando ella le devolvió el beso, moviendo sus labios contra los suyos. Sus brazos la envolvieron, apretándola con fuerza, haciéndole sentirse segura.

Se puso de puntillas, deseosa de apretarse contra él. Era todo músculos duros, cuerpo ardiente.

Fue un beso casto, y pasó a besarle la mejilla y después la mandíbula. Le fue mordisqueando la piel en su camino hasta el cuello, excitándola con cada contacto de sus labios y de sus dientes. Annabelle sintió que se le ponía la carne de gallina mientras el calor empezaba a extenderse por su cuerpo.

Llegó hasta su clavícula y deshizo luego el camino recorrido, encontrando la sensible piel de detrás de su oreja. Le mordisqueó el lóbulo y lamió aquel lugar, antes de ocuparse nuevamente de su boca.

Annabelle la abrió ya antes de volver a recibir su beso. Él deslizó la lengua en su interior, acariciando, tentando, provocando. Ella fue al encuentro de cada caricia, sintiendo que se le encogía el estómago y anhelando mucho más que un beso.

Como si le hubiera leído el pensamiento, Shane empezó a mover las manos arriba y abajo de su espalda. Se perdieron bajo su camiseta de manera que ella pudo sentir sus fuertes dedos en la columna vertebral. Tras detenerse en la curva de sus caderas, volvieron a descender hasta apoderarse de su trasero.

Se lo apretó suavemente con ambas manos. Ella se apretó contra él, con sus senos contra su pecho y su vientre presionando contra su erección. Tuvo que aferrarse a sus hombros cuando las piernas le temblaron ligeramente. Sabía que, sucediera lo que sucediera después, jamás habría podido resistirse a Shane. No después de aquel primer beso. De aquel primer contacto. Estaba prácticamente estremecida de necesidad, y eso que él apenas había llegado a la primera base.

Shane interrumpió el beso y se quedó mirándola a los ojos.

—Eres tan bella... —murmuró.

—Tengo pecas.

Annabelle vio que sus labios dibujaban una lenta sonrisa.

—Ansío descubrirlas. Una a una.

Tomándola de la cintura, la alzó en vilo. Ella soltó un chillido cuando sus pies abandonaron al suelo, colgada con fuerza de su cuello.

La sostuvo firmemente, todavía exhibiendo aquella sensual sonrisa. De manera instintiva, Annabelle enredó las piernas en torno a su cintura, de manera que su sexo quedó en directo contacto con su erección: lo duro contra lo blando. Shane bajó las manos hasta su trasero, sin dejar de sujetarla. Sus miradas volvieron a encontrarse mientras ella se mecía contra él.

Perdió el aliento, y él exhaló el suyo con un siseo. El deseo ardía en sus ojos. Volvió a frotarse contra su erección, empujando con mayor fuerza, deseando que no existiera la barrera de la ropa. Deseando que ambos estuvieran desnudos para poder tocarlo por todas partes. Deseando sentirlo en su interior, rindiéndose, dejándose poseer.

—Shane... —jadeó.

Ya se había puesto en marcha. Todavía sosteniéndola en vilo, salvó la distancia que los separaba de la cama en dos pasos. La depositó sobre el colchón. Nada más sentarla, la soltó y le sacó la camiseta por la cabeza. Ella alzó los brazos, deseosa de que la desnudara. La prenda salió volando.

El sujetador siguió el mismo camino y la tumbó luego de espaldas. Su boca encontró la suya en un apasionado beso mientras sus manos recorrían ya sus curvas.

Acarició cada centímetro cuadrado de sus senos antes de apoderarse de los duros pezones. Aquellas caricias a dos manos hicieron que a Annabelle le resultara difícil concentrarse en otra cosa que no fuera lo mucho que estaba disfrutando. La besó una y otra vez hasta que, apartándose, se inclinó para meterse su pezón izquierdo en la boca.

La ardiente y húmeda caricia la dejó sin aliento. Jadeó mientras él succionaba la sensible carne al tiempo que se la acariciaba con la lengua. Ella recorría a su vez su espalda con las manos, arriba y abajo, tirando de su camiseta en sus esfuerzos por sentir su piel.

Él se irguió entonces para despojarse de la camiseta, y acto seguido se sacó las botas y los calcetines. El pantalón corto y la braga de Annabelle siguieron el mismo camino. Antes de que pudiera siquiera pestañear, Shane estaba de rodillas ante ella separándole los muslos y regalándole un beso tan intimo como inesperado.

Jadeó cuando él encontró el centro de su feminidad al primer intento y se lo acarició con la lengua. Pasó del hambre a la desesperación en el lapso de un segundo, dispuesta a suplicar. Shane volvió a lamerla, lo cual hizo que levantara las piernas y las abriera aun más, apoyando los talones en el borde de la cama.

Alcanzó una rítmica cadencia, acariciando, lamiendo, excitándola con cada movimiento. Estiró luego sus largos brazos para apoderarse de sus senos. Annabelle se dejó hacer, entregada, vulnerable, atrapada en su erótica red y feliz de permanecer así para siempre.

Continuó acariciándola con la boca y ella empezó a percutir ligeramente con las caderas, urgiéndolo, avanzando por momentos hacia la liberación. Ardía por dentro. Sus terminaciones nerviosas clamaban por su contacto. Y luego estaba su lengua, torturándola sin cesar, arrastrándola más allá de todo control hasta que no le quedó más remedio que ceder.

Podía sentir la tensión creciendo en su pecho y jadeó como si le faltara el aire. El orgasmo amenazó por un segundo antes de atravesarla de golpe. Sus músculos se contrajeron a espasmos y gimió suavemente, perdida en aquel placer.

Él continuó tocándola, transportándola a través de su orgasmo. Cuando por fin hubo acabado, se levantó, sacó un par de preservativos y se despojó del pantalón y del calzoncillo.

Su erección era tan impresionante como el resto de su cuerpo. Se lo quedó mirando fijamente, imaginándoselo dentro de ella y supo que estaba a punto de vivir la experiencia de su vida. Le hizo sitio en la cama para que pudiera tumbarse a su lado.

Shane se reunió con ella y la atrajo hacia sí. Pero ella le hizo tumbarse de espaldas y sonrió.

—Ahora me toca a mí.

—¿Estás segura? —enarcó una ceja.

—Oh, sí. He estado tomando lecciones.

La otra ceja fue a reunirse con la primera.
–Prepárate para tu cabalgada –sonrió.
–Annabelle... –empezó él, pero ella lo ignoró.
Arrodillándose en la cama, se inclinó para deslizar los labios por el centro de su pecho. Su piel era cálida y suave, definido cada músculo. Trazó una línea hasta su tetilla derecha, y luego hasta la otra. Después de lamer ambas, fue descendiendo por todo el torso hasta su vientre. Su larga melena le hizo cosquillas con el movimiento. Pero antes de que pudiera alcanzar la tierra prometida, él le sujetó la muñeca.
–No hagas eso –le dijo en voz baja, ronca por la tensión.
Annabelle levantó la cabeza.
–¿Por qué no?
–Digamos que mi autocontrol está esta noche más bajo de lo normal. No puedo prometerte que dure hasta el acontecimiento principal.
Miró su erección y suspiró.
–Está bien. Pero la próxima vez mandaré yo.
–Lo que tú digas.
–Veamos –ladeó la cabeza–. ¿Qué es lo que sigue ahora? Ah, ya. El equipamiento adecuado –se estiró sobre él para recoger uno de los preservativos.
Rasgó el sobre y procedió a ponérselo. El látex tuvo que dilatarse un poco para encajar bien. Cuidadosamente lo fue desenrollando hasta llegar a la base del miembro.
–Necesito asegurarme de no dejar ningún pliegue o arruga –dijo a modo de explicación mientras bajaba y alzaba la mano todo a lo largo, lentamente.
Shane cerró los ojos y soltó un gruñido.
–Ya, claro...
–Bien. Ahora hago esto... –alzó una pierna para sentarse a horcajadas sobre él, y deslizó luego una mano entre sus cuerpos para guiarlo hacia su sexo–. Y me instalo en una posición cómoda.
Shane abrió los ojos en el instante en que ella se dejaba caer, recibiéndolo.

Era más grande de lo que había imaginado: la llenó por completo, dilatándola. Procuró relajarse mientras lo envolvía con su cuerpo. Una vez penetrada hasta el fondo, se inclinó hacia delante.

La melena le cayó sobre la cara, rozando el pecho de Shane. Movió ligeramente las caderas. Sintió de inmediato un temblor interior a modo de respuesta cuando él alcanzó un lugar particularmente sensible.

–¿Así? –inquirió, alzándose un poco más.

–Exactamente así –jadeó.

Empezó a moverse arriba y abajo, guiada por sus manos. Había planeado darle placer, pero se descubrió a sí misma absolutamente concentrada en lo que estaba sintiendo. Cada embate encendía sus nervios y la dejaba sin aliento. Shane se hundió aún más profundamente y ella reaccionó moviéndose más rápido. En cuestión de segundos fue incapaz de pensar en otra cosa que no fuera la tensión que sentía crecer en su interior, la necesidad de liberar lo que la estaba arrasando por dentro.

«Más», pensó mientras continuaba moviéndose hacia arriba y hacia abajo, cerrados los ojos con fuerza. Tenía que haber más. Sus firmes manos la ayudaban a encontrar el ritmo más adecuado, a alcanzar justo el lugar indicado, a cabalgarlo mientras se acercaba progresivamente a...

El orgasmo explotó en lo más profundo de su ser, arrancándole un grito. No podía parar, no podía respirar: solo podía sentir el trueno que reverberaba en su interior. Fue vagamente consciente del bombeo de su semen, de su gemido y de sus manos agarrándola con fuerza. Se abrazaron desesperados y consumidos hasta que no quedó ya nada, hasta que ella quedó débil y sin fuerzas, conmocionada por la reacción de su propio cuerpo.

Se derrumbó encima. Shane la acunó con ternura y le hizo tumbarse a su lado, de cara a él. Segundos después se levantó y desapareció en el baño. Volvió, se metió nuevamente en la cana y la acercó hacia sí.

La cordura regresó acompañada de la pregunta: «¿qué

diablos es lo que acabo de hacer?». Había sospechado que el sexo con Shane sería bueno, pero no había imaginado que le descubriría toda una nueva dimensión del universo. ¿Qué se suponía que tenía que decir ahora?

Shane le besó la coronilla.

—Eres toda una sorpresa.

—Mmmm... —fue la única respuesta que se le ocurrió. Esperaba al mismo tiempo que no hubiera sentido su rubor.

—Estoy intentando pensar en la palabra adecuada —le dijo él—. «Increíble» no lo define bien. «Espectacular». Sí, creo que esa sí puede describirlo.

Se arriesgó a levantar la mirada hacia él y descubrió la saciada expresión de un hombre muy satisfecho.

—No te envanezcas tanto.

—Tengo mis motivos —le hizo un guiño.

Annabelle soltó un gruñido.

—Si tuviera fuerzas, te pegaría.

—Y yo me dejaría y fingiría que me has hecho daño.

—Qué caballeroso.

Shane le sonrió y ella tuvo la sensación de que todo volvía a estar donde se suponía tenía que estar. Estaba con Shane, se recordó. Un hombre bueno y honesto. Él no era Lewis. No estaba interesado en hacerla sentirse minusvalorada o despreciada. No se servía del sexo como de un arma para hacer daño. No jugaba con la gente. Decía lo que pensaba.

—Con que espectacular, ¿eh?

—Más que eso. Ya se me ocurrirá una palabra mejor.

Annabelle podía sentir burbujear la felicidad en su interior. Se levantó de la cama y abrió el armario para sacar su bata. Había vino en la nevera y podría preparar algo de comer. Recuperarían las fuerzas y probarían de nuevo. Y pensar que había planeado pasar la tarde viendo su programa favorito de televisión...

—Ahora vuelvo —se dirigió a la cocina.

Sacó el vino blanco de la nevera y unas galletas que

solo tardaban doce minutos en hacerse al horno. Después de encenderlo, sacó queso y galletitas saladas, y pensó en partir un melocotón. Acababa de lavarlo cuando Shane salió del dormitorio.

Vestido.

—¿Te marchas? —le preguntó, con el melocotón chorreando agua en la mano.

—Voy a dejar que disfrutes de tu tarde —se inclinó y la besó.

—No entiendo.

Frunció el ceño cuando descubrió en el mostrador la comida que estaba preparando.

—¿Esperabas que me quedara?

Annabelle dejó caer el melocotón en la pila y se secó las manos en la bata.

—No. Claro que no.

Una expresión de recelo se dibujó en el rostro de Shane.

—Annabelle, esto es solo sexo, ¿de acuerdo? Una manera de desahogar energías. De liberar tensiones entre nosotros.

Suponía que la respuesta madura era darle la razón o señalarle tranquilamente que no, que no se había dado cuenta de que aquello no había sido más que puro sexo sin compromiso. Pero lo que dijo en vez de ello fue:

—¿Ah, sí? Así que ahora que ya me has conseguido, ¿eres libre para seguir adelante con tu vida como si no hubiera pasado nada?

Shane retrocedió un paso.

—Yo no lo diría de esa forma.

—Claro que lo dirías de esa forma —agarró el melocotón y se lo tiró.

Él se hizo a un lado y la fruta pasó volando a su lado hasta aterrizar con un ruido sordo en la alfombra del salón. Annabelle recogió el queso envuelto en plástico.

—Tenías un picor, ¿eh? —dijo, alzando la voz—. Y viniste aquí a rascártelo.

—No es eso...

Le lanzó el queso con toda la fuerza de que fue capaz, seguido de la caja de galletitas saladas. Shane se agachó para esquivar los dos proyectiles.

—Estás enfadada.

—¿Yo? ¿Por qué habría de estarlo? Te presentas aquí, tienes sexo conmigo y luego huyes lo más rápido que puedes. Porque, claro, ya has liberado tensiones conmigo, ¿verdad?

Miró a su alrededor en busca de algo más que tirarle y vio la pesada sartén que había en el horno.

—Annabelle, no... —empezó.

Recogió la sartén.

—Si yo fuera tú, saldría corriendo ahora mismo.

—Podemos hablar de todo esto. Ser racionales.

Tuvo que usar las dos manos para levantar la sartén.

—¿Es que no te parezco racional?

—Annabelle... —retrocedió mientras hablaba.

—¡Sal de esta casa, Shane! —gritó—. Sal ahora mismo.

Él se volvió para marcharse.

Annabelle esperó a que se hubiera ido para dejar la sartén en el horno, e inspiró luego profundamente mientras se esforzaba por no llorar.

Pese a todo, no merecía la pena llorar por Shane, no merecía la pena llorar por ningún hombre. Jamás.

Capítulo 9

Shane se despertó temprano. No tuvo que estirarse mucho, teniendo en cuenta que no había dormido nada bien la noche anterior. No había dejado de pensar en la tarde que había pasado con Annabelle, esforzándose por averiguar qué era lo que había salido mal.

Estaba el propio hecho de haber ido a su casa, en primer lugar. Annabelle era una tentación a la que había terminado cediendo. Eso siempre tenía un precio. Y quizá debió de haberse explicado mejor antes de empezar.

Fue a la cocina. Heidi ya estaba levantada. Ordeñaba temprano a las cabras y habitualmente era la primera en hacer café.

–Buenos días –la saludó mientras entraba en la habitación, directo hacia la cafetera.

Heidi se lo quedó mirando ceñuda al tiempo que se plantaba frente a él, impidiéndole tocarla.

–No.

–¿Perdón?

–Que no. Si quieres café, o cualquier cosa de comer, tendrás que bajar a la ciudad.

–¿Por qué?

–Porque eres un imbécil y yo no hago café para imbéciles.

Su cerebro entorpecido por la falta de sueño tardó en comprenderlo. Heidi y Annabelle eran amigas. Annabelle se había enfadado. Probablemente la había llamado para hablar, porque eso era lo que las mujeres solían hacer.

Reparó en la furiosa mirada de Heidi, en la determinación de su actitud, y asintió con la cabeza.

—Bajaré a la ciudad.

—Hazlo.

Treinta minutos después se sintió como si se hubiera deslizado en un universo paralelo. Logró conseguir un café en el Starbucks, pero cuando fue a la tienda de comidas, el encargado le dijo que se fuera a otra parte.

—Mi mujer conoce a Annabelle. Darlene trabaja de voluntaria en la biblioteca. Me dejó dicho que te negara la entrada.

Shane se lo quedó mirando boquiabierto.

—Pero el negocio es tuyo, ¿no?

El hombre le lanzó una mirada compasiva.

—Amigo, ¿has estado casado alguna vez?

—Sí.

—Entonces deberías haberlo pensado mejor.

Shane no sabía si se refería a la pregunta que acababa de hacerle o al hecho de haberse acostado con Annabelle en primer lugar.

—Eso es injusto —protestó.

—¿Acaso no le dijiste que te habías acostado con ella para liberar tensiones?

Shane tragó saliva.

—Puede que dijera algo así, pero...

El hombre esperó a que terminara la frase. Shane inspiró profundo.

—Está bien. Me voy.

—Te encontrarás con el mismo problema en toda la ciudad —le gritó el encargado cuando ya se marchaba—. Esto es Fool's Gold. No puedes liarte con una mujer y luego hacer como si no hubiera pasado nada.

—Estoy empezando a darme cuenta de ello.

Shane salió a la todavía fresca mañana y miró a su alrededor. No había mucha gente en la calle, pero la que había estaba dividida en dos bandos: los hombres lo ignoraban y las mujeres lo miraban mal.

Todavía con el vaso de café en la mano, y agradecido de que Starbucks fuera una cadena nacional y no un establecimiento de la localidad donde también le habrían negado el café, se dirigió a su camioneta.

Le entraron ganas de detenerse en seco y gritar a todo el mundo que él no era el malo de la película. Que Annabelle y él habían acordado de común acuerdo practicar sexo, y que el hecho de que él no quisiera casarse con ella una vez realizado el acto sexual no lo convertía en un canalla. Porque lo único que había hecho era...

Se detuvo efectivamente en medio de la acera y juró entre dientes. Le había dicho que se había servido de la experiencia para liberar tensiones. Como si ella fuera una válvula de escape. O incluso un virus del que deseara librarse. Habían compartido una experiencia sexual increíble y él había salido corriendo. Con ella tirándole trastos a la cabeza.

No había querido expresarlo de esa manera, pero lo había hecho. Se volvió para mirar la tienda de comidas y sacudió la cabeza mientras se dirigía a su camioneta. Se había metido en un buen lío. La pregunta era: ¿cómo se las iba a arreglar para salir de él?

Annabelle revisó la factura de libros. Por lo general, incorporar nuevos ejemplares al inventario de la biblioteca siempre la ponía contenta. Intentó decirse que, pese a su falta de entusiasmo, el hecho de que pudiera concentrarse mínimamente en su trabajo constituía en sí una pequeña victoria. La felicidad vendría con el tiempo.

La buena noticia era que Shane se había comportado como un imbécil, pero no le había roto el corazón. No habían estado juntos el tiempo suficiente para que eso sucediera. Así que aunque su ego había quedado lastimado, no tenía cicatrices. Se sentía un poco estúpida por haberlo juzgado mal, pero todo el mundo cometía algún error de cuando en cuando. Era lo que hacía una persona después de haber cometido el error lo que hablaba verdaderamente sobre su carácter.

Se apartó del ordenador para ponerse a mirar por la ventana. Lo que más la molestaba era lo mucho que se había equivocado con él. Había acogido feliz la idea de que Shane era un hombre bueno y honesto, nada que ver con su exmarido. Pero, al final, había resultado que se parecía mucho más a Lewis de lo que ella había querido admitir. Porque la había utilizado para sus propios fines, sin pensar ni una sola vez en sus sentimientos.

Alguien llamó a la puerta de su oficina. Alzó la mirada y respondió «¡adelante!»... para descubrir a Shane en el umbral.

De inmediato el corazón se le aceleró y partes muy concretas de su cuerpo se animaron expectantes. Se le hizo un nudo en el estómago, los muslos le temblaron levemente y el recuerdo de lo que había sentido por dentro le dificultó pensar en cualquier otra cosa.

De acuerdo. Quizá no lo hubiera superado tanto como había creído.

—¿Tienes un minuto? —le preguntó él.

Tenía buen aspecto, pensó triste. Fuerte y bronceado, vestido con aquellos viejos vaqueros que le sentaban tan bien... ¿Por qué no podía haberle crecido una joroba en aquellos dos últimos días? ¿O una segunda cabeza, tan pequeña como poco favorecedora?

Señaló la silla que estaba frente a su escritorio y entrelazó los dedos sobre el regazo.

—¿Se trata de un asunto relacionado con la biblioteca o es otra cosa? —preguntó.

—Otra cosa.

Esperó. Fuera lo que fuese a decirle, lo escucharía, le daría una respuesta y lo despacharía. Estaba tranquila. Estaba controlada. Conseguiría la fuerza necesaria de los efluvios espirituales de las poderosas mujeres Máa-zib que llegaron por vez primera a aquella parte del país. Y si eso no funcionaba, iría llorando a Charlie. Porque estaba segura de que Charlie podría derrotar a Shane en una pelea. O al menos se esforzaría lo suficiente.

–Lo siento –le dijo–. Me he portado fatal.

Se lo quedó mirando fijamente.

–¿De veras? ¿En qué sentido?

–Vamos, Annabelle –aspiró profundo–. Sabes de lo que estoy hablando. Después de acostarnos, yo te dije que me iba porque ya había liberado tensiones contigo.

Las palabras sonaron tan duras como la primera vez, pero se obligó a no reaccionar.

–No quería decir eso –añadió él–. No exactamente.

Continuó esperando. Si él pretendía salir de aquel lío, tendría que hacerlo solo.

Shane se pasó una mano por el pelo y la miró.

–He estado obsesionado contigo desde el instante en que te vi bailando encima de aquella maldita barra.

Annabelle alzó la barbilla.

–¿Que me viste qué?

–Entré en el bar de Jo una de mis primeras noches al poco de volver a la ciudad y te vi bailando encima de la barra. Fue como si me atravesara un rayo. Ya no pude dejar de pensar en ti. Poco faltó para que te cargara al hombro y te llevara a alguna cueva –sonrió, tímido–. Arrestan a la gente por hacer esas cosas.

–Eso he oído.

–Salí de allí lo más rápido que pude, pero seguías en mi cabeza. Así que le pedí a mi madre que me recomendara una chica buena y tranquila. Alguien... aburrido y no demasiado excitante.

Su reacción al verla bailar en el bar había conseguido que Annabelle empezara a sentirse algo mejor. Pero en ese momento todas aquellas buenas sensaciones se estaban marchitando rápidamente.

–¿Te refieres a alguien como... una bibliotecaria?

Asintió, azorado.

—Mi madre te mencionó, pero luego apareciste tú y me sentí perdido —se inclinó hacia delante—. Te he contado lo de Rachel; incluso te dije que me recordabas un poco a ella. Pero no es una cosa tuya; es mía. Esa sensación de que tengo que tenerte como sea. Fue grave con ella, pero contigo es peor. Diablos, si hasta mi caballo ha tenido un flechazo contigo.

Parecía desesperado, pero Annabelle no estaba dispuesta a confiar en él con facilidad.

—Te he deseado desde el mismo instante en que te vi —le dijo—. Anteanoche, cuando fui a tu casa y me dejaste entrar, te necesitaba más que respirar. Después pensé en liberarme de ti, de mi obsesión. Eso era lo que quería decir. Para que pudiéramos volver a ser amigos.

—Oh, claro. Porque yo quiero ser amiga de alguien que entiende que acostarse conmigo una vez es como una cura de por vida.

Shane se recostó en la silla.

—Lo estoy volviendo a decir todo mal, ¿verdad?

—Bastante mal —pero estaba empezando a comprender su retorcida lógica masculina. Desgraciadamente eso confirmaba todo lo que había temido. Ella quería amor con todas sus complicaciones, mientras que Shane quería seguridad. No era una buena mezcla.

—Supusiste que acostarte conmigo nunca podría ser tan bueno como imaginabas —continuó—. Porque estabas fantaseando con algo que no existía. Como estar con una estrella de cine.

Shane asintió lentamente.

—Quizá —admitió con un tono tan prudente como receloso.

—Así que cuando terminamos, sentiste que habías realizado la fantasía. Con lo cual podrías retomar tu vida normal.

—Algo así.

—De manera que lo de marcharte justo después de que lo hiciéramos no tuvo en realidad nada que ver conmigo.

Shane se removió incómodo en la silla. Annabelle sonrió.

–Quiero decir que no estabas pensando en mí. Que no era algo personal. Más que dejarme, corriste hacia tu potencial libertad.

–Sí. Pensé que te había superado.

–¿Pero no es así?

Se le escapó la pregunta antes de que pudiera pensar en lo que acababa de poner sobre la mesa. Las palabras parecieron quedar suspendidas en el aire.

Shane se irguió.

–No. Quiero superarlo, Annabelle. No te mentiré. Pero quizá debería aceptar simplemente la realidad. Eres alguien que siempre tendrá la capacidad de atraer completamente mi atención cuando coincidamos en cualquier lugar. Eso no excusa lo que dije o la manera en que me comporté, y lo siento.

Por primera vez en mucho tiempo, un hombre le había dejado sin habla y no precisamente para mal. Estaba admitiendo que había química entre ellos y que no podía controlar el hecho de que la deseaba. Era algo ciertamente agradable de escuchar. Lo malo del asunto era que eso volvía a colocarla firmemente en la misma categoría que su exmujer. Siempre sería la clase de mujer en la que ni confiaría ni querría confiar.

Evidentemente, una mujer inteligente escogería aquel momento para terminar la relación.

–Acepto tus disculpas.

–Gracias.

–Siento que estés obsesionado conmigo.

Shane se sonrió.

–No, no lo sientas. Pero lo soportaré con ello. Me gusta tu idea de que seamos amigos. ¿Podemos recuperar eso o estás demasiado dolida?

Ella habría preferido que quedaran como amantes. Estar con él había sido increíble. Dos días después, todavía disfrutaba con las réplicas de aquel terremoto. Pero ellos querían cosas distintas. Distintos fines después de la maravillosa noche que habían pasado juntos. La amistad podía no ser sexy, pero evitaría que volviera a perder el tiempo con un hombre que no entendía quién era ella realmente ni lo que quería.

–Sí, podemos ser amigos –decidió–. ¿Iba en serio aquello de que estabas buscando alguien bueno y tranquilo?

–Claro. Hasta lo de aburrido me suena bien. No me gustan los escándalos, pero parece que me persiguen.

–Yo no soy nada aficionada a ellos.

–Te vi bailando encima de la barra de un bar.

–No estaba borracha –replicó ella con tono remilgado–. Estaba enseñando a mis amigas la danza de la virgen feliz.

–Ya, claro. Reconócelo, Annabelle. Eres una de esas mujeres destinadas a volver locos a los hombres. Acepta tu destino.

Aquellas palabras le hicieron sentirse como si fuera una especie de diosa sexual, algo sorprendente teniendo en cuenta que había crecido pensando que nadie la había querido nunca. El sexo no equivalía al cariño, ciertamente, pero al menos pertenecía a la misma familia. O podría pertenecer.

Lewis se había servido del sexo para hacerla sentirse pequeña, minusvalorada. Se había quejado tanto de las veces en que no había querido hacer el amor como de las veces en que había querido hacerlo. La mayor parte del tiempo se había despreocupado de su placer. Solo en alguna ocasión le había «permitido» tener un orgasmo.

Hasta que se lio con él, había disfrutado de los pocos amantes que había tenido, aunque las relaciones hubieran sido pésimas a nivel emocional. Pero Lewis había sido el primer hombre que le había declarado su amor. Así que había tomado lo bueno con lo malo con la esperanza de que la situación mejorara. Con los años se había dado cuenta de que ni quería ni necesitaba en su vida a alguien como él, capaz de hacerla sentirse más pequeña de lo que era en realidad. Así que lo había dejado. Lewis le había jurado que no vería un solo céntimo de su bolsillo y ella se había conformado con ello. Solo se había llevado consigo toda la ropa y artículos personales que había podido meter en el coche. Que habían sido suficientes.

Miró a Shane. Quería decirle que ella no quería ser la diosa sexual de nadie... excepto quizá la de él. Era bonito saber que podía afectarlo de aquella forma. En la cama se había mostrado como un amante cariñoso y generoso, curándole varias de las heridas que su ex le había dejado. Quizá nunca llegaran a compartir una relación amorosa, pero se sentía agradecida de lo que había ocurrido entre ellos.

–Me gustaría que volviéramos a ser amigos –le dijo.

–Me alegro. A mí también.

–Y me encargaré de que se sepa.

Shane rio por lo bajo.

–¿En serio? Porque ahora mismo no puedo comprar ni un mísero clavo en esta ciudad.

–No te olvides de que Fool's Gold es, en el fondo, una sociedad matriarcal.

–Y eso a ti te encanta.

–Efectivamente.

Ambos se levantaron. Annabelle ladeó la cabeza mientras lo estudiaba.

–¿Las paces, entonces? ¿Nos damos la mano?

–O eso o te hago el amor aquí mismo, encima de tu escritorio.

La imagen asaltó su mente y se sorprendió a sí misma deseando decirle que sí, que lo hiciera.

–Perdón –se disculpó Shane, rodeando el escritorio–. Era broma –se inclinó para besarla en la mejilla, y se quedó luego mirándola fijamente a los ojos–. Lo siento. Me equivoqué y te hice daño. No hay excusa para eso.

–Gracias.

Y se marchó.

Annabelle se recostó en su silla, aliviada de saber que

su suposición inicial había sido acertada. Shane era de los buenos. Un hombre bueno y honesto. Todo el mundo la pifiaba alguna vez. Era la manera que tenía una persona de enmendar sus errores lo que hablaba de su carácter. Había asumido la responsabilidad y se había disculpado. Lo que le convertía en el hombre perfecto...

Solo que él quería una relación segura y aburrida. Exactamente lo opuesto a lo que ella deseaba. La amistad, procuró recordarse, era una solución mucho mejor. Porque seguro que no volverían a sentir la tentación de acostarse... ¿o sí?

Annabelle aparcó junto a la casa de Castle Ranch y vio que estaban desembarcando otro caballo de un remolque. Tenía la sensación de que aquel era bastante mejor que los demás caballos de picadero que había adquirido Shane para las clases de las niñas. El propio remolque le dio una pista. No solo parecía nuevo y caro, sino que llevaba una especie de unidad de calefacción y aire acondicionado en el techo.

El caballo mismo era precioso: de color castaño claro, con la crin y la cola más oscura. Tenía las patas largas, de músculos elegantes. La cabeza era perfecta. Shane en persona lo estaba bajando de la rampa.

Heidi salió en aquel momento de la casa y se acercó a ella.

–Es uno de los caros –dijo con una sonrisa–. No recuerdo ahora mismo su nombre.

–Es espléndido –comentó Annabelle.

–Ya puede serlo: ha costado una millonada. Millones no, probablemente, pero sí mucho. Es un caballo de carreras. Descansará aquí de camino a Del Mar.

–¿A Del Mar? ¿A las famosas carreras?

Heidi sonrió.

–Claro. Shane tiene cerca de una decena de caballos corriendo por ahí. ¿No te lo dijo?

—La verdad es que no. Me mencionó algo sobre carreras y sabía que Khatar era muy caro.

La sonrisa de Heidi se amplió.

—Sí, el caballo que tú estás pensando en pintar.

—La pintura se va con el agua —repuso Annabelle a la defensiva—. Además, Shane me dijo que podía hacerlo.

—No me extraña. Si le hubieras dicho que se pusiera un tutú, seguro que también habría aceptado.

—De eso no estoy tan segura. Aunque Khatar probablemente sí. Es un caballo tan dulce...

—Contigo.

—Y con las niñas que están recibiendo las clases.

—Quizá.

Se quedaron mirando a Shane mientras llevaba el caballo a las cuadras.

—Un día de estos lo pondrá a dormir en una cama de esas con cámaras de aire —rezongó Heidi—. Todo lo mejor siempre es para sus preciados caballos. No es que me queje. Él sabe lo que se hace. Uno de ellos llegó segundo en Belmont.

—Sí, eso también me lo dijo. Ese trofeo forma parte de la triple corona, ¿verdad?

—Eso creo. Rafe me comentó algo al respecto, pero estaba mirando las revistas de novias y no le hice mucho caso. ¿Me convierte eso en una mala cuñada?

—No. Te convierte en una humana.

—Gracias —se rio Heidi—. Ya me quedo tranquila. Vamos, que Shane tardara todavía un rato. Mientras tanto, podemos ir a ver a Perséfone. Está inquieta. Creo que está a punto de parir. Cameron insiste en que no pasará nada, pero yo no puedo evitar preocuparme.

—¿Cameron es el veterinario?

—Su experiencia con animales grandes nos ayudó mucho cuando vinimos aquí. Entre mis cabras, los caballos de Shane y la colección de animales de May, el hombre anda muy ocupado.

Rodearon un lado de la casa, hacia el cobertizo de las cabras. Durante el verano, las cabras de Heidi se alimentaban de hierba y matojos silvestres. Entraban en el cobertizo una vez al día, para su ordeño.

—¿La tienes encerrada? —inquirió Annabelle al no ver a la cabra preñada por ninguna parte.

—Sí, la instalé en la granja hace unos días. Rafe se burla de lo mucho que me preocupo, pero es una de mis preferidas. No puedo evitarlo.

—Eres una buena mamá-cabra...

—Eso espero. Oh, ¿has visto al cerdo? —Heidi señaló el recinto de Priscilla—. Trajeron a Wilbur hace apenas un par de días. Es más pequeño de lo que pensábamos. A Priscilla le gusta y además se lleva bien con Reno.

Annabelle se volvió para descubrir a la elefanta caminando al lado del poni y del cerdo.

—En alguna parte del árbol del rincón hay una gata con gatitos —murmuró—. Tiene que ser la cosa más extraña del mundo. Me encanta.

—Y a mí.

—¿Llego tarde? —inquirió May, bajando a toda prisa del coche.

Shane sacudió la cabeza.

—¿Es cierto lo que estoy viendo, mamá? —Shane sacudió la cabeza—. ¿Interrumpes tu luna de miel y vuelves a casa solo porque una de las cabras de Heidi está pariendo?

Glen bajó también del coche y le lanzó una mirada compasiva.

May, en cambio, lo fulminó con la suya:

—Quiero a esas cabras. Son prácticamente de la familia. Y teniendo en cuenta el historial tuyo y de tus hermanos, probablemente es lo más parecido a un nieto que voy a conseguir. Y sí, he venido para el parto.

Pasó de largo a su lado. Glen la siguió, deteniéndose el tiempo suficiente para murmurar:

—Realmente necesitas entender mejor a las mujeres, hijo —y siguió a su esposa al cobertizo de las cabras.

—¿Qué es lo que he hecho ahora? —se preguntó Shane—. No es justo.

Rafe le dio una palmadita en el hombro.

—Pocas cosas lo son en esta vida.

—¡Pero si es una cabra!

—Vamos. Te invito a una cerveza.

Shane siguió a su hermano al interior de la casa. Rafe sacó dos botellas de la nevera, las abrió y se las llevó al salón.

—Es una cabra —repitió Shane.

—Tú lo sabes y yo también, pero lo que Heidi o Annabelle o mamá dirían es que estás demostrando con ello que no te importa esa cabra.

—No, estoy diciendo que es una cabra. Nació sabiendo cómo tiene que parir, al igual que los caballos y cualquier otro animal. Es normal que quieras estar encima por si surge algún problema... ¡pero es que las tres se han congregado a su alrededor como si se tratara de una especie de milagro!

—Oh–oh. Glen tiene razón. Realmente necesitas entender mejor a las mujeres.

Shane quiso replicar que las entendía, pero un matrimonio fracasado y su más reciente aventura parecían demostrar lo contrario.

—Ya sabes lo que pasa cada vez que pare un animal.

—Lo sé —respondió Rafe.

—Heidi querrá quedarse embarazada.

—Ya hemos hablado de ello.

Shane miró detenidamente a su hermano.

—Lo dices muy tranquilo.

—Ambos queremos tener niños.

—¿Ahora mismo?

—Esperaremos hasta después de la luna de miel para empezar a intentarlo, pero sí. Espero que sea pronto.

—¿Y tú estás dispuesto?

Rafe sonrió.

—Amo a Heidi y tengo la inmensa suerte de tenerla a mi

lado. Por supuesto que quiero tener hijos. Todos los que ella quiera.

—Al menos de esa manera distraerás a mamá para que nos deje en paz a los demás.

—Ajá. Volveré a ser el protagonista. Otra vez —Rafe suspiró profundamente—. Esto ya aburre.

Shane se rio entre dientes.

—Vaya un ego que tienes...

—¿Es así como lo llaman ahora?

Shane miró por la ventana y vio llegar a Charlie. Al parecer había corrido la voz de lo de Perséfone.

—¿Te das cuenta de que esto será lo que suceda cada vez que para una de las cabras?

Rafe asintió.

—Sí. Y merecerá dos veces la pena.

Porque su hermano amaba a Heidi, pensó Shane. Por eso aceptaba las cabras y cualquier cosa que fuera del gusto de su novia.

Quería compadecer a su hermano. El antaño poderoso ejecutivo se había convertido en un esclavo de su corazón. Pero no parecía precisamente muy desgraciado y, cuando veía a Rafe y a Heidi juntos, el amor se podía palpar en el ambiente. No había en ello motivo de burla alguno. En todo caso, el raro era más bien él mismo.

—Has tenido suerte.

—Y que lo digas. Con Heidi siempre estoy seguro de estar donde quiero estar.

Lo cual era algo que Shane no había podido decir en su primer matrimonio. En aquel entonces no había estado seguro de nada. De si Rachel iba a llegar a casa esa noche, o cuánto tiempo tardaría en volver a verla... Rachel había vivido siempre al límite, y él lo había aceptado porque había querido estar con ella.

Para él, el amor y el dolor habían estado inextricablemente ligados. En ese momento, con la perspectiva que daba el tiempo, se dio cuenta de que lo que había tenido antes no había sido amor en absoluto. Lo que significaba...

¿qué? ¿Que con la persona adecuada podría tener una relación segura? ¿Que la pasión también podía ser un refugio? Desconocía las respuestas a esas preguntas... y tampoco estaba convencido de que averiguarlas fuera un riesgo que estuviera dispuesto a correr.

Capítulo 10

–He venido andando –dijo Annabelle con una sonrisa. Ya había tomado una margarita. Una segunda definitivamente la achisparía, pero al fin y al cabo aquello era una fiesta...

–Rafe bajará a la ciudad a recogerme –dijo Heidi con un suspiro, alzando su vaso vacío–. Así que tomaré otra.

–Yo también voy a pie –rezongó Charlie–. Aunque me ofende que me lo hayas preguntado.

–No lo he hecho –dijo Jo de pie ante la mesa, obviamente divertida–. Simplemente he dicho que el plato especial de la noche serán los minitacos que tanto os gustan, y que podría serviros otra ronda de margaritas. Sin la menor sombra de una pregunta en ello.

–Te has vuelto tan engreída desde que estás enamorada... –se quejó Charlie, ceñuda.

Jo se inclinó hacia ella.

–El sexo es increíble. Deberías probarlo alguna vez –bromeó.

Charlie se apresuró a desviar la mirada, pero no antes de que Annabelle distinguiera un brillo de dolor en los ojos de su amiga. Jo lo ignoraba todo sobre el difícil pasado de Charlie, con el episodio de la violación.

Heidi también se dio cuenta y sonrió con expresión radiante a Jo.

–Sabemos que siempre has cuidado muy bien de nosotras y te lo agradecemos. Otra ronda, por favor, y tráenos esos deliciosos minitacos. Creo que con dos platos bastará.

—Seguro —Jo garabateó la orden—. ¿Todavía dura la fiesta por la cabra?

Heidi esbozó una mueca.

—Supongo que te referirás a que seguimos brindando por el feliz evento.

—¿Sabías que la carne de cabra es la fuente de proteínas más popular que existe en el mundo? —intervino Annabelle.

—¡No! —los ojos de Heidi se desorbitaron de horror.

—Es cierto, aunque terriblemente triste —se apresuró a añadir Annabelle—. Perdona. Es uno de esos datos raros que guardo en mi cabeza. Creo que lo aprendí de Oprah.

—Echo de menos a Oprah —confesó Heidi.

—Esta ya está borracha —comentó Jo con tono disgustado—. Y con una margarita. A este paso no voy a hacerme rica con vosotras.

—No estoy borracha. Estoy achispada. Hay una diferencia.

Jo sacudió la cabeza y se alejó hacia la barra. Una vez que las tres se quedaron nuevamente a solas, Heidi se volvió hacia Charlie.

—Lo del comentario sobre el sexo no fue con mala intención —le dijo en voz baja.

—Lo sé —Charlie alzó su copa y apuró el resto de su margarita—. Por lo general no reacciono tan mal cuando la gente dice esas cosas. Pero esta noche es distinto. Supongo que estoy de un humor especial.

—Es Perséfone —le aseguró Heidi—. La pequeñita que ha parido.

—Quiero a tu cabra, pero te aseguro que no está afectando a mi vida.

—Pero el bebé de Montana sí que puede que te esté afectando —intervino Annabelle—. Yo ya estoy oyendo un leve tictac de fondo. El del reloj biológico corriendo...

—Y yo —dijo Heidi.

—Sí, pero tú tienes un hombre —le recordó Annabelle—. Un hombre que te ama y que quiere casarse contigo. Supongo que ya habréis empezado a hablar de tener una familia.

—Sí —Heidi parecía feliz—. No sé cómo he podido tener tanta suerte, pero estoy verdaderamente agradecida. Y tú tienes a Shane.

Si Annabelle hubiera estado bebiendo en ese momento, habría escupido al suelo.

—Shane y yo no somos pareja. Solo amigos.

Charlie puso los ojos en blanco.

—Tú di lo que quieras. Pero te advierto que no vas a engañar a nadie.

—Me está enseñando a montar.

—No lo dudo.

Annabelle sabía que no podía negar la parte sexual de todo aquello. No después de haberles contado a sus amigas lo que pasó cuando él se marchó de su casa. A partir de ese momento había corrido la voz del episodio, para desgracia de Shane. En aquel entonces se había sentido tan furiosa como dolida, de manera que no le había importado cobrarse aquella pequeña venganza. En ese momento, sin embargo, era consciente de que el asunto tenía sus consecuencias.

—Eso fue una aventura de una sola noche. No volveremos a hacer nada. Hemos llegado a un entendimiento. Somos amigos.

—Sigue diciéndolo —la animó Charlie—. Un día te lo creerás.

Annabelle miró a su alrededor para asegurarse de que no había nadie sentado demasiado cerca. Inclinándose luego hacia sus amigas, bajó la voz:

—Tengo que admitir que me gusta mucho. Quizá más que mucho. Aunque queremos cosas diferentes y él no confía en mí.

—¿Por qué no confía en ti? —quiso saber Charlie—. Tú no has hecho nada malo.

—Es por su ex –explicó Heidi–. Yo no la conocí, pero Rafe me contó cosas. Al parecer era un bicho indecente.
—No digas eso –resopló Charlie–. ¿En serio?
—Estoy en la onda –dijo Heidi, dándose aires–. ¿No es así como se dice?

Annabelle sonrió.

—Si tienes que preguntarlo, entonces la respuesta probablemente es no.

Seguían riendo cuando Jo volvió con otra ronda de margaritas y más patatas fritas.

—Cambio de tema –dijo Annabelle cuando se hubo marchado–. ¿Qué tal marcha la planificación de boda? ¿Tendremos otra reunión pronto?

—Quizá la semana que viene –Heidi picó una patata–. Todavía estoy liada con la lista de bodas. Vendrán nuestros amigos feriantes. ¿Os lo había dicho? Recibimos la confirmación hace un par de días.

Heidi había crecido prácticamente de feria en feria. Sus padres habían muerto cuando era pequeña y se había ido a vivir con su abuelo. Heidi siempre había estado rodeada de gente que la adoraba. Ahora se reunirían todos para verla felizmente casada, haciendo aún más especial aquel día.

—Eso es estupendo –comentó Annabelle–. Al celebrarse la boda en el rancho, el espacio no será ningún problema.

—Eso es cierto –dijo Charlie con una sonrisa–. Un par de cientos de hamburguesas más no supondrán ninguna diferencia.

Heidi puso los ojos en blanco.

—No vamos a servir hamburguesas.

—Lástima. A casi todo el mundo les gustan y es una comida divertida. Las bodas son demasiado serias, si quieres saber mi opinión.

—Entonces sirve hamburguesas en *tu* boda.

—Quizá lo haga. Aunque no es que tenga grandes planes al respecto.

—Podrías empezar a salir con alguien –la animó Heidi–.

Ve despacio. Escoge de momento a alguien que no te importe demasiado.

Annabelle enarcó las cejas.

–Sí, porque una siempre quiere tener una relación con un hombre que no le importe demasiado, ¿verdad?

Charlie recogió su margarita.

–Lo ha dicho para que, si las cosas marchan mal, no me duela tanto.

–Yo no he dicho eso –Heidi esbozó una mueca–. Lo decía para que fueras practicando sin que tuvieras que preocuparte de tu corazón.

–Sé que lo decías con buena intención –sonrió Charlie–. Quizá deba buscarme un tipo que me haga vivir las fases que me he saltado antes. Adquirir las habilidades suficientes para poder usarlas con un hombre al que quiera.

–Me encanta cuando un plan empieza a cobrar forma –confesó Heidi con un suspiro, antes de volverse hacia Annabelle–. ¿Qué me dices de ti? Te sugiero que le des a Shane la oportunidad de descubrir que no eres en absoluto como tu ex.

–No, gracias –respondió mientras picaba una patata.

–¿Por qué no? –inquirió Charlie–. Según lo que nos has contado, es perfecto. Guapo. Sexy. Un dios en la cama.

–Yo no he dicho eso. Y no. Solo somos amigos.

–Oh-oh. Tienes un problema cuando empiezas a mentirte a ti misma –le recordó Charlie.

–No. Esta vez pienso mantener firmemente a mi corazón fuera de juego –quizá fuera el efecto de la margarita, o el hecho de que confiara en sus amigas. Fuera lo que fuese, inspiró profundamente y les soltó la dolorosa verdad–: Mis padres nunca estuvieron enamorados. Mi madre se quedó embarazada al principio de que salieran juntos, y tuvieron que casarse. Nunca fueron felices y siempre me dejaron claro que yo no era más que una complicación para ellos. Yo intentaba ser la hija perfecta, pero ninguno de los dos estaba interesado en tener una hija –miró a Heidi–. Envidio el ambiente en el que te criaste, Heidi.

Su amiga se mostró sorprendida.

—¿Trasladándome todo el tiempo de un sitio a otro? ¿Siempre a bordo de una casa con ruedas?

—No, me refiero a la gente que te quería y se preocupaba realmente por ti. Yo ansiaba tanto eso... Pero no podía tenerlo. Tenía amigas, claro, pero no un lugar donde pudiera sentirme segura. Mis novios fueron una serie continua de desastres. Cuando finalmente conocí a Lewis, pensé que era el hombre de mi vida.

—¿Tu exmarido? —inquirió Charlie.

Annabelle asintió.

—Es escritor, lo que me deslumbró. Es algo mayor que yo, con lo que pensé sería alguien estable, maduro. Pero resultó que él nunca estuvo interesado en mí como persona. Se trataba más bien de lo que yo representaba. Le gustaba controlarme. Emocionalmente, quiero decir. No llegó a pegarme ni nada parecido.

—A veces los puños son más fáciles de comprender —comentó Charlie en voz baja—. La manipulación emocional también puede llegar a hacer mucho daño.

—Ahora me doy cuenta de ello. Lewis me veía como una posesión suya, no como una persona. Tardé mucho tiempo en descubrir que yo no tenía la culpa de ser desgraciada, y todavía más en marcharme. Pero me fui y encontré Fool's Gold, y ahora tengo un hogar —se sorbió la nariz—. Os prometo que no voy a ponerme a llorar.

Heidi ya tenía los ojos brillantes.

—Puedes hacerlo. No pasa nada.

—Claro que pasa —rezongó Charlie—. Para. Está aquí, está bien, tiene sexo con Shane. ¿Dónde está el problema?

Annabelle sonrió y las lágrimas se evaporaron.

—Ya os lo he dicho: fue cosa de una sola noche. No voy a enamorarme de un tipo que no me quiere... y que tampoco quiere las complicaciones del amor.

—Me lo creo. Lo que no me creo es que lo del sexo no vuelva a suceder otra vez. Eso es lo que todas dicen. Nadie te cree, chica. Mejor será que vayas aceptándolo.

Heidi se encogió de hombros.
—Ella tiene razón. Yo también pienso que lo volverás a hacer. Los hermanos Stryker son absolutamente irresistibles.
—Bueno, pues ya lo veréis —replicó Annabelle, alzando la barbilla—. Tengo una sorprendente capacidad de resistencia. Me mantendré firme.
Charlie se volvió hacia Heidi:
—Veinte dólares a que no dura ni una semana.
Heidi recogió su margarita.
—Lo siento. ¡No pienso apostar contra eso!

—Si se lo cuentas a alguien, habrá problemas —masculló Shane mientras llevaba a Reno a las cuadras.
—Supongo que estarás hablando con él —le dijo Charlie—. Porque si estás hablando conmigo, tienes toda la razón: habrá problemas.
Shane se preguntó si golpeándose a sí mismo con un tablón conseguiría mejorar el día. Ahora resultaba que lo amenazaba una mujer. Aquel tenía que ser el punto más bajo de su vida, porque no podía imaginarse nada peor.
Charlie era alta, apenas unos cinco centímetros más baja que él, y fuerte. Tenía buenos músculos. Aun así, él la superaba en peso y era significativamente más fuerte. Pero era una mujer, con lo que dispondría de una ventaja inherente en cualquier pelea. En otras palabras: que él no podría pegarla. Así era como lo habían educado.
El poni trotaba a su lado, tranquilo y curioso, con las orejas en punta. Hasta el momento el animal se había revelado como un fiel y cariñoso compañero de Priscilla.
Ató a Reno a un poste y agarró un cepillo.
—¿Estás segura de esto? —le preguntó a Charlie, decidiendo que ignorar su amenaza era el curso más prudente de acción—. Teniendo en cuenta su edad y su tamaño, uno de los caballos sería mejor.
—Tú odias a los ponis, con lo que tu opinión no vale

—repuso Charlie, recogiendo otro cepillo para ponerse con el otro flanco de Reno—. Confía en mí. Es la mejor elección. A Kalinda le costaría subirse a un caballo. Y, lo más importante: si algo sale mal, podremos desmontarla sin problemas.

A Shane no le gustó cómo sonó eso.

—¿Estás segura de que esta es una buena idea? —insistió.

—Sí. La niña necesita abrirse al mundo. Experimentar cosas en un ambiente seguro —Charlie lo fulminó con la mirada, algo que solía hacer bastante—. Ya te he explicado lo de las quemaduras.

—Sí, ya lo sé. «No te sorprendas, no te la quedes mirando. Actúa con normalidad» —remedó su tono—. No soy imbécil.

—Eso todavía está por ver.

Lo que no le dijo Shane, mayormente porque quería seguir conservando su cabeza, era que le gustaba aquella faceta de Charlie. Aquel lado dulce suyo que se preocupaba tanto por una niña.

Cuando ella lo llamó aquella mañana para preguntarle si podía prestarle a Reno, aceptó en seguida. Se presentó allí y le explicó que el poni era para una niña de diez años... con quemaduras graves. El verano anterior había explotado una barbacoa de gas, causando quemaduras a Kalinda en un cuarenta por ciento de su cuerpo. Después de todo aquel tiempo aún seguía en proceso de curación, operaciones incluidas.

Priscilla se quejó desde un corral cercano. No había querido que Reno se marchara, así que Charlie y él decidieron transportarla para que estuviera lo más cerca posible cuando Kalinda lo montara. Al menos Wilbur y la familia felina se habían conformado con quedarse en el recinto de la elefanta.

—Yo antes llevaba una vida normal —masculló mientras dejaba caer la manta sobre el pequeño lomo de Reno y se inclinaba luego para recoger la silla.

Charlie le sonrió.

–Si querías seguir con una vida normal, nunca debiste volver aquí. ¿No te advirtió tu hermano?

–Creo que lo intentó, pero yo no le creí.

Terminaron de ensillar a Reno. Charlie agarró el ronzal y le puso el bocado. El poni no protestó: casi pareció contento con la operación.

Apenas habían terminado cuando un coche entró en el patio. Charlie saludó con la mano y se dirigió hacia el vehículo. Shane se quedó con Reno.

Se recordó lo de no quedársela mirando fijamente. La niña ya había sufrido bastante. Pero la advertencia de Charlie no lo había preparado para la vista de Kalinda bajando lenta y trabajosamente del coche.

Una red de cicatrices rojas cubría su rostro. Solo sus ojos, sorprendentemente azules, parecían haber quedado indemnes. Parecían mirarlo con una extraña expresión solemne, como si estuvieran esperando su juicio. Llevaba una camisa de manga larga por encima de los vaqueros y un guante post-operatorio en una mano.

Charlie avanzó hacia ella sin vacilar:

–Hola, chica. Espera a que conozcas a Reno. Es un poni fantástico. Creo que te gustará.

Una bella mujer de treinta y pocos años bajó del coche. Era rubia como su hija, bajita, y fruncía el ceño con expresión preocupada.

–Hola, Charlie –la saludó–. Yo todavía no sé si es una buena idea...

Charlie le rodeó los hombros con un brazo.

–Probaremos a ver qué tal resulta, Fay.

–Si tú lo dices...

El grupo se acercó. Shane sonrió a Kalinda.

–Hola. Bienvenidas a Castle Ranch. Este es Reno y yo soy Shane.

–Hola, Shane –dijo la niña con una vocecita–. Yo soy Kalinda.

–Fay –se presentó la madre avanzando hacia él con la mano tendida–. Gracias por hacer esto. Estamos... –los ojos de Fay se abrieron mucho al tiempo que soltaba un grito–. ¡Oh, Dios mío! ¿Qué es eso?

Shane gruñó, preguntándose si Khatar se habría soltado de nuevo. Pero a quien descubrió al volverse fue a Priscilla, caminando hacia ellos.

–Es la elefanta de mi madre. Se llama Priscilla.

–Voy a por ella –Charlie se dirigió hacia el gigantesco animal.

–¿Tu madre tiene una e–elefanta? –inquirió Fay boquiabierta, acercándose a su hija.

–Es una larga historia –Shane miró a la niña, esperando ver en ella la misma dosis de miedo. Se equivocaba: estaba sonriendo.

–¡Qué guay! –susurró–. Una elefanta.

–La verdad es que mi madre la compró sin saber gran cosa sobre elefantes. Ahora que nos hemos documentado bien, hemos aprendido que las elefantas son animales muy sociables. Lo que quiere decir que Priscilla necesita amigos. Hemos ido probando con diferentes animales para que le hagan compañía –dio unas palmaditas a Reno–. Hasta ahora, este pequeño de aquí es su favorito.

Kalinda se echó a reír.

–Hacen una pareja muy graciosa.

Shane descubrió que le gustaba aquel sonido de felicidad y quiso escucharlo de nuevo.

–Y hay más. En el recinto donde vive hay un cerdo llamado Wilbur y una familia de gatos. Priscilla los protege.

–¿En serio? –sonrió Kalinda.

–Ajá. Te los enseñaré cuando vayamos hasta allí –palmeó la silla–. Muy bien, vamos a montarte en este poni.

Hablaron sobre la mejor manera de subirla a Reno. Las quemaduras de la parte delantera del cuerpo lo hacían difícil. Así que finalmente Shane la levantó en vilo y la sentó sobre el poni.

Le sorprendió lo muy poco que pesaba y lo menuda que la sintió en los brazos. Una vez que la tuvo sentada, le mostró cómo debía sostener las riendas con su mano sana y guio el poni dentro del corral. Cuando tuvo que soltarla para cerrar la puerta, se volvió para descubrir que el animal se había puesto a caminar lentamente siguiendo la valla. Habría jurado que el poni estaba poniendo un cuidado especial en no sacudir a su delicada amazona.

Charlie y Priscilla se acercaron para observarla. Fay se aproximó también, acercándose lo suficiente para atreverse a acariciar a la elefanta. Shane caminaba al lado de Reno, aunque no era necesario.

Junto a la casa, Perséfone y su cabritilla disfrutaban del calor del sol. Khatar dormitaba a la sombra de un árbol. Las llamas y las ovejas pastaban. Con aquellos compañeros, sus caballos de carreras apenas llamaban la atención.

Mientras Reno seguía caminando lenta y cuidadosamente en círculo, Shane volvió a la valla sin dejar de observar a la niña. Fay le sonrió con lágrimas en los ojos.

–Gracias –le susurró cuando oyó reír a su hija–. Necesita más cosas como esta.

–Lo está haciendo muy bien. Después de unas cuantas sesiones más con Reno, podrá montar uno de los caballos pequeños. He pensado ya en uno. Es muy bueno.

–Eso sería estupendo –repuso Fay–. Quiero apuntarla a clases.

Charlie se estiró entonces detrás de Fay y le dio a Shane un puñetazo en el brazo.

–¿Qué pasa? –le preguntó, alarmado.

–Que lo has hecho bien, vaquero. Te felicito.

–Gracias –dijo reprimiendo el impulso de frotarse la zona golpeada, que le dolía terriblemente.

Priscilla sacudió su enorme cabeza. Shane habría jurado que la elefanta le sonreía.

–Necesitamos música –gritó Annabelle por encima del hombro mientras Khatar trotaba en terreno abierto. El sol brillaba encima de su cabeza y el viento hacía ondear su melena. Se sentía libre y feliz.

El poderoso semental se movía con fluida elegancia. Cuando Shane le sugirió que hicieran algo más que trotar por el corral, su primera reacción fue de nerviosismo, pero en ese momento se alegraba enormemente. Era como si estuviera en una película. Solo faltaba la banda sonora.

Shane, montando a Mason, se puso a su altura.

—Mi casa es por allí —señaló un punto.

Annabelle miró a la derecha y vio un equipo de construcción, lo que parecía parte de los cimientos y la obra empezada de unas cuadras. Antes de que pudiera pensar en una manera de hacer girar a Khatar, el caballo ya se había vuelto en esa dirección.

—Eres tan bueno... —le dijo, inclinándose para darle unas palmaditas.

El animal subió una pequeña loma y se detuvo junto a lo que debería ser la casa. Era sábado y la cuadrilla libraba, de modo que todo estaba en silencio. En aquel momento no alcanzaba a imaginar el ruido que debía de formarse a mitad de semana, con todos aquellos motores trabajando.

Shane desmontó y se acercó para ayudarla. Aunque podía haberlo hecho sola, le gustaba la idea de deslizarse en sus brazos. Si hubiera sido mejor actriz, habría simulado una lesión de tobillo para que él pudiera abrazarla... Al final tuvo que contentarse con el fugaz contacto de sus manos en la cintura. Vio que retrocedía un paso y señalaba la casa.

—¿Quieres verla?

—Claro.

Dejaron los caballos a la sombra de unos árboles. Ella lo siguió por el claro de terreno despejado hacia donde estaban los cimientos.

—La puerta principal. El vestíbulo, y detrás el salón. Rodearemos la casa para entrar por detrás.

—Como un trabajador cualquiera.

Shane se echó a reír.

—No, será como si entramos desde las cuadras. Hacerlo por la puerta trasera tiene más sentido.

La guio hasta lo que estaba destinado a convertirse en una habitación sorprendentemente grande. Annabelle podía ver dónde iría la puerta.

−¿El vestuario de trabajo?

Shane asintió.

−La pila estará allí, con un mostrador. Mucho sitio para las botas, los abrigos, los impermeables.

Entraron en lo que sería la cocina. Annabelle juntó las manos, entusiasmada.

−Me hiciste caso y cambiaste la pared de sitio.

−Lo hice. Tenías razón.

Entraron en el comedor y en el amplio salón.

−Las habitaciones de invitados están por allí −señaló a la izquierda−. El estudio delante de nosotros y el dormitorio principal al otro lado −la fue guiando, apoyando levemente la mano sobre su cintura−. Y fuera habrá más cambios −volvieron a salir−. Voy a allanar más terreno para ampliar las cuadras. Para los caballos de las clases.

Alzó la mirada hacia él.

−¿De veras?

−Al fin y al cabo, ya no me puedo librar de ellas...

Pero Annabelle no se dejó engañar por su falso tono gruñón.

−Te gustan las niñas y te gusta dar clases.

−Quizá −la miró y sonrió−. Está bien: me gustan. ¿Te habló Charlie de Kalinda?

−Me comentó que había venido. La conozco. Cuando tiene que quedarse en el hospital para sus operaciones, le llevo libros. Ha sufrido mucho.

−Eso he oído.

−La recuperación ha sido muy difícil. Estuvo al borde de la muerte un par de veces. Para sus padres también ha sido muy duro. Charlie me dijo que le gustaba montar a caballo.

−Reno se portó de maravilla con ella. Con mucha paciencia. Fue como si hubiera percibido sus limitaciones físicas. Me he estado documentando en internet. Sobre cómo enseñar a montar a niños con problemas físicos. Y he pensado en adquirir un par de caballos más y prepararlos para trabajar con niños con minusvalías. Todavía no tengo un plan bien elaborado, pero tiene sentido ofrecer un servicio de esa clase aquí.

Annabelle estaba asombrada. Lo último que necesitaba era que Shane se convirtiera en una especie de héroe. Hasta se dio la vuelta para que no pudiera ver hasta qué punto se había derretido solo de pensarlo. Ya había sido suficientemente irresistible como tipo normal. Si ahora se dedicaba a hacer esas cosas... ¿qué posibilidades le quedaban a ella?

−¿Tendrás tiempo? −le preguntó.

−Lo sacaré. Hay un tipo en la ciudad, Raúl Moreno. Tiene un campamento para niños de familias con pocos recursos.

Annabelle sonrió.

−Conozco a Raúl. Es un antiguo jugador de fútbol americano muy guapo.

−Está casado. Y con niños.

−¿Celoso? −sonrió.

−No.

−Lo pareces.

Un brillo de diversión asomó a los ojos oscuros de Shane.

−Te estás apresurando a sacar conclusiones.

−No lo creo. En cualquier caso, ¿has hablado con Raúl?

−Tuve una rápida conversación telefónica con él después de que Kalinda se marchara. Charlie me dio su número. Lo veré la semana que viene. Veremos si podemos trabajar juntos. Quizá algunos de los chicos de su campamento puedan trabajar en el rancho.

−Los caballos siempre son una buena terapia −murmuró ella.

¿Eran imaginaciones suyas o se había acercado? O quizá hubiera sido ella misma. Porque, sinceramente, allí fuera, en medio de la tranquilidad y la hermosura de la naturaleza, con Shane todo viril e irresistible, estaba teniendo problemas para concentrarse en lo que le estaba diciendo.

—Podríamos hacer un gran bien.

—Sí, podrías.

De repente le acunó una mejilla en una mano.

—Eres un problema, lo sabes, ¿verdad?

—No, no lo soy.

—Lo eres para mí.

Eran amigos, se recordó Annabelle. Solamente amigos. Nada más. Cualquier otra cosa sería peligrosa, por no decir estúpida.

—Me gusta que no haya mucho escándalo de por medio —admitió él—. Pese al hecho de que bailes encima de las barras de los bares.

—Solo fue un baile y tienes razón en lo de los escándalos. Yo los evito. A mí me gusta la vida tranquila. Previsible incluso.

—Entonces probablemente habrás previsto que voy a hacer esto —inclinó la cabeza y la besó en la boca.

Fue un beso suave. Tierno. Con la dosis exacta de pasión para añadir un punto de estremecimiento. Se apoyó en él, ladeando la cabeza y echándole los brazos al cuello.

La atrajo hacia sí. Era tan fuerte y cálido como recordaba. Cerró los ojos al tiempo que entreabría los labios y se perdió en el fácil flujo de la pasión que la anegó por entero.

Su lengua se movía contra la suya, excitándola. Lo acarició a su vez, disfrutando de su contacto. El deseo crecía al mismo ritmo que el calor. Y la necesidad lo seguía de cerca. No había una sola parte de su cuerpo que no ansiara estar cerca de él.

Pensó en lo que había sucedido antes. En la maravilla de su encuentro y en la difícil situación que sobrevino después. También estaba el asunto de la protección. No llevaba preservativo alguno encima y suponía que él tampoco. Porque no quería que fuera la clase de hombre que andaba por la vida siempre preparado...

Él se retiró ligeramente y apoyó la frente contra la de ella.
–Eres una complicación, Annabelle.
–¿Yo?
Se irguió y apoyó ambas manos sobre sus hombros.
–Si supieras lo mucho que te he deseado... –empezó.
Oyéndolo, ella se estremeció de expectación.
–Pero... –quiso continuar, pero ella lo interrumpió:
–Lo sé. Somos amigos.
–Ah. Ya. Bueno, yo estaba pensando en algo más práctico, ya sabes... Preservativos. Pero sí: somos amigos.
Todavía hirviendo de deseo, Annabelle se las arregló para sonreír.
–Lo de la amistad fue una decisión de los dos.
–¿Vas a restregármelo por la cara? –le preguntó él.
–Por supuesto.
–Lo asumo.
Le rodeó los hombros con un brazo y regresaron donde habían dejado los caballos. Cuando estuvieron frente a Khatar, le acarició la mejilla con el dedo índice.
–Quizá podríamos renegociar eso –le ofreció–. ¿Estarías interesada?
«Más de lo que te imaginas», pensó Annabelle. «Solo sexo», se dijo. Sin compromiso emocional alguno.
–Quizá.
Shane sonrió.
–No eres una mujer fácil, ¿eh?
–¿Dónde le ves la diversión a eso?
Cabalgaron de vuelta al rancho. Una vez allí, Annabelle se preguntó si sería una estupidez invitarlo en ese mismo momento a dirigirse a su casa. O si debería contenerse hasta la noche...
Pero antes de que pudiera decidirse, descubrió un coche desconocido aparcado frente a la casa.
–¿Compañía? –le preguntó, señalándolo.
–No que yo sepa.
El coche era un Mercedes, pero de un modelo diferente al de Rafe. Igual de grande y de potente. Y de caro.

Siguió a Shane hacia el coche solo para detenerse al ver salir al conductor. Era de mediana estatura, delgado. Ojos azul claro y pelo rubio que empezaba a encanecer. Bien vestido, con ropa cara.

Se lo quedó mirando fijamente. «No», se dijo. Se equivocaba. No podía ser...

–Lewis –jadeó.

Shane se volvió para mirarla.

–¿Quién?

–Lewis –logró pronunciar–. Mi exmarido.

Lewis se dirigió hacia ellos y tendió la mano a Shane.

–Hola. Me llamo Lewis Cabot. Soy el marido de Annabelle.

–Ex –lo corrigió ella–. Exmarido.

Lewis la miró sonriendo.

–No, Annabelle. De eso he venido a hablarte. Aún seguimos casados.

Capítulo 11

Annabelle tuvo la sensación de que el mundo entero basculaba fuera de su eje. ¿Casada? ¿Ella seguía casada?
–Eso no es posible –dijo–. Estamos divorciados. Llegamos a un acuerdo.
Lewis no había querido concederle el divorcio. Durante mucho tiempo, se había negado. Pero, al final, Annabelle amenazó con llevarlo a los tribunales. Él había sido consciente de que cualquier juez le habría adjudicado a ella un porcentaje de sus ganancias durante el tiempo que duró su matrimonio. Y la verdad era que, aunque siempre le había encontrado faltas y defectos, su matrimonio había resultado beneficioso para su carrera. Había escrito dos de sus libros más vendidos mientras estuvieron juntos.
Lewis había tenido que resignarse al divorcio. El abogado de Annabelle le había aconsejado no firmar el acuerdo, pero ella le había explicado que prefería ser libre a rica. Después de todo, no tenían hijos y era perfectamente capaz de mantenerse a sí misma. Que Lewis se lo quedara todo. Alejarse de él había sido su mejor recompensa.
–Al parecer ha habido un pequeño problema con el despacho de abogados –explicó Lewis con tono desenfadado–. Aún estamos casados –se volvió hacia Shane–. Soy escritor. Puede que haya oído hablar de mí. Lewis...
–No. Lo siento.

Annabelle se aventuró a mirar a Shane, pero no había manera de saber lo que estaba pensando. Aun así, dudaba que fuera algo bueno. Al fin y al cabo, aquel momento podía perfectamente ser calificado de escandaloso.

–Probablemente querréis hablar a solas de esto... –dijo mientras empezaba a retroceder hacia el establo.

–¡No! –en vano intentó detenerlo Annabelle–. No pasa nada. Me marcho yo. Tengo que irme... –se detuvo, consciente de que no sabía qué hacer. El pánico le había nublado el cerebro, imposibilitándole pensar.

Lewis estaba allí, en Fool's Gold. El único lugar donde se había sentido a salvo.

La puerta trasera de la casa se abrió en ese momento y salió Heidi.

–¡Ah, aquí estás! Annabelle, necesito hablar contigo. ¿Tienes un momento?

Annabelle asintió y se dirigió hacia ella.

–Nosotros también tenemos que hablar –le recordó Lewis con tono urgente

No, no tenían que hablar. No tenían nada que hablar desde el día en que acordaron su divorcio.

–Tengo que ayudar a Heidi –se excusó, aproximándose ya a la casa.

Lewis soltó un profundo suspiro.

–Veo que sigues siendo tan difícil como siempre. Está bien, Annabelle. Yo sé cómo convencerte. Me quedaré en la ciudad, en Ronan's Lodge. Estaremos en contacto.

Esperaba que estuviera mintiendo, pero sabía que no tendría esa suerte. Miró a su amiga como buscando su apoyo y su seguridad. Cuando llegó al porche trasero, Heidi la tomó del brazo y le hizo entrar.

–¿Cuánto tiempo me ha estado esperando? –le preguntó Annabelle.

–Cerca de una hora. ¿De veras que estuviste casada con él?

–Desgraciadamente, sí.

–No te enfades, pero es un imbécil arrogante.

–Tardé bastante en darme cuenta de ello.
–Al menos lo hiciste –la abrazó–. Pobrecita. Dice que sigues casada con él.
–Ya. Tienes que tratarse de un error. Firmamos los papeles. Con abogados delante. Eso fue lo único que saqué de él: que pagase las tarifas oficiales para acabar con nuestro matrimonio. Me gustó lo irónico del detalle.

La cabeza le daba vueltas y no parecía capaz de pensar con coherencia. Se había imaginado que no volvería a ver a Lewis nunca más. ¿Cómo podía encontrarse en ese preciso momento en Fool's Gold? ¿Y por qué ahora?

–No sé qué hacer.
–Tienes un problema legal, así que debes buscar asesoría legal –se sacó una tarjeta del bolsillo trasero de los vaqueros–. Espero que no te importe, pero me he permitido avisarla. Trisha te está esperando en su despacho ahora mismo.
–¿Trisha Wynn? ¿La abogada que te ayudó con el rancho?
–Ajá. Es estupenda. Te gustará –Heidi volvió a abrazarla–. Todo esto se arreglará, tranquila. Si te has divorciado una vez, podrás hacerlo otra.
–Shane no va a entender esto –murmuró Annabelle, aceptando su consuelo.
–¿Qué quieres decir?
–Hace un rato me estaba comentando precisamente que le gustaba que no fuera una mujer aficionada a los escándalos. Descubrir que sigo estando casada no me cualifica precisamente como la persona más tranquila y sosegada del mundo. Si Lewis tiene razón y no estamos divorciados, Shane pensará lo peor: que soy una mentirosa.

Heidi enarcó las cejas.
–Ya veo. ¿Y eso te preocupa?
–Por supuesto. No quiero que Shane me odie.
–O que piense mal de ti. Porque sois amigos.
–Sí, somos amigos.
Heidi se mordió el labio.

—Ten cuidado, porque suena como si hubieras cruzado la frontera de la amistad.

—No, estoy bien. Me gusta Shane, nada más. No estoy enamorada de él.

Heidi no parecía muy convencida, pero sonrió y dijo:

—Seguro que tienes razón. Además, tienes ya suficientes problemas con los que lidiar ahora mismo. Lo primero es desembarazarse de Lewis.

Annabelle había visto a Trisha Wynn en el tribunal, cuando la abogada estuvo ayudando a Heidi: de ahí que no se sorprendiera de ver su ropa sexy y ajustada, o su pronunciado escote. Pese a que Trisha debía ya de rondar los sesenta, apenas aparentaba cuarenta y cinco. El motivo de que vistiera como una veinteañera era algo que Annabelle ignoraba, pero no estaba en posición de ser exigente. No cuando su estado civil se hallaba en juego.

Trisha estaba asintiendo mientras atendía una llamada telefónica.

—Sí, claro —murmuró—. Es comprensible. Decepcionante, pero comprensible. Ajá. Quédese tranquilo —se interrumpió—. Gracias. Revisaré mi correo ahora mismo.

Por fin colgó el teléfono y miró a Annabelle.

—Buenas noticias —anunció—. Ahora mismo me están enviando los documentos definitivos. En nombre de mis compañeros de profesión, he de decirte que me siento avergonzada, pero así es. El papeleo final de los tribunales nunca llegó a rellenarse.

Annabelle apretó con fuerza los brazos de la silla mientras se ordenaba respirar profundo, por muy mal que se sintiera. Desmayarse no la ayudaría en nada.

—No —gimió—. No puede ser verdad. No puedo seguir casada con el. ¿Y si no quiere dejarme en paz?

—La decisión no es suya —sonrió—. En este mismo momento el tribunal se está encargando de resolver los trámites pendientes. Una vez que termine de hacerlo, el divorcio será efectivo en cuestión de días, una semana como máximo –de repente dejó de sonreír–. Porque no te habrás casado con nadie desde que te divorciaste, ¿verdad?

–¡No!

–Entonces no hay problema.

Había varios problemas, pensó Annabelle mientras Trisha pulsaba una tecla y encendía la impresora. El mayor de los cuales era que seguía casada con un hombre al que no había querido volver a ver nunca más. Su segundo mayor problema tenía que ver con Shane y con lo que estaría pensando de ella. Menos mal que no tenía escándalos en su vida... En ese momento había demasiados.

–Me pregunto cómo lo habrá descubierto –pronunció más para sí misma que para Trisha–. ¿Y por qué habrá venido a verme en lugar de ponerse en contacto con su abogado?

–Fuiste tú la que quiso el divorcio, ¿no?

–¿Cómo lo sabes?

–Años de experiencia. Fuiste tú la que vino a verme, no él. Si él se hubiera molestado, habría reaccionado como tú has dicho. Habría acudido directamente a su abogado para ocuparse del tema. Y tú te habrías enterado a través de las instancias judiciales. ¿Se resistió a la hora de concederte el divorcio?

–Un poco –admitió Annabelle–. No entendió por qué quería dejarlo.

–Cuando es la mujer la que se va, el hombre siempre se muestra sorprendido. Y además muy molesto de que de repente tenga que arreglárselas solo. Se asombra cuando descubre que la ropa limpia y planchada no aparece por arte de magia en los cajones y la cena no se cocina sola –Trisha se encogió de hombros–. Y no es que esté amargada por ello...

–Ya lo veo.

–Digamos que tengo mucha experiencia por lo que se refiere a la vida de casada. Actualmente lo que quiero es un amante, no un marido. A nivel legal es mucho menos complicado –se puso sus gafas de lectura y se levantó para acercarse a la impresora–. Estas son las copias de los documentos definitivos –ojeó los papeles–. Ya veo. Realmente tenías ganas de escapar de él, ¿eh? Nada de pensión alimenticia ni de división de bienes –la miró por encima de sus gafas–. ¿Te representó algún abogado?

–Sí, y me mostré conforme con el acuerdo. No me interesaba el dinero de Lewis. Lo ganó él, no yo.

–Pero tú le facilitaste que lo ganara. Pudiste haber pedido al menos un pequeño porcentaje.

–No, gracias. Yo lo que quería era dejar de estar casada con él. No tuvimos hijos y podía valerme sola.

–Entiendo. Una persona con principios –le entregó los documentos–. Asegúrate de dejarme un número de teléfono donde pueda localizarte. Me pondré en contacto contigo tan pronto como el tribunal termine con los trámites y el divorcio sea oficial.

The Fool's Gold Mountaineers eran un equipo de béisbol de segunda división con un razonable ratio de victorias y derrotas. O al menos eso había oído Shane mientras esperaba con Rafe. El estadio era pequeño, recientemente remodelado, y contaba con una entusiasta multitud de seguidores.

–Ya te lo dije –le comentó Rafe, empujándolo hacia la taquilla–. Te vendrá bien.

–No tengo tiempo para ver un partido. Tengo trabajo.

–Estás deprimido. Necesitas salir.

–Déjame en paz.

En realidad Shane quería decirle algo más, pero había demasiadas ancianas entre la multitud, para no hablar de los niños y de la gente simplemente normal que probablemente no apreciaría que se pusiera a jurar en voz alta. «Los malditos buenos modales», pensó sombrío.

–Ella ya ha hablado con una abogada y tiene el papeleo casi listo –le dijo Rafe mientras le entregaba su entrada y pasaba el torno.

–No sé de qué estás hablando –insistió Shane, siguiéndolo al interior del estadio.

–Te estás comportando como si tuvieras cinco años. Estoy hablando de Annabelle. De la pequeña pelirroja que te ha hecho ver las estrellas...

–Qué raro. Oigo un zumbido en mi cabeza. Como una especie de mosca volando o algo así...

Rafe se echó a reír.

–Puedes fingir todo lo que quieras, pero yo sé la verdad. Estás enfadado. Pero te lo repito otra vez: ella no hizo nada malo. Realmente pensaba que estaba legalmente divorciada y que los papeles habían terminado de tramitarse en los tribunales. Algún abogado de Carolina del Norte debió de meter la pata. No puedes culparla a ella por eso.

–¿No acabo de decirte que no sé de qué diablos estás hablando? –le espetó Shane, preguntándose por qué Rafe estaba insistiendo tanto. Heidi debía de habérselo ordenado. Al fin y al cabo, Heidi y Annabelle eran amigas.

Justo cuando estaba empezando a confiar en Annabelle, además. Había empezado a convencerse de que a pesar de haberla visto bailar encima de una barra, no era una mujer aficionada a los escándalos y a las escenas. Que podía soportar perfectamente no ser el centro de atención de todo el mundo. Pero en el preciso instante en que había bajado la guardia, aparecía su ex alegando que no estaban divorciados.

Su intuición le decía que podía confiar en ella. Pero su cabeza le recordaba que ya se había dejado engañar antes.

Una vez dentro del estadio, Shane miró a su alrededor. Los anuncios del interior eran de estilo antiguo, pintados sobre madera. Solo el marcador era electrónico. Había un puñado de vendedores en las escaleras de las gradas. Un anciano con una camiseta amarilla repartía programas.

–Es allí –le dijo Rafe, señalando un punto.

Shane miró en esa dirección y vio a un grupo de hombres sentados juntos. Ethan Hendrix los saludó con la mano. Shane vio a Kent a su lado. Reconoció a unos cuantos más. Josh Golden, el antiguo campeón del mundo de ciclismo, estaba hablando con Raúl Moreno.

–Aquel tipo del final es Tucker Janack –le informó Rafe–. Su empresa está levantando el casino y el hotel de las afueras de la ciudad. A su lado está Simon Bradley.

–El médico. Ya. Le vi cuando nació el bebé de Montana.

–El que está sentado el otro lado es Finn Andersson –continuó Rafe–. A Cameron ya lo conoces.

Shane saludó con la cabeza al veterinario de la localidad.

Se acercaron a donde estaban sentados los demás. Hubo cálidos apretones de mano y cariñosas palmadas en la espalda. El mayor del grupo era Max Thurman, actual compañero de la madre de los Hendrix.

Shane se encontró de pronto sentado entre Cameron y Kent. Llamaron al vendedor de cervezas y casi se montó una pelea cuando todos se ofrecieron a pagar. Shane no pudo evitar reírse cuando Raúl y Josh intentaron echar un pulso por el privilegio de abonar la cuenta. Supuso que el vendedor se retiraría con una buena propina.

Kent le entregó una cerveza.

–¿Qué tal? ¿Te estás instalando bien?

Shane asintió.

–Me estoy construyendo una casa en un terreno que he comprado. Hasta que me pueda mudar, estoy con mi madre, Glen, Heidi y Rafe. La casa está ahora mismo abarrotada.

–No pienso reírme de ti, amigo. Yo, cuando volví, también tuve que quedarme en casa de mi madre.

–¿Cuándo fue eso?

–El año pasado –Kent bebió un trago de cerveza–. Soy profesor de Matemáticas en el instituto de Fool's Gold.

–No me digas. ¿En serio?

–Ajá –se echó a reír–. Yo tampoco imaginé que terminaría así. Pero ya en la universidad me encantaban las matemáticas. En el verano del segundo al tercer curso, trabajé en un campamento académico de estudiantes de secundaria en Colorado. Resultó que aquello era lo mío. Cuando aquel otoño volví a la universidad, cambié de carrera y ahora soy profesor de Matemáticas.

–Se nota que te encanta tu trabajo.

–Así es. Enseño en todo tipo de clases: desde estudiantes aventajados hasta niños que apenas saben sumar. Y ambas categorías son igual de satisfactorias, cada una a su manera.

–¿No solo los chicos listos?

Kent se encogió de hombros.

–Los chicos listos son probablemente los que mejor se arreglan al margen de cómo sea el profesor. Los que me necesitan son los que tienen problemas. Cuando consigo hacer entender unos cuantos principios a un chico o una chica que odia las matemáticas... es como si se iluminasen. De repente se dan cuenta de que pueden ser buenos en algo difícil. No es que sean más torpes que los demás, es que nadie se ha tomado la molestia de ayudarlos. Una vez que entienden lo fundamental, el mundo se les abre –de repente se removió incómodo–. Vaya, me temo que me estoy dejando arrastrar por la pasión...

–Impresionante –comentó Shane–. Eres justamente el profesor que todo el mundo querría tener.

–Me gusta lo que hago. También soy ayudante de entrenador del equipo de béisbol, pero solo a media jornada y en primavera. Lo mío son las matemáticas –miró el campo donde los jugadores estaban calentando, y luego a Shane–. La lástima es que ser profe de mates no es precisamente un imán para las chicas.

–¿Eso es un problema? –se sonrió Shane–. ¿No hay suficientes mujeres solteras en Fool's Gold? A mí me lo recuerdan a cada rato –aunque él solamente estaba interesado en una. Desgraciadamente, nada relacionado con Annabelle era fácil.

–Ya –Kent bebió otro trago de cerveza–. Pero la verdad

es que yo no estoy muy interesado en salir con nadie. Yo, er... estuve casado antes.

—Yo también —dijo Shane en voz baja—. El divorcio es un infierno.

—Dímelo a mí. Mis padres estuvieron muy enamorados hasta que el viejo murió. Todas mis hermanas están felizmente casadas. Y Ethan igual. La única razón por la que Ford sigue soltero es porque está en el ejército, viajando todo el tiempo. De lo contrario, estoy seguro de que ahora mismo estaría casado y con un par de hijos. Y ahora mi madre tiene a Max. Yo soy la oveja negra de las relaciones.

Shane quiso ofrecerle algún consuelo, pero no estaba en condiciones de hacerlo. Porque él tampoco había arreglado precisamente su vida personal.

—Tienes un hijo —le recordó—. Eso ya es algo.

—Sí, Reese es estupendo. He tenido mucha suerte con él. Es solo que... —miró a su alrededor, como para asegurarse de que todos los demás estaban enfrascados en sus respectivas conversaciones—. Ha pasado ya un año y sigo echándola de menos, ¿entiendes?

—¿Tu ex?

—Sí. Lorraine era la «única» y ahora ya no está. Sigo pensando que volverá. Que se dará cuenta de que nos necesita. Pero me estoy engañando a mí mismo. Ella no necesita a nadie. Todo esto es muy duro para Reese.

—¿No ve a su madre?

Kent sacudió la cabeza.

—Nos abandonó a los dos. Nunca viene, nunca llama. Reese es muy reservado, pero sé que la echa de menos.

Shane juró entre dientes. No alcanzaba a imaginarse a una mujer comportándose así con su propio hijo.

—¿Has empezado a salir? —le preguntó.

—No —Kent se encogió de hombros—. Mi madre está encima de mí con ese tema y mis hermanas me lo mencionan de cuando en cuando. Incluso Reese me dice que debo superarlo. ¿Pero para qué? ¿Para salir con alguien que no me importa? ¿Qué sentido tiene eso?

El sentido era curarse y seguir adelante. Kent parecía estar atrapado en su propio pasado, y eso nunca era bueno.

Ciertamente, Shane había tenido también un divorcio duro, pero había conseguido salir adelante. No seguía colgado de su ex. Ya no la usaba para evaluar a las otras mujeres que habían entrado en su...

Apretó con fuerza su cerveza mientras asimilaba la incómoda verdad. Él no era tan distinto de Kent como le habría gustado ser. Porque lo cierto era que Rachel era la vara de medir con la que meticulosamente había medido a Annabelle. Todos los actos de Annabelle eran juzgados conforme a lo que habría hecho su ex. Las dos mujeres no se conocían, no tenían casi nada en común, y, sin embargo, en la mente de Shane, eran casi la misma. Algo sumamente injusto para cualquier pareja.

—¡Atención todo el mundo! —dijo Josh mientras se levantaba.

El grupo se quedó callado.

—Esta es la primera vez que nos hemos reunidos todos sin nuestras mujeres cerca —sonrió—. No es que no las queramos, por supuesto...

—¡Charity se merece alguien mucho mejor que tú! —gritó Ethan.

Josh se echó a reír.

—Sí, ya lo sé, pero me quiere a mí. Lo que me convierte en el hombre más afortunado aquí presente —alzó su vaso de plástico—. Todos los que no hayan dormido ayer solos, que levanten su vaso.

Shane y Kent gruñeron mientras todos los hombres casados, y Rafe también, alzaban sus cervezas.

—Es por esto mismo, señores —se dirigió Josh a los que no podían brindar—, por lo que es tan bueno estar casado.

Se alzaron los vasos y fue aceptado el brindis. Shane dio a Cameron una palmadita en el hombro:

—Cansa lo de cuidar cabras y vacunar gatos, ¿verdad?

Cameron se sonrió.

–Está bien escaparse un rato, pero para cuando termine el partido, estaré deseoso de volver con mis chicas.
–¿Qué edad tiene tu hija?
–Casi nueve.
–Bueno, todavía te queda mucho hasta que empieces a preocuparte de que salga con chicos.
–Eso espero –esbozó una mueca–. Temo ese momento. La mayoría de los adolescentes detestan que sus padres se les peguen como una lapa cuando salen por ahí, y esa será la única manera de que yo le deje hacerlo a la mía... Suerte que Rina me ayudará a tranquilizarme.
–Fool's Gold es un buen sitio para criar hijos. Yo me crié aquí –dijo Shane.
–Rina y yo queremos tener hijos juntos y Kaitlyn está entusiasmada con la perspectiva de hacer de hermana mayor –suspiró Cameron–. Mi esposa se marchó cuando Kaitlyn era una recién nacida. Me quedé aterrado. ¿Qué sabía yo de cuidar a un bebé? Pero lo superé y Kaitlyn y yo llegamos a formar una familia muy unida. Luego apareció Rina y la terminó de completar. La vida tiene esas cosas. Ocurren pequeños milagros cuando menos te lo esperas.

Los jugadores formaron en el campo y el locutor pidió que todo el mundo se levantara para escuchar el himno nacional. Así lo hicieron Shane y su grupo de amigos. Todos juntos lo cantaron.

Terminaron de sonar las últimas notas y todo el mundo aplaudió. Los jugadores ocuparon sus posiciones y comenzó el partido.

El lanzador de Mountaineers mandó algunas buenas pelotas al bateador. Su equipo se anotó además un honrón cuando la bola saltó la valla. Shane gritó como todos los demás, disfrutando con el talento de los jugadores de casa. Josh y Raúl se pusieron a bromear sobre quién de los dos era el más famoso en la ciudad. Ethan se ofreció a asesorar a Shane sobre la casa que se estaba construyendo. Simon y Cameron hablaron de diferentes razas de perros con Finn.

Tucker y Kent discutieron sobre probabilidades matemáticas a la hora de saltar la banca del casino.

Shane disfrutó de la tarde, del partido y de la compañía, pero en el fondo no podía dejar de pensar en Kent, en Cameron y en las mujeres de sus vidas. Ambos habían sufrido desastrosos matrimonios. Kent aún seguía colgado de la suya: todavía dolido, todavía esperando a que volviera Lorraine. Tenía a su hijo y un trabajo que le encantaba, pero... ¿era feliz? ¿Acaso no sentía un nostálgico anhelo por lo que nunca podría tener?

Cameron había seguido otro rumbo. Él también había tenido que criar un hijo como padre soltero. Pero en lugar de encerrarse en sí mismo, le había abierto su corazón a Rina y ahora estaba felizmente casado. Había superado el pasado: algo que había tenido que hacer para seguir adelante con su vida.

Shane sabía que podía tomar cualquiera de las dos direcciones. Podía permanecer encerrado en su furia y amargura, recordando el pasado hasta que no quedara espacio para nada más. O podía soltar ese lastre y mirar adelante. La elección era suya y, escogiera la que escogiera, tendría sus consecuencias.

Capítulo 12

–Debes de quererla mucho –comentó Shane cuando Khatar terminó de ejecutar a la perfección la compleja secuencia de pasos que habían estado trabajando.

El caballo dio un par de pasos a la izquierda y se desplazó luego a la derecha, para recomenzar el ejercicio él solo.

–No me necesitas para nada, ¿eh?

Khatar se le acercó para darle un suave empujón con la grupa. Shane le rascó detrás de las orejas.

Desde su flechazo con Annabelle, el antaño difícil semental se había convertido en un animal dócil y amable. Todavía no estaba preparado para que lo soltara en un patio de colegio, pero el cambio era notable. Se preguntó si los anteriores entrenadores de Khatar no habrían dado por hecho sin más que era difícil, y lo habían tratado en consecuencia sin darle oportunidad a que los desmintiera. Si ese era el caso, él mismo había heredado esas falsas suposiciones. ¿O acaso estaba confiando demasiado en él?

Lo llevó de la brida a través del patio, hacia el gran corral contiguo al recinto de Priscilla. Después de una mañana de duro trabajo, Khatar se merecía un poco de libertad en los cuatro mil metros cuadrados de la zona vallada.

Un Mercedes negro se detuvo en ese momento junto a las cuadras. Shane reconoció el vehículo y al hombre que bajó del mismo. Su buen humor se evaporó al instante. De repente le entraron ganas de liarse a puñetazos con algo. O con alguien.

—Buenos días —lo saludó Lewis—. He venido a ver a Annabelle.

Shane sintió la tensión de Khatar. El caballo alzó la cabeza, como si quisiera parecer todavía más grande.

—Buenos días. No está aquí.

Lewis enarcó las cejas.

—¿No vive aquí?

—No, Annabelle vive en la ciudad —estuvo a punto de decirle que trabajaba en la biblioteca, pero decidió no proporcionarle ninguna otra información.

—Interesante. Yo pensaba... —Lewis le lanzó una rápida sonrisa—. Gracias —miró a Khatar—. Impresionante animal.

—Lo es. ¿Monta usted?

—¿Yo? No. Nunca he sido aficionado a los deportes al aire libre.

—Annabelle sí.

Lewis lo miró sorprendido.

—¿Perdón?

—Annabelle monta a Khatar.

—¿Cómo? Debe de estar equivocado...

Khatar escogió aquel momento para acercarse a Lewis. Cuando Shane tiró con fuerza de la brida, el animal se puso sobre dos patas, agitando los cascos hacia el hombre.

Lewis se apresuró a apartarse, asustado.

—Ese caballo podría matarla. ¿Cómo se lo permite?

—No fue decisión mía.

Shane no se había alegrado nada de ver a Lewis, pero de repente estaba empezando a disfrutar con la conversación. Aun así, no quería que Khatar se hiciera daño, así que lo llevó al corral más cercano y cerró la puerta.

—Ahora vuelvo —le dijo al caballo en voz baja—. Ya te soltaré luego para que corras.

Khatar lo ignoró mientras seguía mirando a Lewis, ceñudo.

Shane volvió con el hombre, que se había escondido detrás de su coche.

—No entiendo cómo puede gustarle a Annabelle venir aquí —rezongó Lewis—. No es la clase de persona que le gusten las actividades al aire libre.

—¿Cuánto tiempo estuvieron casados?

—Dos años —Lewis se interrumpió—. Aunque formalmente llevamos casi cuatro.

—¿Cómo descubrió que el divorcio no había terminado de tramitarse?

—Mi abogado compró otro despacho. Durante el traslado, registró sus archivos y se dio cuenta de que nunca llegamos a recibir el papeleo final de los tribunales.

—¿Y se le ocurrió venir directamente a buscarla en lugar de llamarla por teléfono?

Lewis sonrió.

—Sabía que a estas alturas debía de estar arrepintiéndose de nuestro divorcio. Ella no pertenece a un lugar como este. Fool's Gold —sus labios se curvaron en una mueca desdeñosa—. Qué nombre tan ridículo. ¿Ha visto el pueblo? Parece salido de una serie de televisión de los años sesenta.

—No sé lo que quiere decir. Yo aún no había llegado al mundo por aquel entonces.

Lewis se irritó.

—Simplemente le estoy señalando que no es un lugar normal. Aquí Annabelle no sería feliz.

—¿Ustedes dos vivían en Carolina del Norte?

—Sí, en Raleigh. Tengo una casa preciosa. Amplia, con mucha luz. Soy escritor.

—Sí, eso ya me lo comentó.

Shane se lo quedó mirando. Probablemente tendría unos cuarenta y pocos años. Vestía como si tuviera dinero y el coche debía de ser muy caro. Shane se preguntó si Annabelle se habría dejado impresionar por ambas cosas. Él habría imaginado que le habría interesado más su personalidad, pero ya se había equivocado una vez.

—Los divorcios siempre son duros —dijo Shane—. El mío fue horrible.

Lewis pareció relajarse.

—El nuestro fue muy civilizado, pero innecesario. Ahora me doy cuenta de ello. Quizá debí haberme mostrado más atento a sus necesidades, aunque eso siempre es difícil cuando estoy trabajando. Escribir es un trabajo muy exigente. Annabelle siempre estuvo a mi lado, ocupándose de todo. Me llevaba la agenda, se encargaba de la casa. Cuando se fue, me quedé solo.

«Como cuando pierdes una secretaria», pensó Shane, pero no dijo nada.

Lewis miró de pronto detrás de él, a lo lejos. Como si estuviera viendo algo que Shane no pudiera ver.

—Es tan guapa... Me había olvidado de eso. Tengo fotos, por supuesto, pero no reflejan la alegría que despide. Eso es algo que siempre he admirado de Annabelle.

—Aquí trabaja de bibliotecaria.

—Sí, siempre se empeñó en conservar su trabajito. Esta vez pienso convencerla de que lo deje.

—¿Espera que vuelva con usted?

—Sí. Es por eso por lo que he venido. Aún seguimos casados. Su lugar está conmigo.

Quiso señalarle que Annabelle tenía vínculos con la ciudad, que estaba empeñada en recaudar dinero para su bibliobús. Pero... ¿y si estaba equivocado? ¿Y si Annabelle estaba pensando en cambiar de opinión respecto a su matrimonio?

Lewis miró a su alrededor.

—Pero si ella no está aquí... no quiero entretenerlo.

—No hay problema.

Quiso decirle más, anunciarle que Annabelle no iba a ir a ninguna parte con él, pero no estaba seguro. Y el hecho de no saberlo le dejaba un mal presentimiento en el estómago.

Esperó a que el hombre se hubiera marchado para llevar a Khatar al gran corral y soltarlo allí. Subió luego a su camioneta y se dirigió a la ciudad. Tenía unas cuantas preguntas en mente y conocía el mejor lugar donde podrían respondérselas.

–Hacía tiempo que no te veía.

Annabelle levantó la mirada del ordenador para descubrir a Shane en el umbral de su pequeño despacho. Como siempre, su simple vista con aquellos gastados vaqueros y la camisa de manga larga le aceleró el corazón.

Le señaló la silla al otro lado del escritorio y guardó el archivo en el que estaba trabajando.

–He estado ocupada con unos asuntos personales –explicó–. Puede que te hayas enterado. Mi exmarido no es tan «ex» como pensaba.

–Eso he oído –se quedó donde estaba, como si estuviera esperando algo. Evidentemente tenía que ser algo más que una invitación a tomar asiento.

Annabelle inspiró hondo.

–Que conste que pensaba que el divorcio era un hecho, que yo quería que fuera un hecho y que sigo queriendo que sea un hecho. Lo de Lewis fue un error y me alegro de haber dejado atrás ese lamentable matrimonio.

Por un segundo, nada sucedió. De pronto Shane esbozó una lenta, sensual sonrisa.

–Eso era precisamente lo que me estaba preguntando –reconoció mientras entraba en la habitación y se sentaba por fin.

Ella le devolvió la sonrisa, procurando reprimir un suspiro de alivio.

–Su llegada fue una verdadera sorpresa, y no precisamente agradable. Quiero seguir este plan de acción: firmar los papeles y divorciarme de una vez. He estado hablando con una abogada de aquí. Ha estado gestionando el papeleo con los tribunales. El divorcio será una realidad en cuestión de días.

–Lewis se va a sentir decepcionado.

—¿Cómo lo sabes?
—Esta mañana se presentó en el rancho. Buscándote.
—Dime que me estás mintiendo —gruñó ella.
—Lo siento. El coche es estupendo.
—Si te gustan los coches, sí.
—Y a ti no te gustan.
Annabelle se sonrió.
—Ya has visto el que conduzco. No es precisamente de lujo. En parte se debe a lo escaso de mi presupuesto. Pero la verdad es que nunca me han gustado demasiado los coches.
—Yo prefiero las camionetas.
—Ya lo he notado. Supongo que será por los caballos. No me imagino a Khatar en un BMW.
—Tendría que ser un BMW descapotable —bromeó él.
Ella se echó a reír.
—Puedo imaginármelo flirteando con las yeguas —se inclinó hacia delante, apoyando las manos en el escritorio—. ¿En serio que Lewis se pasó por allí?
—Ajá. Pensaba que te estabas quedando en el rancho.
—No sabe lo de las clases de equitación.
—Se creía que vivías allí. Se mostró muy sorprendido cuando le dije que estabas montando a Khatar. Dijo que no eras la clase de persona que le gustaran las actividades al aire libre.
—Tengo mis momentos. Montar a caballo me divierte —vaciló, no sabiendo cómo preguntarle discretamente por lo obvio—. ¿Se mostró muy ofensivo?
—No fue para tanto. Confiado sí.
—Eso es quedarse corto —pensó en el hombre con el que se había casado—. Yo era más joven, obviamente, cuando no conocimos. Menos segura de mí misma. Acababa de salir de la universidad. Mis padres no eran precisamente muy cariñosos conmigo y la verdad es que siempre me había sentido fuera de lugar. Cuando conocí a Lewis... —se interrumpió, sin saber cómo explicarse.
—¿Te impresionó el hecho de que fuera mayor? —sugirió Shane—. ¿Encantador, quizá? ¿Te prestaba atención?

Annabelle no supo si sentirse complacida u horrorizada de que la hubiera comprendido tan bien.

–Eso es. Un día dio una conferencia en la universidad. Yo fui a oírle y me pareció inteligente y divertido. Fui a la recepción que tuvo lugar después y me lo presentaron. Me invitó a un café. Me sentí halagada.

Más que halagada, en realidad. En aquel momento, medio había esperado que no apareciera a la cita o que llamara para decirle que no había sido más que una broma. Pero acudió, y pareció interesarse por ella.

–Había viajado por medio mundo mientras escribía libros –sonrió–. Yo era licenciada en biblioteconomía, así que me encantó conocer a un escritor. Me pidió que saliéramos juntos y así fue como empezamos.

–Suena normal –comentó Shane.

–Lo fue. Me enamoré de él –reflexionó sobre lo que acababa de decir–. No, en realidad me enamoré de lo que imaginaba que era. O del hombre que quería que fuera. En cuanto a él, nunca me vio como una persona. Era un objeto más, como los libros raros y antiguos que coleccionaba. Quería una esposa que fuera atractiva e inteligente. Y quería alguien a quien pudiera controlar y que se ocupara de cuidarlo.

Shane la escuchaba atentamente. Annabelle bajó la cabeza.

–Pero no toda la culpa fue suya. Yo tuve alguna responsabilidad en el fracaso de nuestro matrimonio. Nunca le dije lo que quería. No le planté cara. Para cuando fui capaz de plantearle que quería una relación de igual a igual, ya era demasiado tarde. Él esperaba que fuera su secretaria, su ama de llaves y su ocasional compañera de cama, y yo esperaba otra cosa. Como no pudimos llegar a un acuerdo, lo dejé.

–Me alegro por ti.

–No fue una acción digna precisamente de elogio.

–Abandonaste una situación cómoda para sobrevivir tú sola.

—Yo no me casé por dinero.
—Otra gente no se habría divorciado por esa misma razón.
—De los demás yo no puedo hablar. Además, soy perfectamente capaz de mantenerme a mí misma. Para cuando terminamos de tramitar los papeles, yo ya sabía que había confundido la gratitud con el amor. Eso me facilitó las cosas.

No entró en detalles sobre la ruptura. No tenía sentido mencionarle que Lewis no había querido que se marchara: que se había resistido hasta el punto de contratar a un abogado. Finalmente, las cuestiones económicas habían acabado por imponerse. Cuando ella le aseguró que no pensaba pedirle nada, él terminó firmando los papeles.

—El hecho de volver a verlo —continuó— ha reafirmado mi decisión. No me arrepiento de nada. En todo caso, únicamente de que mi abogado no tramitara bien los papeles.

Shane la observó detenidamente durante unos segundos antes de levantarse.

—Sé que estás ocupada. Solo quería saludarte.

Ella se levantó también.

—Gracias por la visita.

Se quedaron mirándose fijamente. Por un instante, Annabelle pensó que iba a besarla. Eso le habría gustado. Sentir sus brazos en torno a ella, su boca sobre la suya. Estar con Shane siempre era maravilloso. Era como sentirse justo donde debería estar.

Pero finalmente se limitó a sonreír y se marchó.

—Típico de los hombres —masculló una vez que se quedó a solas y rio por lo bajo. Irónicamente, que no la hubiera besado Shane era todavía más excitante que si lo hubiera hecho Lewis.

Charlie se hallaba sentada a la sombra, bajo el gran árbol del patio de la casa de Dakota, con el bebé Jordan Taylor en los brazos. La tarde era tibia, la brisa suave. Si la mejor parte de la vida estaba hecha de momentos perfectos, aquel era uno de ellos.

Dakota estaba sentada enfrente, sobre la ancha manta que habían extendido sobre la hierba. Hannah se apoyaba contra su madre, sosteniendo con sus gordezuelos dedos una gran pieza de puzzle. Probó a encajarla en varios lugares hasta que encontró el correcto. Una vez conseguido, se volvió hacia su madre y soltó una carcajada de felicidad.

–¡Qué niña más lista eres! –exclamó Dakota, y la besó en la cabecita–. ¡Fíjate! ¡Estás haciendo el puzzle tú sola!

–Eres buena con ella –le comentó Charlie, disfrutando de la escena pese a sentir una ligera punzada de envidia.

–Gracias. Que conste que aunque soy diplomada en psicología infantil, ninguna de las clases que di me preparó nunca para lo que significa realmente ser madre. Hasta he pensado en reclamar a la universidad para que me devuelvan el dinero.

Charlie se echó a reír.

–Estoy segura de que te enviarán rápidamente un cheque.

–Espero que lo hagan. Lo emplearé en la educación de mis hijos –Dakota la miró por encima de la cabeza de Hannah–. Pero no es por eso por lo que has venido, ¿verdad?

–No –Charlie había llamado con antelación para concertar aquel encuentro. No le había explicado el tema que quería tratar con ella. En aquel momento se arrepintió de no haberlo hecho, porque no sabía cómo empezar.

–Suéltalo ya –le aconsejó Dakota con tono suave–. Dudo que vayas a impresionarme.

–Yo antes era un hombre –le soltó Charlie.

Dakota se echó a reír.

–No te creo.

–Está bien, es mentira. Pero esperaba una mejor reacción.

–Lamento haberte decepcionado.

Miró al bebé que tenía en los brazos, y luego a su amiga.

—Estoy pensando en adoptar y quería hablar contigo de ello.

—De acuerdo, eso sí que me sorprende, pero en el buen sentido. Creo que adoptar puede ser maravilloso, solo que yo no soy muy objetiva —ladeó la cabeza y se recogió su larga melena rubia detrás de las orejas—. ¿Llevas tiempo pensándolo?

—Unas semanas. Durante mucho tiempo no fui consciente de que quería tener familia. Pensaba que era una de esas mujeres que no sentían deseo alguno de convertirse en madres. Pero, últimamente, estoy experimentando sensaciones muy distintas sobre el tema —quería echar raíces, ser importante para alguien. Quería sentir aquella íntima conexión. Quería la responsabilidad. La felicidad.

—No te lo tomes a mal, pero hay maneras más fáciles de tener un bebé. Supongo que sabrás cómo vienen al mundo.

Charlie se sonrió.

—Algo he oído, sí. La cigüeña.

—¿No asoma ningún hombre en un futuro próximo?

—No lo creo.

Porque no podía imaginarse a sí misma relacionándose de esa manera con un hombre. No después de lo que le pasó. Además de que no podía echar de menos lo que nunca había tenido...

—¿Y si te enamoras locamente de uno? Eso es lo que me sucedió a mí. Yo ya estaba segura de que jamás encontraría al hombre de mi vida. Me veía a mí misma sola y mira lo que me pasó.

—Si lo mismo me pasara a mí con un tipo, no habría ningún problema —repuso Charlie, aun reconociendo que las probabilidades eran bien escasas.

Dakota se la quedó mirando fijamente.

—Es por tu pasado —era una afirmación, que no una pregunta—. No es que te preocupe no encontrar a alguien y no enamorarte. Has decidido de antemano que ni siquiera quieres intentarlo.

Charlie meció dulcemente al bebé en sus brazos.

–Tu diploma en psicología puede llegar a ser muy irritante.

–No eres la primera persona que me lo dice... No pretendía ser curiosa.

–Y no lo eres. Fui yo quien acudió a ti. Y no estoy molesta. Es solo que... –desvió la mirada hacia las flores que brillaban al sol. Aquel jardín era hermoso. Lleno de vida. Seguro–. Quiero ser como las demás mujeres. Ya sabes: normal. Pero me temo que eso no va a suceder. Yo no soy así. Lo que significa que tengo que buscar una alternativa. Como la adopción.

Miró de nuevo a su amiga, medio esperando a que la riñera. En lugar de ello, Dakota le sonrió.

–Tiene sentido. Siempre has sido la clase de mujer capaz de hacerse cargo de su propio destino. Pero tendrás que pensar en muchas cosas si quieres adoptar.

–Ya lo sé –se apresuró a asegurarle Charlie–. Mi trabajo, por ejemplo. Trabajo en turnos de veinticuatro horas. Pero ya he estado hablando con gente que podría ayudarme. Podría meter a alguien en casa.

Dakota sonrió.

–Yo me refería más bien a la situación de una mujer soltera que adopta.

–Tú lo hiciste.

–Sí, yo lo hice –sonrió a Hannah–. Recurrí a la adopción internacional porque pensé que tendría más posibilidades. Tengo mucha información sobre el sistema y los orfanatos, si quieres. Una cosa que hay que considerar es la edad. ¿Quieres un bebé o un niño más mayor? Si quieres uno de cinco o seis años, yo te sugeriría que miraras primero la adopción nacional. Hay muchos niños que necesitan ser adoptados. Las probabilidades suben si no eres muy exigente. También podrías empezar como madre de acogida. Por otro lado, me temo que tendrás menos posibilidades si compites directamente con parejas.

–Ya he pensado en eso, también –admitió Charlie–. En lo que no había pensado era en adoptar un niño más mayor

—pensó que eso podría ser mejor para ella. Una vez que pudiera caminar o hablar, la criatura sería menos vulnerable. Además de que podría decirle cuándo lo estaba haciendo mal... –. Necesito pensar más en ello –añadió, mirando a Jordan Taylor–. Es complicado.

—Pero merece la pena –replicó Dakota, yendo a abrazar a Hannah–. ¿Verdad, mi pequeñita?

Hannah soltó un chillido de felicidad al tiempo que se lanzaba a los brazos de su madre. Rodaron juntas por el césped, con Dakota haciéndole cosquillas.

Mirándolas, Charlie supo que al final acabaría teniendo una familia propia. Y que, si esa familia no incluía a un hombre, se conformaría y punto.

Annabelle se aferraba a la silla, haciendo todo lo posible por no gritar.

—No puedo –dijo, esperando no parecer tan asustada como se sentía.

—Estás perfectamente segura. No vas a caerte.

—Para ti es fácil de decir –le espetó a Shane–. Tú estás en el suelo. Súbete aquí mientras Khatar se pone sobre dos patas y verás.

Shane se dio la vuelta, pero no antes de que ella sorprendiera su sonrisa.

—¿Te parece divertido? Pues no lo es. Que estés intentando matarme no tiene la menor gracia.

—No estoy intentando matarte. Te estaba dando la oportunidad de rematar el baile con una figura. Pensé que al público le encantaría.

—No. Lo que al público le encantará será que te arranque el corazón. Practiquemos eso.

—Yo no soy tu víctima del sacrificio.

—Pues parece que estás postulando para ello.

—Annabelle, eres una buena amazona. Tienes que tener un poco más de confianza en ti misma.

—La tengo. Es la gravedad la que no tiene confianza en mí.

No lo entendía. En algún momento entre la última vez que lo había visto y ese día, Shane debía de haber perdido el juicio. Había empezado a hablarle de lo que había pensado para el festival y de que Khatar podría alzarse sobre sus cuartos traseros justo antes de sacrificio. Lo que, en un principio, le había sonado estupendo... hasta que se dio cuenta de que supuestamente ella debería estar encima del caballo cuando lo hiciera.

–¿Tienes idea de lo muy alta que estoy ya? –le preguntó.

–No te pasará nada.

–Tienes razón. Porque no voy a hacerlo.

Shane se había quitado el sombrero y estaba sentado en el travesaño más alto de la valla. Con lo cual, ella podía distinguir perfectamente su rostro, incluido el brillo de diversión de sus ojos oscuros.

–Solo una vez. Por probar.

–¡No!

Debió de haber adivinado que algo estaba tramando cuando vio que Khatar ya estaba ensillado. Porque la mitad del tiempo lo montaba a pelo.

–Piensa en los niños –le dijo con tono suave–. Los niños que no tendrán nada que leer durante todo el invierno. Y los ermitaños. Albert y Albus.

–Albert y Alfred –lo corrigió automáticamente–. No vas a conseguir que me sienta culpable.

–¿Quieres apostar?

Lo fulminó con la mirada, sabiendo que tenía razón. Porque tenía una responsabilidad y un gran broche final para el baile que podría reportarle más dinero. Y quizá incluso conseguir que la gente hablara del mismo lo suficiente como para que quisiera ver el del año siguiente, lo que significaría mayores ingresos.

Su ya alterado estómago produjo unos cuantos ruidos amenazadores, pero se quedó en su sitio. Miró a su alrededor, buscando alguna escapatoria. Solo que no había ninguna.

—Debí haberme comprometido a montar a Priscilla —murmuró—. Ella sería más fácil.
—No te pasará nada. Khatar hará todo el trabajo. Solamente tendrás que llevar las riendas. ¿Y si te acaba gustando?
—¿Por qué de repente hablas como un adolescente intentando convencerme de que me acueste contigo?
Shane se echó a reír.
—Es tu retorcida mente la que está trabajando, no la mía. Vamos. Agárrate a la silla. Usa las dos manos, si quieres. Te sentirás mejor. Pero no sueltes las riendas. No queremos que Khatar se enrede las patas en ellas.
—En eso tienes razón —dijo mientras se agarraba al cuerno de la silla. Lo asió con toda la fuerza de que fue capaz, y apretó luego las rodillas al tiempo que intentaba no cerrar los ojos.
—Bien —Shane concentró su atención en el caballo—. Muy bien, chicarrón. Tú puedes hacerlo —repitió una vez más los pasos con el caballo de la brida, hasta que finalmente se hizo a un lado—. Tira de las riendas hacia atrás y levántate como te enseñé —le dijo a ella—. Pero con cuidado.
Annabelle gimoteó mientras seguía sus instrucciones. Khatar dio dos pasos a la derecha y después a la izquierda, para acabar levantándose sobre sus cuartos traseros.
Fue como si el mundo perdiera de pronto su estabilidad. Una segunda fuerza de gravedad tiró de ella hacia atrás, y al momento siguiente corrió el riesgo de deslizarse silla abajo, muy probablemente hacia la muerte. Se esforzó todo lo posible por no gritar mientras se aferraba con manos y muslos.
Khatar permaneció en esa posición durante lo que a ella le parecieron seis o siete años antes de volver a posarse fluidamente sobre sus cuatro patas. Una vez que se hubo quedado quieto, Annabelle soltó el aliento que había estado conteniendo y se inclinó para abrazarlo
—Tienes mucho talento —le dijo al caballo—. Pero será mejor que no lo repitamos.

Acercándose, Shane palmeó el cuello de Khatar.

–¿Lo ves? –dijo con tono triunfal–. No ha pasado nada. Lo has hecho de maravilla.

–Sí, no haber muerto siempre es una victoria –procedió a desmontar.

En cuanto sus pies tocaron el suelo, le flaquearon las rodillas. Shane la sujetó sin mayor problema y la atrajo hacia sí. Annabelle se colgó de su cuello, porque tocarlo siempre era agradable y también porque aún seguía temblando.

–¿Estás bien? –le preguntó Shane, frunciendo el ceño.

–¿Qué parte de la frase «me he llevado el susto de mi vida» es la que no entiendes?

–Hablaba en serio, Annabelle –le acarició una mejilla–. Yo no dejaría que te sucediera nada malo.

–Claro. Eso lo dices ahora... –y dejó de hablar, principalmente porque no podía acordarse de lo que había querido decirle.

La oscura mirada de Shane se enredó con la suya. Supo que iba a besarla al menos un segundo antes de que sus bocas se fundieran. Sus labios reclamaron los suyos con dulce insistencia. Inmediatamente se vio atravesada por un torrente de calor, que le hizo contraer los dedos de los pies dentro de sus botas al tiempo que comenzaba a derretirse por dentro. Sus brazos la rodearon, atrayéndola hacia sí.

Le encantaba la sensación de sus músculos, reflexionó aturdida, ladeando la cabeza y cerrando los ojos. Shane era un hombre que trabajaba duro para ganarse la vida y eso se notaba. Su fortaleza protegía a los seres que apreciaba y quería.

Pero mejor sería que dejara ese interesante tema de reflexión para después, pensó mientras sentía la caricia de su lengua en el labio inferior y abría la boca para él. Porque, en aquel momento, el beso era lo más importante.

Se entregó a la erótica danza de sus besos. Fue al encuentro de cada caricia de su lengua, disfrutando del fuego que encendía. Se apretó aun más contra él, deseosa de sentir su pecho contra sus senos. Sentía un ardor entre los muslos. Estaba dispuesta.

De repente sintió algo duro golpeándole un flanco. Interrumpió el beso mientras se tambaleaba hacia la izquierda. Cuando se volvió, descubrió a Khatar fulminándolos a ambos con la mirada.

—¡Huy! —exclamó, dándole una palmadita—. ¿Un espectáculo demasiado incómodo de contemplar? Perdón. Debimos tener más cuidado.

—Los caballos no besan —le recordó Shane.

—Mayor razón para que nosotros no lo hagamos delante de él —se inclinó hacia Khatar—. La próxima vez seremos más cuidadosos —le prometió en un susurro—. No se lo digas a quien ya sabes.

—Te estoy oyendo —dijo Shane con un tono más divertido que exasperado.

Annabelle le sonrió.

—La verdad es que no sé de qué estás hablando.

—Estás loca. Lo sabías, ¿verdad?

—He oído algún rumor al respecto.

Shane sacudió la cabeza y le rodeó los hombros con un brazo.

—Vamos. Lo desensillaré para que puedas cepillarlo. Eso lo tranquilizará un poco.

—Eres un gran papá-caballo.

—No es mi hijo. Soy su amo. Es mío.

—No digas eso, que herirás sus sentimientos.

—Ya lo sabe.

Capítulo 13

El buen humor de Annabelle duró el resto de la mañana. Khatar disfrutó del cepillado y ella disfrutó hablando con Shane. En ese momento se dirigía a su casa con la intención de ducharse y cambiarse, para luego ir a la biblioteca y hacer algo de papeleo pendiente.

Entró en el sendero un par de segundos antes de descubrir el Mercedes aparcado en la calle. «Lewis», pensó, con lo que los efectos del beso de Shane se desinflaron como un globo pinchado.

Bajó del coche y esperó mientras su exmarido bajaba del suyo.

Recordó la primera vez que lo vio: lo muy impresionada que le había dejado su inteligencia y sus modales mundanos. Había viajado, había conocido a gente interesante. Le había encantado su profesión: la de alguien que podía convertir una idea, con sus propias reflexiones, en una historia capaz de hacer reír y llorar a los demás. O de hacerles mirar debajo de la cama por miedo a que pudiera haber alguien acechando... Había confundido la admiración con el amor. Probablemente porque había ignorado cómo habría debido ser el amor.

Ambos habían sido culpables, reflexionó, triste. Lewis había querido que lo adoraran y ella que la rescataran. Ninguno de los dos había querido tomarse el trabajo de construir su matrimonio.

En ese momento lo estaba viendo acercarse. Era un hombre guapo, urbano, sofisticado. No tenía ni los músculos ni la tosquedad de Shane. Era la clase de hombre con el que se habría ido a ver una exposición en un museo, mientras que Shane... no.

—Pronto deberías tener noticias de tu abogado —le dijo él cuando se encontraba solamente a un par de pasos.

—¿El divorcio es un hecho? —vio que asentía con la cabeza—. Es una buena noticia.

—¿Lo es?

Distinguió una expresión de tristeza en sus ojos. Y las preguntas. Consciente de que sus vecinos se mostrarían cuando menos curiosos, le hizo entrar en casa.

Una vez en su pequeño salón, le indicó que tomara asiento. Ella se sentó frente a él, en una silla grande. Sabía que las buenas maneras dictaban que le ofreciera algo de beber o de picar, pero era incapaz de pronunciar las palabras. Animarlo a que se quedara no le parecía una buena idea.

Se la quedó mirando en silencio durante un minuto o dos antes de hablar.

—¿Es esto lo que quieres?

—¿El divorcio, quieres decir? Sí, es lo que quiero.

—Porque estás con Shane.

¿Con Shane? No de la manera a la que él se refería.

—Había problemas insalvables en nuestro matrimonio —le recordó.

Lewis se inclinó hacia delante y entrelazó los dedos. Clavó sus ojos claros en su rostro.

—Te echo de menos, Annabelle.

—Lo siento —repuso ella de manera automática.

—¿Lo sientes? ¿Piensas de cuando en cuando en mí? ¿O ya me has olvidado del todo?

Evidentemente la conversación se estaba tornando incómoda.

—Hemos pasado más tiempo separados que juntos —empezó ella—. Me he hecho una vida aquí. Soy feliz.

–Entiendo. ¿Y si te dijera que he cambiado? ¿Que estoy dispuesto a ceder?

–Creo que es mejor que no revisitemos el pasado –dijo con tono suave.

–No me crees.

–¿Que has cambiado? –se encogió de hombros–. No lo sé. Creo que crecer como persona es una buena cosa. ¿Pero intentarlo contigo otra vez? No. Lo siento.

–Estábamos bien juntos –insistió él–. ¿No te acuerdas?

Lo que recordaba era no haberse sentido nunca lo suficientemente buena para él. Y lo muy crueles que podían llegar a ser sus palabras.

–Querías que fuera como una muñequita de porcelana. Algo que te entretuviera en tu tiempo libre. Algo que exhibir.

–No, eso no es cierto. Puede que fuera un poco exigente, pero como te dije, ahora soy distinto. He aprendido a ser más... solidario. Tiene que haber cosas que eches de menos.

Annabelle se levantó.

–Lewis, te agradezco que me hayas avisado del papeleo pendiente del divorcio. Pero ahora ya es un hecho y ambos podemos seguir nuestro camino. Es lo mejor.

Él también se levantó.

–¿Vas a marcharte así sin más? ¿Sin intentarlo siquiera?

No estaba en su naturaleza ser cruel. No quería herir sus sentimientos, pero estaba empezando a irritarla. Inspiró profundamente.

–Toda esta conversación es un ejemplo de por qué me marché –pronunció con tono suave, consciente de que no conseguiría nada enfureciéndolo–. Te he dicho lo que quiero, lo que considero que es importante para mí, y a ti ni te interesa. Me estás presionando sin pensar en nadie más que en ti mismo. Cuando no te gusta lo que digo, me dices que estoy equivocada y luego intentas hacerme sentir culpable. Pues bien, no estoy equivocada y no voy a sentirme responsable de cómo te puedas sentir ahora. Estamos divorciados. No estoy orgullosa de ello, pero lo asumo. Yo lo he superado y he seguido adelante, y tú necesitas hacer lo mismo.

Se preparó para la explosión que seguiría. A Lewis no le gustaba que le dijeran que él tenía la culpa y rara vez actuaba bien cuando eso sucedía. Pero en lugar de enfurecerse pareció encogerse un tanto.

—Entiendo —murmuró—. Lo nuestro ha terminado de verdad.

—Sí.

Se la quedó mirando fijamente antes de volverse hacia la puerta.

—Adiós, Annabelle.

—Adiós.

—¿Sabes? Te arrepentirás de esto. Te arrepentirás de haberme perdido.

Ella apretó los labios y esperó a que se marchara. Luego se acercó a la ventana y vio alejarse su coche. Con un poco de suerte, abandonaría la ciudad y no volvería a saber más de él.

La primera vez que se vieron, había estado tan segura de que Lewis sería el hombre que la rescataría... Desde entonces, había aprendido que la única persona que podía hacer ese trabajo era ella misma. Había aprendido aquella dolorosa lección durante las primeras semanas después de su marcha, cuando se había sentido sola, asustada y emocionalmente rota.

El tiempo y el trabajo duro la habían curado. En ese momento estaba preparada para una relación equilibrada, entre iguales. Alguien que la amara tanto como... Se sonrió. Alguien que la adorara con la misma devoción que Khatar. Y que no fuera un caballo.

Quería que ese alguien fuera Shane. Era inteligente, divertido, tranquilo, sensato. Su mayor fallo era su tendencia a compararla con su exesposa. Annabelle sabía que no se parecía en nada a su ex, pero no era ella la que necesitaba que la convencieran. Hasta que él descubriera la diferencia, tendría que tener buen cuidado en proteger su corazón. Porque estaba decidida a no volver a equivocarse. Esa vez, cuando entregara su corazón a un hombre, sería para siempre.

–Tienes que dejar de hacer eso –dijo Shane sin levantar la mirada del frasco de abrillantador que estaba agitando–. Hablo en serio. Tienes que volver a tu corral.

Los caballos de picadero que había aceptado de manera tan reacia habían venido con sus propios arreos. Los cueros estaban en buena forma, pero viejos y sucios. De ahí que hubiera decidido dedicar la tarde a limpiarlo todo. No solo porque le gustaba cuidar sus herramientas de trabajo, sino porque... bueno, sus alumnas eran niñas. Algo que jamás estaría dispuesto a admitir ante nadie, ni siquiera bajo amenaza de tortura.

Así que había alineado todo su equipo junto al establo y se había instalado cómodamente a la sombra de un árbol, dispuesto a pasar unas cuantas horas trabajando y escuchando el partido de los Dodgers contra los Giants en la radio.

En algún momento de su segunda hora de trabajo, se había dado cuenta de que no estaba solo. Una pequeña nariz parda se había abierto camino bajo su brazo, como un perrillo deseoso de ser acariciado. Solo que no era un perro. Era el maldito poni, Reno.

La habilidad de Khatar para escaparse de casi cualquier recinto había sido perfeccionada por Reno. O quizá el poni había nacido con aquel don. Shane lo ignoraba, pero lo cierto era que no le gustaba. Peor aún: cuando Reno se escapaba, siempre se preocupaba de que su chica lo hiciera también. Lo que quería decir que no solo se escapaba el poni, sino que un elefante se dedicaba ahora también a pasear a sus anchas por la propiedad.

–Explícame por qué el único animal que nunca se mueve de donde supuestamente tiene que estar es la gata –masculló Shane, bajando el frasco y mirando al poni.

Reno curvó el belfo superior hacia arriba en lo que Shane solo pudo interpretar como una silenciosa carcajada equina.

—Entendido. Te crees un tipo duro. Una novia nueva y rápidamente una familia de gatos. Prácticamente eres la estrella del equipo de fútbol americano.

Reno le dio un empujón con la grupa, a modo de respuesta.

—Irritante y bobalicón caballejo... —rezongó, rascando al animal detrás de las orejas.

Se levantó para dirigirse a las cuadras. Al otro lado había un cobertizo nuevo, con una puerta de metal asegurada con un pesado candado. No estaba cerrado con llave... todavía. Hasta el momento el candado había servido bastante bien contra las visitas de animales, pero estaba dispuesto a utilizar una llave en caso necesario.

Entró y se guardó un par de manzanas en los bolsillos de los vaqueros. Recogió luego dos sandías y salió. Reno trotaba detrás de él, olisqueando sus vaqueros.

—Vete —gruñó.

Priscilla dejó de explorar el jardín de flores para dirigirse también hacia el recinto. Reno miró por encima del hombro, como para asegurarse de que su amor la seguía. Una vez dentro, ambos se quedaron mirando a Shane.

—Hablo en serio —le dijo—. Esto se tiene que acabar. No me hagáis instalar una puerta de seguridad. Porque lo haré si no me dejáis otro remedio.

Continuaban mirándolo fijamente con tácita y compartida diversión. Shane suspiró.

—De lo único que tenía que preocuparme en Tennessee era de una cincuentena de caballos de carreras —le dijo—. Aquello era más fácil que esto.

Bajó las sandías al suelo antes de sacar una manzana y cortarla con su navaja para dársela a Reno. Al mismo tiempo, Priscilla recogió delicadamente una sandía y la partió.

—Vaya una colección de animales que tiene usted aquí.

Shane se volvió al escuchar la voz y vio a Lewis acercándose. Su sola vista hizo que le entraran ganas de tener algo más agresivo que un poni y unas cuantas cabras. Hasta se preguntó si podría contar con Priscilla para atacarlo.

Reno terminó de comer la manzana. Shane le dio una rápida palmadita, abandonó el recinto y cerró la puerta.

—Annabelle no está aquí —le informó mientras se dirigía de vuelta a la casa.

—Lo sé. Acabo de verla —se ajustó sus gafas de sol—. Me vuelvo a Carolina del Norte.

—¿Porque el divorcio ya ha acabado de tramitarse?

—Sí —desvió la vista—. Por eso.

Shane casi sintió lástima por el tipo. Obviamente se había arrepentido de haber dejado escapar a Annabelle. Se había presentado allí esperando recuperarla. Aunque, desde su punto de vista, no se había esforzado lo suficiente. A una mujer como Annabelle había que enamorarla. Hacerla sentirse especial.

—Ella quería que me quedase —dijo Lewis, mirándolo.

Shane no podía distinguir bien sus ojos: se lo impedían las gafas de sol. Pero habría apostado una buena suma de dinero a que no cesaban de moverse, señal de su mentira.

—¿De veras?

—Pensaba que debíamos volver. Me dijo que se arrepentía del divorcio. Yo consideré su oferta. ¿Quién no lo habría hecho? Es una mujer increíble. Pero ya me engañó una vez. En realidad no es... —volvió a desviar la mirada—. Estoy cansado de ella. Se lo digo por si quería saberlo.

Shane quiso señalarle que no le había parecido que Annabelle se hubiera arrepentido de nada, excepto que él hubiera ido a buscarla, pero... ¿qué habría ganado con ello? Rematar a un hombre que ya había sido derrotado no era precisamente un gesto muy deportivo.

—Esa mujer se te mete bajo la piel —añadió Lewis en voz baja—. Y una vez que lo consigue, es difícil desembarazarse de ella —se aclaró la garganta—. No diré que no me haya sentido tentado, pero así era mejor. Eso era lo que quería decirle.

—Le agradezco la información.

Lewis se despidió con la mano y se dirigió hacia su coche.

Shane lo observó marcharse. No estaba seguro de por qué Lewis había ido a verlo. Para jactarse no había sido, desde luego. Al fin y al cabo, no había conseguido aquello que había ido a buscar. Quizá el tipo no tenía amigos y había necesitado compartir su pérdida con alguien. Aunque la información hubiera estado plagada de mentiras.

Heidi salió en ese momento de la parte trasera de la casa.

—¿Ese era Lewis?

—Sí. Se vuelve a Carolina del Norte.

—Bien —dijo su futura cuñada—. Annabelle no se alegró precisamente de verlo. Ya lo sabes, ¿verdad?

—Me lo figuraba.

—Me alegro de que se haya ido.

—Yo también.

Annabelle bebió un sorbo de café con leche.

—¿Cuántos? —preguntó.

Nevada puso los ojos en blanco.

—Cinco. ¿Te lo puedes creer? Cinco cachorros. ¿Tienes idea de cuántas veces tenemos que levantarnos cada noche Tucker y yo para alimentarlos?

—¿Qué edad tienen?

—Seis semanas. Gracias a Dios. La primera semana fue la peor. Eran tan pequeñitos... solo tres semanas. Ahora son más grandecitos y Cameron... —se interrumpió para beber un sorbo de su *frapuccino* helado—. Cameron dice que esta semana podremos empezar a darles comida normal. Estoy revisando su dentadura. Para asegurarme de que puedan comer el pienso. Que estoy empapando en agua caliente.

—Deben de ser adorables.

—Lo son —admitió Nevada—. Ven a verlos.

—No creo que sea una buena idea.
—¿Miedo de encapricharte de alguno?
—Bastante.
—Dímelo a mí —repuso Nevada con una sonrisa—. Tucker y yo estamos haciendo todo lo posible por no quedarnos con ninguno. Ese es el peligro de acoger a un animal: que te enganchas. Además de que son cachorritos. Es imposible resistirse. Me digo a mí misma que es una buena experiencia para cuando tenga un bebé. Al menos ahora sé lo que es levantarse varias veces por noche para alimentar a un ser vivo.

La madre de los cachorros había contraído una grave infección y había muerto. Montana había convencido a su hermana de que los acogieran hasta que fueran lo suficientemente mayores.

—Creo que un par de mis chicos están pensando en adoptarlos —le dijo Nevada—. Me los he estado llevando a verlos, lo cual es estupendo. Así tengo ayuda para alimentarlos y suficientes voluntarios para jugar con ellos. Estos cachorrillos están increíblemente socializados.

Heidi entró en ese momento en el Starbucks.

—Voy a pedir y en seguida estoy con vosotras.

Heidi había llamado antes a Annabelle para decirle que bajaría a la ciudad a comprar provisiones. Le había preguntado si tendría tiempo para tomar un café rápido. Annabelle se había encontrado con Nevada de camino al Starbucks y la había invitado a sumarse.

Heidi recogió su café con leche y se reunió con ellas. Estaban sentadas al lado de una ventana abierta. La leve brisa de primera hora de la tarde era lo suficientemente fresca para resultar agradable.

—¿Qué tal marchan los planes de boda? —preguntó Nevada—. ¿Has llegado a la etapa crítica del desquiciamiento?

—Sí. Ahora mismo estoy frenética —le tocó el brazo a Annabelle, a manera de saludo—. Pero cuento con ayuda, y eso es bueno. No puedo ni imaginarme lo que debió de ser la tuya y las de tus hermanas. ¿Una boda triple? ¿En Nochevieja?

Nevada se sonrió.

—Había mucho que organizar, pero estábamos las tres y mamá, y eso nos ayudó mucho.

—Yo habría estado completamente perdida sin Annabelle y Charlie —admitió Heidi.

—A mí me encanta ayudarte —le confesó Annabelle, sincera—. No estoy tan segura de la motivación de Charlie, pero ella es buena a la hora de intimidar a la gente, lo cual puede venirnos bien.

—Charlie me consiguió un precio excelente por las carpas —dijo Heidi—. Ya tengo el vestido. Quedan solo unos cuantos detalles y habremos terminado.

—Ya sabes que estamos para ayudarte en lo que sea —le recordó Annabelle.

—Lo sé. Gracias.

—La despedida de soltera será dentro de un par de semanas —dijo Nevada—. La tengo marcada en mi calendario.

—Estamos preparando mucha diversión y una sorpresa especial —anunció Annabelle, soltando una carcajada.

—¿Habrá juegos? —inquirió Nevada. Recogiendo su café con leche, suspiró—. Está bien, lo admitiré: Me encantan los juegos. Sobre todo aquel de la bandeja con todas esas cosas que se supone tienes que memorizar. ¿Y el de inventarse palabras a partir de las letras de los nombres de los novios? Son juegos tontos, pero divertidos.

—Estoy sorprendida —confesó Annabelle—. Y deleitada. Habrá juegos y champán.

—¿Y almendras de Jordania? —inquirió Heidi— ¿Puedo pedirlas?

—Claro. Con los colores de tu boda. Lo mejor de lo mejor para la futura novia.

Charlie y ella tenían una reunión de planificación al día siguiente. Annabelle tomó nota mental de comentarle lo de los juegos y lo de las almendras de Jordania.

Heidi miró a Nevada.

—¿Qué tal van las obras? El otro día me pasé por allí. Me quedé impresionada de lo mucho que han avanzado los trabajos del casino y del hotel.

—La gran fiesta de inauguración será la primavera que viene. No soy jugadora, así que no me interesa demasiado el casino, pero puedo aseguraros que el hotel es precioso. El *spa* será fantástico. Puede que lo pruebe para hacerme algo en la peluquería —Nevada se pasó una mano por su corto cabello—. Quizá me hagas unas extensiones.

Annabelle se sonrió.

—No habrá otro día más indicado.

—Tucker se quedará de una pieza, eso es seguro. Le gusta mi estilo más bien sencillo.

Annabelle había visto a Tucker mirar a su mujer y sabía que el verbo «gustar» no hacía en absoluto justicia a lo que sentía por ella. Era un hombre feliz y verdaderamente enamorado. Cuando Nevada estaba cerca, el resto del mundo dejaba de existir. Que era justo lo que debería ser, pensó con una ligera punzada de envidia.

—Hablando de maridos —dijo Heidi, enarcando las cejas—. Adivinad quién se pasó por el rancho ayer —todas las miradas se clavaron en ella, que a su vez se volvió hacia Annabelle—: Lewis.

Annabelle soltó un gruñido.

—Mi exmarido —explicó a Nevada—. Estuvo unos días en la ciudad. Hubo una complicación legal con el divorcio —inspiró hondo—. He oído que se pasó por el rancho antes de marcharse.

—Yo sé que estuvo hablando con Shane un par de minutos. Luego se largó.

A Annabelle no le gustó aquello. Ni el hecho de que Lewis hubiera estado con Shane ni que tuviera que averiguar de qué habían estado hablando.

Una pareja de mujeres mayores entró en ese momento. Nevada las saludó y se recostó luego en su silla.

—¿A alguien más le parece extraño que en una población como Fool's Gold no tengamos una de esas cafeterías de degustación tan monas? No es que no me gusten los Starbucks, pero... ¿no creéis que necesitamos una?

–La necesitamos –le dio la razón Heidi–. Quizá una con galería de arte.

Annabelle se sonrió.

–O un local para recitales de poesía.

–Poesía verdaderamente mala –añadió Nevada.

–Por supuesto. Esa es la mejor. O *performances*. Una mujer cepillándose el pelo durante una hora o alguien plantando una planta para que la veamos crecer.

Se rieron todas.

–No le digáis nada a la alcaldesa Marsha –les advirtió Nevada–. En cuanto se le mete en la cabeza que alguien es la persona adecuada para determinado trabajo, ya no la deja en paz hasta que lo consigue.

–Yo soy fan suya –dijo Annabelle–. Shane no tenía planes de enseñar a esas niñas a montar y ahora, gracias a ella, hasta les ha comprado caballos y les da clases regulares. Es muy divertido.

–La alcaldesa tiene más poder que cualquiera de nosotras puede imaginarse –dijo Nevada–. Y eso hay que respetarlo.

Heidi y Nevada continuaron hablando de la alcaldesa, pero Annabelle se quedó abstraída pensando en Shane. Se había resistido a las clases de equitación pero, al final, se había rendido a lo inevitable. Lo irónico de todo ello era que era fantástico con las niñas. Paciente y dulce con sus delicadas sensibilidades. Pese a sus toscos modales y a su musculoso físico, era un pedazo de pan... y Annabelle descubrió que aquel era un rasgo que le gustaba mucho en un hombre.

Una vez terminados los trámites del divorcio y desaparecido Lewis, tal vez Shane y ella podrían disfrutar de unos pocos y tranquilos momentos para estar a solas. Una oportunidad de llegar a conocerse mejor. Quizá en una habitación con una gran cama y una buena cerradura en la puerta, pensó con una sonrisa.

Shane era especial, la clase de hombre con el que merecía la pena relacionarse. Sabía que él se sentía atraído hacia ella. Y, lo más importante, le gustaba. Todo lo que tenía que hacer ahora era asegurarse de que no hubiera más sorpresas.

Capítulo 14

–Relájate –le dijo Shane con tono paciente.
Annabelle intentó relajarse en la silla. La buena noticia era que a esas alturas era capaz de mantenerse con una mano en la silla en lugar de con dos. Era un progreso.
Disfrutaba con el baile que Shane había coreografiado para Khatar. Los pasos eran en su mayoría fáciles, con cabeceos y un par de giros. Era la figura final, con el caballo puesto de manos, lo que seguía haciéndola sudar. Si no hubiera sido tan alto... Con Reno no habría pasado tanto miedo.
–De acuerdo –dijo, aspirando hondo–. Vamos a por ello.
Shane dio un silbido de tres tonos. En cuanto oyó el sonido, Annabelle instó a Khatar a ponerse en movimiento. El semental sabía lo que tenía que hacer y empezó a ejecutar fluidamente los pasos. Ella lo guio en un rápido giro a la izquierda, otro más a la derecha y apretó bien las rodillas cuando el animal se alzó sobre sus cuartos traseros.
Se inclinó hacia delante, siguiendo el movimiento en lugar de resistirse a él, y tensó los músculos del estómago para mantenerse erguida y no caerse hacia atrás. Sujetó las riendas con la mano derecha mientras utilizaba la izquierda para agarrarse a la silla. En el último segundo, alzó el brazo izquierdo de manera que sus dedos quedaron casi al nivel del hombro. Khatar volvió a posarse sobre sus cuatro patas y ella emitió un grito de alivio.

—¿Has visto? —le dijo a Shane mientras daba unas palmaditas al semental—. No me he tenido que agarrar a la silla.

—Ya lo he visto. Ha sido fantástico. Y lo harás todavía mejor la próxima vez.

Lo miró.

—Ahora me estás tratando como a una de tus alumnas.

—*Eres* una de mis alumnas.

—Ya sabes lo que quiero decir. Se te pone esa voz de profesor.

—¿No te gusta mi voz de profesor?

—He tenido tu lengua en mi boca, así que no.

La ayudó a bajar. Annabelle desmontó y se volvió hacia él, solo para descubrir que estaba muy cerca.

—¿No tuviste flechazos con tus profesores del instituto? —le preguntó Shane, con un brillo de diversión en sus ojos oscuros.

—Mis profesores eran todas mujeres, Shane. ¿Qué me dices de ti?

—Oh, mi profesora de Álgebra era muy sexy —admitió—. Casada, pero muy sexy —le acarició ligeramente una mejilla—. Respecto a lo de mi lengua en tu boca...

—¿Sí? —sonrió.

—Quizá después —miró por encima de ella a Khatar—. Ya sabes cómo se pone nuestro amigo.

Annabelle se volvió para acariciar de nuevo al caballo.

—¿Estás celoso, Khatar? No te preocupes. A ti te quiero más.

—¡Quién me lo iba a decir! —rezongó Shane—. Derrotado por un caballo.

—Es más guapo que tú. Lamento tener que decírtelo, pero es la verdad. Es un bombón.

Más tarde, cuando Khatar estaba ya encerrado en su corral, Khatar acompañó a Annabelle hasta su coche.

—¿Qué horario tienes en la biblioteca? —le preguntó—. ¿Podrías conseguir un par de días libres?

—Eso podría arreglarse —se apoyó en la puerta—. ¿Por qué?

–Deadline's Dream corre el sábado en Del Mar. Pensaba bajar a ver la carrera. Me gustaría que me acompañaras.
–¿Al hipódromo de Del Mar?
–Es el mejor. ¿Has estado? Es uno de mis lugares favoritos.
El entusiasmo le nació en los dedos de los pies y fue subiendo. Cuando le acometieron los hormigueos, se esforzó todo lo posible por no ponerse a bailar de alegría.
–Nunca he estado. Está por San Diego, ¿verdad?
–Sí. Nos lleva casi un día llegar. Había pensado en viajar el viernes, pasar el sábado viendo las carreras y regresar luego el domingo.
Un fin de semana entero. Con Shane. En un hotel. Su día estaba mejorando por momentos. Había estado pensando en preguntarle por lo que le había dicho Lewis antes de marcharse, pero de repente eso había perdido importancia. Shane quería pasar un fin de semana con ella. A solas.
–Conozco un hotel estupendo –añadió–. A pie de playa –se removió, aparentemente inquieto–. No estoy suponiendo nada. Reservaríamos dos habitaciones.
–¿De veras? –inquirió, haciendo todo lo posible por no sonreír.
–Si es eso lo que tú quieres, claro.
–Ya –lo miró a los ojos–. ¿Y si no es lo que yo quiero?
Shane se aclaró la garganta.
–Eso también estaría bien.
–¿Solo bien? ¿No mucho mejor que bien?
Shane le acunó el rostro entre las manos y se inclinó para besarla. Fue un beso ardiente y exigente, que la dejó sin aliento.
–Mucho mejor que bien –murmuró mientras se erguía.
El corazón de Annabelle latía a toda velocidad. La necesidad le retorcía las entrañas. Aquel hombre era especial, pensó aturdida.
–Entonces con una sola habitación habría más que suficiente –le dijo.

—Pasaré a recogerte el viernes a las ocho de la mañana.
—Estaré esperando.

—Yo nunca he planificado una despedida de soltera —susurró Charlie mientras se inclinaba sobre la mesa—. Ni tampoco he estado en una. ¿Debí haberme comprado un manual o algo así?
—Lo harás perfectamente —le aseguró Annabelle—. Tómatelo como una fiesta normal.
—Claro, como organizo tantas...
Annabelle le entregó un cuaderno.
—De acuerdo, entonces tómatelo como si un puñado de amigas de Heidi nos hubiéramos juntado para cenar. La buena noticia es que ni siquiera tendremos que cocinar —una de las ventajas de hacerlo en el recién inaugurado salón de banquetes del bar de Jo era precisamente que ninguna de ellas se encargaría de la cocina.
—Eso sí que puedo hacerlo —dijo Charlie—. ¿Pero qué pasa con todo el resto? La alcaldesa Marsha me preguntó el otro día por los juegos que habría. Yo no sé nada de juegos.
Annabelle se esforzó por contener una sonrisa.
—No te olvides de las almendras de Jordania. Heidi dijo que las quería.
—¿Qué diablos es una almendra de Jordania?
Annabelle se echó a reír.
—Hoy encargaremos la comida, la tarta y el champán. De la fiesta y de las decoraciones nos ocuparemos la semana que viene. Yo me encargaré de los juegos y tú de las flores. Nada muy sofisticado: solo un arreglo bonito para cada mesa.
—El sábado lo tengo libre. ¿Quieres que quedemos?
—Yo, er... este fin de semana lo pasaré fuera.
Charlie se la quedó mirando fijamente.
—Vaya. ¿Desde cuándo?
—Desde ayer. Voy a Del Mar.

—Qué lujo —Charlie recogió su limonada y se detuvo en seco—. ¿No es allí donde hacen las carreras?

—Eso he oído.

—Y Shane... ¿no tiene acaso caballos de carreras?

Annabelle batió las pestañas.

—Es posible.

—O sea que vas a pasar el fin de semana con él.

No sabía muy bien si el tono de Charlie sonaba ofendido o impresionado. Cualquiera de las dos opciones podría valer.

—Sí —dijo en voz baja y tono cómplice—. Voy a pasar el fin de semana con un caballero amigo mío.

—Interesante. Así que las cosas están yendo bien con ese caballero amigo tuyo.

—Así es. Me gusta Shane. Es un buen tipo, lo cual no es muy frecuente.

—Dímelo a mí —gruñó Charlie.

—Oh, no... Lo siento... —suspiró—. ¿Hablar de esto te molesta?

Charlie puso los ojos en blanco.

—Oh. Estoy celosa, no enfadada ni dolida. De acuerdo, celosa tampoco, ya que no estoy interesada en Shane. Vas a salir con un tipo. No es para tanto —se sonrió—. No lo decía en el mal sentido...

—Tranquila, que no me doy por ofendida.

—Me alegro —Charlie aspiró profundamente—. Tú eres normal. Y a veces a mí me gustaría serlo también.

Annabelle sabía lo muy traumatizante que había sido la primera vez para Charlie. Pero aun así tenía que seguir intentándolo.

—¿Has hablado con alguien de lo que te pasó?

—Contigo.

—Quería decir...

—Sé lo que querías decir —se apresuró a señalar Charlie—. Un psicólogo. Sí. Hace unos años. No me sirvió.

—¿Le diste una oportunidad o te enfadaste durante la sesión y no volviste más?

–Fui a dos sesiones antes de que me hiciera enfadar –Charlie recogió su limonada y volvió a bajarla–. Está bien. Quizá debería hablar con alguien... Pero ahora no. Cuando llegue a casa, tengo que meterme en internet para averiguar de una vez por todas qué es una almendra de Jordania.

El Del Mar Oceanía Resort era uno de aquellos lugares protegidos por altas vallas, con un exuberante jardín y vigilantes de seguridad. Shane aparcó detrás de un Lexus.

–¿Crees que nos habrían dejado pesar si hubiéramos venido en mi camioneta? –le preguntó él con una sonrisa.

–Posiblemente no –repuso Annabelle, intentando no mostrarse demasiado impresionada por las lujosas villas que salpicaban la zona, dentro del recinto vallado.

En lugar de traerse la camioneta, Shane había «tomado prestado» el coche de su hermano. No el de Rafe, para lo que habría bastado simplemente con pedírselo. No, había tomado el último modelo de Cadillac CTS-V cupé de Clay, un elegante deportivo con potencia suficiente para humillar a los demás coches. O al menos esa había sido la sensación que había tenido cuando probó la velocidad del vehículo en un tramo relativamente tranquilo de la autopista.

–¿Seguro que a Clay le ha parecido bien? –inquirió Annabelle mientras acariciaba el tapizado de piel fina de los asientos.

Shane se sonrió.

–Mi hermano pequeño me pidió que se lo cuidara bien y es lo que estoy haciendo.

–Yo creo que se refería a que se lo guardaras en el garaje, no que te lo llevaras a San Diego.

–Detalles.

Shane siguió adelante y dio su nombre al vigilante de la entrada, que lo cotejó con su lista y los dejó pasar. Recorrieron el sendero que se internaba entre las villas hasta detenerse delante del hotel.

El deportivo se vio inmediatamente rodeado de empleados de uniforme. Uno abrió la puerta a Annabelle y le dio la bienvenida al resort. Otro se encargó de su equipaje mientras otro recibía las llaves de manos de Shane y le entregaba una pequeña tarjeta a cambio.

Palmeras y flores tropicales dibujaban un paisaje exuberante. Annabelle aspiró el aroma a jazmín y madreselva. Podía oír un rumor de agua, pero sin llegar a ver el estanque o la fuente que lo producía. El ambiente era lo suficientemente tibio como para resultar agradable, sin llegar a ser sofocante, y tenía un olor dulce, con un regusto a mar.

Entraron en el hotel. El vestíbulo era enorme, con numerosas ventanas y espacios abiertos. Un botones los seguía con su equipaje en un carrito.

Registrarse en recepción no les llevó más de unos minutos, y en seguida estaban subiendo en el ascensor. Annabelle se descubrió a sí misma luchando contra un nerviosismo inesperado mientras seguía al botones por un pasillo hasta la puerta del fondo. La expectación batallaba con la realidad de que se estaba enredando con un hombre. No había vuelto a hacer eso desde su matrimonio, y la experiencia no había sido precisamente muy positiva.

Aun así, se trataba de Shane. Siempre había sido muy dulce con ella, y eso era algo que debería recordar. Y también el hecho de que iban a compartir una cama, lo cual solo podía ser una buena noticia.

El botones empujó una puerta y se hizo a un lado para dejarlos entrar. Shane apoyó una mano en su cintura y la guio dentro.

Su primera impresión fue que tenía que haberse tratado de un error. Aquello no podía ser una habitación de hotel.

Entraron en un salón mayor que su casa entera. Había una terraza con vistas al Pacífico, dos sofás, un par de sillones más pequeños y una mesa de comedor a la izquierda. Flores frescas desbordaban por lo menos de una decena de floreros, aromatizando el aire.

—El dormitorio es por aquí –dijo el botones, señalando a la derecha.

Penetraron por la doble puerta abierta de par en par para encontrarse con una cama de las mismas dimensiones en el centro de un enorme espacio. Otra terraza ofrecía una vista impresionante del resplandeciente mar azul. Rodeó la cama hasta el baño, que estaba decorado enteramente de mármol, con dobles lavabos, una amplia ducha y una bañera en la que fácilmente habrían cabido seis. Aunque reconoció la marca de los productos de baño, solamente los había visto en revistas.

Medio había esperado un dormitorio más o menos funcional, con un pequeño sofá junto a la ventana, y no la última versión de «La gente rica y famosa de Del Mar». Esperó a que el botones se hubiera marchado antes de volverse hacia Shane.

—Esto es un tanto... inesperado –le dijo.

—Pedí una habitación bonita con vistas –sonrió–. Y me han hecho caso.

—Impresionante.

—¿Intimidada? –inquirió él.

—Un poco.

Se acercó a ella.

—Recuerda que soy el tipo que cuida de los caballos y de la elefanta. Pero, de vez en cuando, estas cosas están bien.

Y es que Shane era también el rico y próspero empresario. Algo que resultaba fácil de olvidar cuando lo veía rodeado de aquellos caballos y de aquella elefanta.

—Eres un poquito más complicado de lo que pareces, Shane Stryker –murmuró.

—¿En el buen sentido?

—En el mejor.

Siguió acercándose, o quizá fue ella. De pronto el tamaño de la habitación dejó de importar y la vista de la terraza fue mucho menos interesante que el hombre que la estaba estrechando en sus brazos. Lo que más la atraía era la sensación que le producía su contacto, su fortaleza y su calor. La manera en que la abrazaba y la pasión con que reclamó su boca en un beso que ansió que no terminara nunca.

Ladeó la cabeza y entreabrió los labios, deseosa de que profundizara el beso. La intimidad del mismo despertó todas las terminaciones nerviosas de su cuerpo. Allí abajo, en el vientre, sintió ardor, presión. La necesidad parecía circular por todo su ser. La habitación entera pareció apagarse hasta que solo quedó aquel hombre y su capacidad para excitarla.

Shane deslizó las manos por su espalda, arriba y abajo. Ella llevaba un vestido de verano y sandalias de tacón. Cuando sintió sus dedos en la cremallera, se le contrajo el estómago. Pero no se la bajó. En lugar de ello, apoyó las manos en sus caderas.

Se descubrió a sí misma deseando que las subiera o que las bajara. Cualquiera de las dos opciones habría funcionado. O que la besara más. O que la despojara de la ropa. Lo que fuera.

Debió de haberle transmitido ese deseo, porque de pronto Shane se retiró ligeramente y rio por lo bajo.

–¿Impaciente? –inquirió antes de besarle ligeramente la mandíbula.

–Un poco.

–Estaba intentando tomármelo con tranquilidad. Ya sabes, ser un buen chico.

–Yo creo que la bondad está altamente sobrevalorada –susurró, echando la cabeza hacia atrás.

–Si estás segura...

–Estoy segura.

Por un instante, no sucedió nada. La tomó entonces de los hombros y volvió a atraerla hacia sí. Esa vez, cuando la besó, no hubo ya ternura ni dulce seducción. Saqueó su boca con una intensidad que la dejó sin aliento. Sus manos descendieron hasta la cremallera de su vestido y se la bajó en menos de un segundo. Con un rápido tirón, el vestido fue a caer a sus pies. Sus dedos le desabrocharon el sujetador con la misma rapidez con que se apoderó de pronto de sus senos desnudos.

Annabelle no parecía capaz de recuperar el resuello, pero no le importó. Si tenía que elegir ente lo que él le estaba haciendo y respirar, la decisión no era difícil.

Mientras se besaban, acudió al encuentro de cada caricia, pero concentrarse era difícil. Sobre todo con la manera en que le estaba tocando los senos. Exploró cada centímetro de su piel y acto seguido se concentró en los duros pezones. Los acarició, frotó, apretó, atormentó... hasta crear una conexión directa entre ellos y el mismo centro de su ser.

Ya estaba toda inflamada de deseo. Lo sabía por la densa, dolorosa sensación que latía en su cuerpo en sintonía con su pulso acelerado. La expectación le aceleraba la sangre. Quería más.

Se apartó lo suficiente para mordisquearle el labio inferior. Shane reaccionó con una corta carcajada, para enseguida inclinarse y levantarla en brazos. La inesperada falta de contacto con el suelo hizo que se aferrara a él con todas sus fuerzas. Una sandalia salió volando y se las arregló para deshacerse de una patada de la otra antes de que él la depositara en el centro de la cama.

Se arrodilló junto a ella, apartándole tiernamente el pelo de la cara.

—Eres tan preciosa —murmuró, y se inclinó para apoderarse de su pezón izquierdo con la boca, lamiéndolo y succionándolo.

Ella volvió a aferrarse a sus hombros, incorporándose hasta quedarse sentada. Él cambió al otro seno, repitiendo los mismos movimientos antes de alcanzar la diminuta braga.

El pedazo de tela y encaje que había costado más que todo su vestido se deslizó a lo largo de sus piernas. Shane lo apartó y cambió de posición para arrodillarse entre sus muslos. Annabelle los abrió aún más, sin dejar de mirarlo.

—Tómate tu tiempo —le susurró él, y acto seguido separó

los pliegues de su sexo inflamado con los dedos antes de inclinarse para besarla íntimamente.

La primera larga y lenta lametada le hizo clavar los talones en la cama. Y la segunda le hizo alzar las caderas, deseando... no, necesitando mucho más. Se quedó sin aliento mientras se perdía en todo aquello que él le estaba haciendo.

Shane se movía con decisión, desarrollando un firme ritmo diseñado para hacerle perder el control. Besó el sensible centro de su ser, rodeándolo, y repitió la operación una y otra vez. Era todo tan perfecto, reflexionó, consciente de la incesante tensión de su cuerpo hacia la liberación pese a que se esforzaba por contenerse, para hacer que durara.

Antes había sido igual. Shane tomando el control de su cuerpo, transportándola hasta que no le quedaba más remedio que aceptar el viaje...

De repente utilizó la mano. Deslizó los dedos en su interior y los retiró luego, imitando el acto amoroso. La sensación le arrancó un gemido. Repitió el movimiento, en esa ocasión curvando ligeramente los dedos, encontrando aquel único lugar enterrado en lo profundo. Como si le estuviera acariciando el clítoris por ambos lados. Annabelle empujó entonces contra él, necesitada de todo lo que le estaba ofreciendo.

El control era imposible. Si repetía la caricia, si volvía a tocarla de aquella forma...

El orgasmo llegó con un grito. El placer se derramó por todo su cuerpo, estremecida. Shane continuó acariciándola con la lengua, metiendo y sacando los dedos. Ella se convulsionó, tensando y apretando, contrayendo cada músculo mientras el orgasmo se prolongaba. Cuando finalmente terminó, Shane se tumbó junto a ella, con su mano grande y fuerte sobre su vientre.

Annabelle esperó a que su corazón recuperara el ritmo normal antes de girar la cabeza hacia él y abrir los ojos. Shane la observaba con una mirada brillante de pasión.

—Se te da bien esto —musitó.

—Tú me inspiras.

Fue a tocarlo, pero él le sujetó las manos.

—No tan rápido.

Annabelle bajó la vista a la erección que tensaba sus vaqueros, y volvió a mirarlo a los ojos. Él sonrió.

—No estoy diciendo que no quiera, sino que he pensado que podríamos tomar champán primero —señaló la botella que descansaba en un cubo de hielo—. Si no te importa traerla, yo la abriré.

Había algo extraño en la manera en que la estaba mirando. Algo provocativo. Como si tuviera al respecto expectativas concretas que estuvieran a punto de realizarse.

—No entiendo.

—Me gustaría que trajeras el champán. Desnuda.

Annabelle enarcó las cejas.

—¿Quieres verme atravesando desnuda la habitación para traer el champán?

—Oh, sí.

Le entraron ganas de negarse, pero se contuvo. Si no le hubiera gustado la vista, no se lo habría pedido.

Se bajó de la cama y la rodeó. Al acercarse al cubo de hielo, decidió que si era aquello lo que quería, se esforzaría por proporcionárselo. Situándose detrás del cubo, miró a Shane de frente.

—¿Este champán? —inquirió, tocando ligeramente el tapón de la botella.

—Ese mismo.

—¿Qué me dices del hielo? —recogió un pequeño cubito y lo sostuvo en la mano—. ¿Lo quieres?

Un brillo de interés relampagueó en los ojos de Shane.

—¿Qué estás sugiriendo?

Annabelle se llevó el hielo al cuello y lo fue deslizando lentamente hasta su vientre. El hielo comenzó a derretirse de inmediato. El agua chorreaba entre sus senos. Sus ya tensos pezones se endurecieron aún más.

Shane se sentó en la cama y comenzó a desabrocharse

la camisa. Lo hizo con rapidez, sin dejar de mirarla en ningún momento.

—¿Algo más? —inquirió, despojándose por fin de la prenda. Se desplazó a un lado de la cama y se sacó las botas y los calcetines.

Annabelle no supo muy bien qué hacer a continuación. Su única experiencia con el porno había sido una película pésimamente rodada que había visto con sus amigas en el instituto y, sinceramente, no le había encontrado la gracia. Sabía que los hombres eran esencialmente visuales, así que pensó en improvisar quizá algún baile sensual. Solo que ella no era muy aficionada a ello. Tal vez podría intentar la danza de la virgen feliz, o algo parecido...

«Patético», pensó desesperada al tiempo que se llevaba las manos a los senos. Realmente necesitaba documentarse bien en ese terreno. Con Shane, la actividad podría ser divertida.

Apenas había empezado a acunarse los senos en las manos cuando Shane se levantó mientras se quitaba el pantalón y el calzoncillo. Atravesó la habitación en dos largas zancadas y le agarró las muñecas. Sin darle oportunidad a que recuperara el aliento, la tuvo nuevamente tumbada de espaldas en la cama. Rápidamente se puso el preservativo y estuvo dentro.

Empujó a fondo, gruñendo suavemente, tenso todo su cuerpo. Diez segundos después había acabado. Annabelle lo miró parpadeando de asombro.

—¿Es posible? —inquirió sin poder contenerse.

—Perdona.

—No, no pasa nada. Solo estoy sorprendida.

Salió y se apartó de ella. Annabelle se le acercó, apoyando la cabeza en su mano.

—¿Shane?

—Soy como un adolescente —esbozó una mueca—. Es por lo que estuviste haciendo. No pude evitarlo.

—¿Cinco segundos acariciándome con el hielo y tocándome luego los senos?

Shane se volvió para mirarla.

—Me produces ese efecto. ¿Qué puedo decir?

Annabelle pensó que quizá no necesitara practicar ninguna danza sensual, después de todo...

—Me gusta producirte ese efecto. Tú me lo produces a mí también.

Shane sonrió.

—Tomemos ese champán. Dame quince minutos y me esmeraré contigo.

—Trato hecho —respondió, pensando que realmente no había ninguna necesidad de que lo hiciera.

Como en tantos otros lugares del sur de California, Del Mar tenía influencias hispánicas en su arquitectura. Los terrenos estaban muy bien cuidados, el edificio del club era impresionante y los entrenadores y propietarios de caballos tenían aparcamiento particular.

Annabelle bajó del coche y sonrió a Shane. Estaba guapísimo... aunque quizá algo cansado. «Una de las ventajas de ser mujer», pensó cuando él le tomó la mano. Ella podía esconder sus ojeras con maquillaje.

—¿Por qué te sonríes? —le preguntó Shane mientras se dirigían hacia la entrada.

—Por lo de anoche.

—¿Qué momento exactamente?

—Todos.

Tal y con le había prometido, se había esmerado sobradamente. Habían pedido la cena para luego pasar una larga y perezosa tarde charlando y haciendo el amor. Después se habían instalado en la enorme bañera para explorarse mutuamente hasta que el agua se enfrió.

—Háblame de tu caballo —le dijo—. Es un caballo y no una yegua, ¿verdad?

—Deadline's Dream. Sí, es un chico.

Annabelle se sonrió.

—¿Potro semental o castrado?

–Impresionante. Estás utilizando terminología técnica.
–Estoy aprendiendo.

Y no solamente sobre caballos, reflexionó. También sobre Shane. Shane recelaba de ella. Le costaba confiar. Pero ella podía convivir con aquel defecto. Porque el hombre merecía la pena. Era...

Alzó la mirada hacia él y comprendió que se encontraba en peligro. Un hombre como él era difícil de resistir. Era difícil no quererlo. Imposible no enamorarse.

Pero hasta que no creyera del todo en ella, hasta que no descubriera cómo era realmente, tendría que llevar cuidado. Los corazones solían ser frágiles, y el suyo ya se había roto una vez.

Capítulo 15

Shane se despertó temprano, justo antes del amanecer, a juzgar por el leve resplandor del cielo. Habían dormido con las puertas de la terraza entornadas y una fresca niebla mañanera se filtraba en la habitación.

Se levantó sigilosamente de la cama y cerró las puertas antes de regresar al calor de las sábanas y del cuerpo de Annabelle.

Yacía de lado, de frente a él, con los ojos cerrados y la respiración regular. Su cabello rojo oscuro se derramaba sobre un hombro desnudo. Se le veía parte de un seno.

El deseo se desperezó en su interior. Cuando Annabelle estaba cerca, no se necesitaba gran cosa para despertarlo. La pasada noche le había hecho el amor una y otra vez, incapaz de saciarse de ella. Se habían dormido abrazados. En ese momento, mirándola, se preguntó en qué clase de lío se había metido.

Desde el primer momento en que la vio, se había sentido incapaz de escapar de ella. Lo había intentado. Pero allí estaba, en su cama. Atrapado por un deseo y una necesidad que no podía explicar. Debería estar huyendo, o al menos buscando una salida. Pero no. No podía marcharse. Todavía no.

¿Era posible que Annabelle fuera realmente lo que parecía? Nunca miraba a otros hombres, era divertida, dulce y sexy. Quizá había llegado el momento de aceptar eso y dar una oportunidad a su relación.

Volvió a levantarse de la cama y pasó al salón. Una vez allí, se metió detrás de la barra y preparó café. Usó la ducha del segundo cuarto de baño y el cepillo de dientes de repuesto que encontró en un cajón. Cuando volvió al dormitorio, la puerta del baño principal estaba cerrada. Segundos después se abrió y apareció Annabelle.

–Buenos días –dijo con una sonrisa tímida–. Supongo que sabrás que el hotel nos proporciona batas...

–Tú no la llevas –repuso él, admirando la deliciosa vista. Senos llenos, cintura estrecha y caderas redondeadas. Toda curvas y sensualidad.

–Tampoco tú.

–Yo soy un hombre.

Vio que bajaba la vista a su creciente erección.

–Bueno, eso explica las diferencias anatómicas.

–He preparado café.

Estaban a unos tres metros de distancia. Era consciente de su cuerpo, de la cama y del hecho de que la estaba deseando de nuevo. También sabía que probablemente estaría cansada, dolorida y poco dispuesta. Maldijo para sus adentros.

–¿Shane?

–¿Sí?

–Sé lo que estás pensando.

–No, no lo sabes.

La sonrisa de Annabelle se amplió y sus ojos se iluminaron.

–Sí que lo sé. Puedo verlo en tu cara. Y en otros lugares.

Bajó la mirada. No había manera de esconder eso, pensó, consciente de que explotaría si se excitaba aún más.

–El café tardará todavía unos minutos –le dijo ella–. Hasta entonces... ¿recuerdas lo que sucedió cuando me pediste que te llevara el champán?

Shane recordaba cada detalle de su paseo por la habitación, tocándose primero con el hielo y luego con las manos. Tragó saliva.

–Ajá.

–Solo eran mis senos... –deslizó las manos hasta su vientre, recorriendo su fina piel–. ¿Recuerdas?

Clavó la mirada en el lento movimiento de sus dedos. En la manera en que descendían más y más. Se quedó sin aliento. No iba a... No podía....

Podía y pudo.

Vio que su mano derecha se deslizaba entre sus piernas y empezaba a moverse en un lento círculo. Lo miró y él leyó la pasión en sus ojos.

No tuvo conciencia de lo que hizo. Tan pronto se encontraba al otro lado de la habitación cuando al momento siguiente la estaba atrayendo hacia sí, besándola profundamente, apartándole la mano con la suya.

–Déjame –insistió, deseoso de tocar su carne húmeda, encendida de deseo.

Poco después ella lo urgía a acostarse.

–Tócame por todas partes –jadeó, tumbándose, y abrió los brazos–. Tócame, Shane.

Y lo hizo.

Charlie observaba a las gemelas jugar con sus animalitos de trapo. Rosabel, a quien llamaban Rose, estaba sentada al lado de su hermana Adelina, sosteniendo cada una un gastado gatito.

–No puedo creer que tengan un año –dijo Charlie.

Pia Morena se recostó en el sofá.

–Yo tampoco. Está yendo todo tan rápido... Peter ya tiene doce años. El año que viene será todo un adolescente. ¿Cuándo sucedió eso?

–Los niños crecen.

–Lo sé y no me gusta –sonrió Pia–. Pienso mandar una dura carta de protesta –señaló a las gemelas–. Ya caminan y están empezando a hablar. Tengo la sensación de que en treinta segundos estarán saliendo con chicos y pidiéndome prestado el coche.

–Todavía te queda tiempo...

—Eso espero. Me encanta seguir siendo «mami». No quiero volverme obsoleta.

Charlie enarcó las cejas.

—Te estás poniendo un poquito dramática.

—Lo sé. Tengo momentos en que estoy completamente normal. Este no es uno de ellos —suspiró—. Creo que es porque mañana nos van a hacer una fotografía de familia. Me recuerda el paso del tiempo. Además, estamos hablando de tener otro bebé, y aunque lo quiero, sé que eso significa que las gemelas están creciendo.

—Tienen un año, Pia —le recordó Charlie, irónica—. Lo superarás.

Pia se echó a reír.

—Es por esto por lo que me caes tan bien, Charlie. Contigo no hay dramas que valgan. Eres una persona completamente racional.

Charlie sabía que eso no era cierto. Tenía tantos fantasmas como cualquiera. Lo cual llevaba precisamente a la razón de su visita.

Pia dejó de sonreír.

—Así que es serio.

—¿El qué?

—El motivo de tu visita. ¿Qué pasa? ¿En qué puedo ayudarte?

Pia Moreno era la encargada de la agenda de fiestas de la ciudad. Coordinaba un millón de pequeños detalles que hacían de Fool's Gold una verdadero paraíso turístico. Sin Pia no habría ni Fiesta de Invierno ni Fiesta del Libro. No habría vendedores de baratijas ni de limonadas. Ni ferias ni cabalgatas de carrozas en verano.

Pero Pia personificaba al mismo tiempo lo mejor de la gente de aquella ciudad, pensó Charlie. Siempre estaba dispuesta a ayudar a todo el mundo.

—Estoy pensando en tener un bebé —le confesó—. Yo sola.

Se interrumpió para dejar que su amiga asimilara la información.

–Oh, guau. Eso es estupendo. ¿Querrás informarte sobre la reproducción asistida, verdad?

–Sí. Y me sorprende que no intentes convencerme de que espere a un hombre...

Pia sonrió.

–Charlie, tú eres la mujer más capaz que conozco. Si quieres tener un hijo tú sola, lo harás estupendamente. Esa actitud tuya tan áspera y gruñona no es más que una fachada. No sé si lo sabrás, pero el caso es que no engañas a nadie.

–Gracias por decírmelo.

–De nada. Bien, respecto a la fecundación artificial: habrá agujas, te lo advierto. Hormonas y pinchazos. Tu cuerpo tiene que estar preparado –se irguió–. Espera... antes de eso, necesitarás un óvulo fertilizado. ¿Piensas utilizar un óvulo tuyo?

Charlie asintió.

–Entonces necesitarás semen –señaló a las gemelas–. Nosotros ya nos habíamos ocupado de eso.

Varios años atrás, Crystal, amiga de Pia, perdió a su marido en Irak. La joven pareja, consciente de lo que podría sucederle a un soldado en zona de guerra, había tomado la precaución de almacenar varios embriones. Tras el fallecimiento de su marido, Crystal decidió implantárselos, y fue entonces cuando descubrió que estaba gravemente enferma. A su muerte, dos años atrás, había dejado los embriones a Pia.

Fue poco lo que tardó Pia en descubrir que tenía que tener los hijos de su amiga. Le implantaron tres embriones y sobrevivieron dos. Rosabel y Adelina nacieron sin mayores problemas.

–Puedo conseguir esperma –le dijo Charlie. Si no era por medio de un voluntario al que conociera, sería mediante un banco de semen.

–Bien. Entonces incubarán tus óvulos, proceso del que yo sé muy poco, y luego los fertilizarán. Una vez que tengas un par de embriones viables, te los implantarán y tendrás que esperar. La doctora Galloway fue la que me hizo el seguimiento aquí.

−La conozco. Ya he estado con ella −dijo Charlie.

−Estupendo. Yo te sugeriría que hablaras con ella −Pia ladeó la cabeza−. Esto tengo que preguntártelo: ¿estás segura de que no quieres tener sexo con un tipo bien sabroso? Sería más fácil. Y más barato.

−Tengo ahorros.

Pia arqueó una ceja con expresión inquisitiva.

Charlie no tenía deseos de volver nuevamente sobre su pasado.

−Hay razones por las que la manera... tradicional no funcionaría en mi caso.

−No me digas más. La doctora Galloway te asesorará con el procedimiento y te facilitará toda la información. Una vez que estés embarazada las cosas seguirán su curso normal. Aunque ten en cuenta que yo tuve un embarazo múltiple, cosa que podría sucederte a ti también. Si te implantan más de un embrión, eso siempre es una posibilidad.

Charlie miró a las gemelas que jugaban juntas tan contentas. ¿Dos criaturas? No sabía muy bien cómo se las arreglaría, pero ya encontraría alguna forma. Merecería la pena. Necesitaba entregar su corazón a alguien. Y tener un bebé era pura biología. ¿Por qué debería luchar contra la necesidad?

−Gracias por la información −le dijo−. Te lo agradezco mucho.

−De nada. Ah, y si quieres entrenarte cuidando niños, por mí estupendo.

−¿Para que Raúl y tú podáis salir una noche juntos?

Pia sonrió.

−Por supuesto que sí.

−Puede que lo haga. ¿Tendría que guardar cola?

−Son muchas las mujeres de Fool's Gold a las que encanta cuidar niños. Peter se queja de que tiene demasiadas abuelas. De lo que no se queja es de que le lleven galletas.

Charlie estaba segura de que ella recibiría el mismo tipo de apoyo de la comunidad.

—¿Qué pasará cuando Raúl y tú queráis tener hijos propios?

Pia se derrumbó en el sofá.

—Créeme que soy muy consciente del problema. El departamento de marketing de la universidad se ha portado muy bien al reconocer los créditos a los estudiantes cuando trabajan para mí. Ellos necesitan tres créditos de prácticas para licenciarse y yo soy ahora una manera fácil de conseguirlos. Así que cuento con dos o tres estudiantes cada vez. Pero si tengo otro bebé, no podré seguir encargándome de las fiestas de la ciudad. Tendríamos que contratar a otra persona.

Charlie quiso decirle que no podía imaginarse a alguien tan capaz para el cargo. Que era Pia la que lo había asumido durante los ocho o nueve últimos años y que siempre sería Pia. Pero eso era algo poco realista. Las cosas cambiaban. Ella misma, por ejemplo. Un año atrás había estado perfectamente contenta tal como estaba: sola. Y en ese momento estaba acariciando seriamente la idea de tener una familia.

—No tienes por qué decidirlo hoy —le dijo a Pia, aunque en realidad se lo estaba diciendo a sí misma.

—No lo estoy haciendo. Y no lo haré... ¡lo siento! —se echó a reír.

Las gemelas se volvieron a la vez al oír el sonido, resplandecientes de alegría.

—¡Mamá! —dijo Rosabel, tendiéndole los brazos.

—El deber me reclama —Pia se levantó para levantar a su hija. Al ver que Adelina le tendía también los brazos, se volvió hacia Charlie—: ¿Te importaría...?

Charlie recogió al bebé y lo abrazó con ternura. Adelina le sonrió. Sus gordezuelos dedos buscaron su corto cabello como para retenerla.

—No piensas dejarme escapar, ¿eh? —inquirió Charlie.

Adelina se echó a reír.

Aquel sonido la dejó conmovida, feliz y triste al mismo tiempo. Feliz de estar con la pequeña y triste por la aventura que tendría que emprender con tal de tener un hijo propio.

Pero se prometió a sí misma que merecería la pena.

–La bola de discoteca es un bonito detalle –comentó Annabelle, alzando la mirada al globo plateado que se movía lentamente.

–Lo encontré en un mercadillo callejero –le explicó Jo–. Me pareció perfecto para el salón de fiestas.

–¿No era el salón de banquetes?

–Lo de salón de fiestas me sonaba mejor.

Annabelle se giró en redondo, contemplando la gran sala. Jo había alquilado el espacio contiguo a su bar. Sus planes futuros contemplaban tirar una pared y ampliar el propio bar. Por el momento había abierto una puerta que llevaba a las escaleras. En la planta superior estaba el salón de fiestas: un gran espacio diáfano con vistas de la ciudad y de las montañas que se alzaban detrás. Había una barra al fondo, un pequeño escenario, un magnífico equipo de sonido y muchas mesas y sillas. Corría el rumor de que una de las paredes era en realidad un falso tabique, con una gran pantalla de televisión detrás, pero esa noche no sería necesaria. La despedida de soltera proporcionaría entretenimiento suficiente.

Annabelle y Charlie habían dedicado la mayor parte del día a prepararlo todo. Las cuatro esquinas del salón estaban decoradas con globos. Manteles de papel cubrían las mesas redondas. Jo había proporcionado la vajilla y los vasos. Charlie se había quedado esperando a recibir los encargos de flores mientras Annabelle había ido a buscar la tarta. La réplica de dos pisos de una tarta de bodas, con tres variedades de chocolate, esperaba en un lugar de honor cerca de la entrada.

Junto al ventanal estaba montada una larga mesa con las bolsas de dulces y los artículos para los juegos: había tijeras y cinta adhesiva, una grapadora para hacer vestidos de papel y diademas de plástico para que quien quisiera pudiera convertirse en princesa.

Jo recogió un cuaderno de encima de la barra y sacó un bolígrafo.

—Está bien, recapitulemos. Champán como único licor. Tengo veinte botellas enfriándose, pero solo os cobraré las que os bebáis.

Annabelle se echó a reír.

—¿Veinte? Si solo vamos a ser treinta mujeres en la fiesta...

—Oh–oh. Tú hazme caso —pasó al siguiente apartado—. El menú. Tengo lasaña, raviolis fritos, verduras crudas con salsas para que podamos simular que comemos sano, pan de ajo, rodajas de fruta con chocolate derretido, copas individuales de tiramisú y la tarta. El champán ya mencionado, más la soda, café y té.

Annabelle miró el menú.

—¿De dónde han salido los raviolis fritos?

—Los estoy probando. Eso corre de mi cuenta. Quiero ver si a la gente le gusta —Jo bajó el cuaderno—. Estaré entrando y saliendo todo el tiempo. Sé que técnicamente soy una invitada, pero quiero encargarme también de la barra. Os he asignado dos camareras. El equipo de sonido ya está preparado —añadió mientras se metía detrás de la barra y le entregaba un mando a distancia—. Ajusta el volumen con esto. Si alguien odia la selección, pulsa el botón de «siguiente» y saltará el tema. Sabes dónde están los baños, ¿verdad?

—Al final del pasillo.

—Entonces todo arreglado —Jo miró la pancarta con el texto *Feliz boda, Heidi*, las flores, la tarta y los globos, y sacudió la cabeza—. ¿Sabes? Yo hice bien en fugarme para casarme.

—¿Lo de las despedidas de soltera no es tu estilo?

—No, pero a Heidi le sienta bien. Diviértete. Llámame si me necesitas.

Jo se marchó. Charlie entró con una de las camareras. Cada una portaba un cubo de hielo.

–Por si acaso falta –explicó Charlie.

Había cambiado su habitual uniforme de bombera por unos vaqueros oscuros y una simple blusa azul de manga larga. Todo muy ajustado, nada que ver con las holgadas camisas y pantalones beis que solía llevar.

Annabelle admiró sus largas y esbeltas piernas y su estrecha cintura. Quizá fueran los nervios por la fiesta o por el esfuerzo de haber subido las escaleras con el hielo, pero vio que estaba levemente ruborizada, con los ojos brillantes. El color de la camisa acentuaba el azul de sus ojos.

Tenía una estructura ósea increíble. Annabelle no podía entender cómo no se había dado cuenta hasta ahora.

Charlie bajó la bolsa del hielo y la miró ceñuda.

–¿Qué pasa? Te has quedado mirándome.

–Estás muy guapa.

–Oh, por favor... –esbozó una mueca.

–Hablo en serio. Nunca me había dado cuenta antes, ya que hasta hoy siempre has evitado llevar ropa femenina, no te pones maquillaje... Pero eres realmente preciosa.

La mueca se convirtió en una expresión resplandeciente.

–No me obligues a hacerte daño...

–No me impresionan tus amenazas –Annabelle continuaba mirándola asombrada–. Disimulas tu aspecto porque no quieres llamar la atención.

–Seré la chica más alta de todo el salón. Te aseguro que no es esa la atención que quiero.

–Yo soy bajita, y por eso sé que hay una ventaja en ser la chica más alta. Pero tú no la aprovechas.

Charlie soltó un profundo suspiro.

–Sé por mi madre lo que es la belleza. Yo no soy como ella.

–Hay muchos tipos de belleza.

Pero Annabelle sabía que Charlie no se lo creía. La madre de Charlie era una delicada y elegante bailarina. Eso podía intimidar a cualquiera, y más a la chiquilla alta y desgarbada que había sido. Si a eso se añadía la horrible cita de la violación, tenía perfecto sentido que Charlie evitara cualquier cosa siquiera remotamente femenina. Pero con sus invitadas a punto de llegar, no era aquel el momento más oportuno para tener esa conversación.

Revisaron la comida, encendieron el equipo de música y pasaron un buen rato de nervios haciéndose preguntas del tipo «¿y si todo el mundo odia nuestra fiesta?» hasta que llegaron Heidi y May.

–Es perfecto –anunció May, contemplando la sala–. Me encanta.

–A mí también –dijo Heidi–. Estoy nerviosa. ¿Cómo es que estoy tan nerviosa?

–Pues porque aún no has bebido champán –repuso Charlie antes de abrazarlas a las dos.

Una de las camareras abrió la primera botella y empezó a servir. Annabelle repartió vasos.

A lo largo de los veinte minutos siguientes fueron llegando las invitadas. Acudieron las trillizas Hendrix con su madre Denise, la alcaldesa Marsha, Charity Golden, Pia y la famosa escritora residente en la ciudad, Liz Sutton. Rina McKenzie, casada desde hacía poco con el veterinario local Cameron, llegó acompañada de Julia Gionni, de las hermanas Gionni, que siempre se estaban peleando.

Conforme iban llegando más mujeres, Annabelle se apostó junto a la puerta para recoger los regalos y guiarlas hacia la mesa del champán. Las conversaciones y las risas fueron ahogando la música.

Una vez que todo el mundo estuvo servido, Charlie propuso un brindis por la futura novia. El bufé quedó montado y las invitadas formaron en la cola de la comida. Las mesas se llenaron rápidamente y todas se sentaron a cenar.

Annabelle encontró un asiento junto a Charity, que lucía una melena corta.

–Habéis hecho un gran trabajo –la felicitó Charity–. Me encanta que Jo haya abierto un salón de banquetes.

—Salón de fiestas —la corrigió Annabelle—. Ella lo llama salón de fiestas.

—¡Por supuesto que sí! —exclamó, riendo—. Recuerdo que la primera vez que vine a esta ciudad me quedé impresionada por la idea de un bar para mujeres. Al principio no estaba muy segura de que durara, pero se está desenvolviendo muy bien.

—Lo sé. La primera vez que Charlie y Heidi me sugirieron que comiéramos aquí, quedé impactada. Yo no soy muy aficionada a los bares, pero este es magnífico.

—¿Que no eres aficionada a los bares? —inquirió Charity, enarcando las cejas—. ¿De veras? Porque he oído que hace unas semanas te pusiste e bailar encima de una barra.

—Desde entonces no he hecho otra cosa que dar explicaciones de aquello —rezongó, exasperada—. No estaba borracha. Estaba enseñando a mis amigas la danza de la virgen feliz.

—Ojalá hubiera estado presente. ¿Volverás a bailarla en el festival Máa-zib?

—No. Esa será la danza del caballo. Bailará él; yo solo tendré que montarlo.

—Lástima. Imagino que muchos tipos pagarían por ver la danza de la virgen feliz.

«Quizá», pensó Annabelle. Pero solo había uno al que le gustaría mostrársela...

Charlie acababa de levantar su vaso de champán cuando se detuvo en seco.

—Oh–oh. Conozco esa mirada. ¿Quién es el tipo?

—¿Qué tipo?

—Yo no lo sé. El que te hace tener esa expresión... —se interrumpió.

Nevada, sentada frente a ellas, alzó la vista.

—Una expresión bobalicona —sugirió—. Créeme. Yo la conozco. La pongo cada vez que pienso en Tucker. Es humillante, e inevitable.

—No hay ninguna expresión —se apresuró a negar Annabelle, decidida a pensar en todo menos en Shane—. No hay ningún tipo.

—No es eso lo que he oído yo —gritó Pia desde otra mesa—. Yo he oído que hubo viaje y hotel. Una noche en un hotel.

Se oyeron algunas risotadas.

—¡Detalles! —gritó otra—. Queremos detalles.

May esbozó una mueca.

—No demasiados, por favor. Estamos hablando de mi hijo... Hay cosas que una madre no debería saber...

—Bien dicho —comentó Pia—. Pero unas cuantas generalidades no vendrían mal...

Annabelle se levantó rápidamente.

—¡Oh, mirad! Heidi ha terminado de comer. Abramos los regalos.

—Yo probaría con el champán —murmuró Charlie, reuniéndose con ella—. Las distraerías más eficazmente con alcohol.

Afortunadamente se produjo un momentáneo respiro en la música, de manera que todo el mundo oyó decir a la alcaldesa Marsha:

—... comprado la cadena de radio.

—¿Quién ha comprado la cadena de radio? —preguntó Pia—. ¿Cómo es que ya no me entero de los buenos cotilleos? ¿Es porque he tenido las niñas? Las niñas merecen la pena, por supuesto, pero echo de menos los buenos cotilleos.

La alcaldesa Marsha anunció entonces, mirando a su alrededor:

—Un hombre muy interesante ha adquirido la cadena de radio de las afueras de la ciudad. Se llama Gideon.

—¡Oh, como el ángel! —fue el comentario de Heidi, acusando obviamente los efectos del champán.

—No precisamente —dijo la alcaldesa—. Pero tiene un pasado interesante. Estoy segura de que todas llegaréis a conocerlo muy pronto.

Justo en aquel momento apareció Jo con los postres y las preguntas sobre el misterioso Gideon quedaron sin respuesta.

Una vez que todo el mundo hubo terminado de comer,

se retiraron las mesas y se formó un amplio círculo con las sillas. Charlie recogió los regalos para que los abriera Heidi.

Las invitaciones se habían enviado con un «lleva algo que le encante a Heidi». La lencería era un regalo obligado, y estuvo bien representado. La alcaldesa Marsha entregó a Heidi un precioso set de antiguos moldes de hacer quesos, perfecto para una mujer que tenía cabras y una quesería. May, la futura suegra, había envuelto en papel de regalo dos billetes para París.

–Para tu luna de miel –le informó, feliz.

Heidi se quedó mirando el regalo y levantó la mirada, impresionada.

–¿París? ¿Un viaje de dos semanas?

Charlie suspiró.

–Sí, y antes de que preguntes, Annabelle y yo ya nos hemos ofrecido voluntarias para cuidarte las cabras. Nos pasaremos antes un par de días por allí para que nos enseñes a ordeñarlas.

Heidi se enjugó las lágrimas de felicidad mientras las abrazaba.

Más tarde, mientras las invitadas elaboraban un vestido de novia de papel, Charlie señaló toda una colección de botellas de champán vacías.

–Van a quedar menos de las que habíamos pensado.

–Ha sido tan divertido... –suspiró Annabelle–. ¡Qué gran fiesta!

–¿Algo envidiosa de la novia?

–Tal vez un poco. Cuando me casé con Lewis, no tuve nada de esto. Pensó que era una estupidez y yo fingí darle la razón.

–A Shane no le importaría la fiesta. Y seguro que después te pediría que te probaras los conjuntos de lencería sexy...

–¿Quién ha dicho nada sobre Shane? –inquirió Annabelle.

–No ha sido necesario. Todas podemos darnos cuenta. Te estás enamorando de él.

–No es verdad –suspiró–. Bueno, quizá sí un poco.

–Heidi jura y perjura que los hermanos Stryker son los mejores –le dijo Charlie.

–No cuestiono su personalidad. Es un gran tipo. Pero tiene su bagaje emocional y eso me pone nerviosa.

–Nadie es perfecto.

–¿Me estás diciendo que haga lo que diga mi corazón?

–Te estoy diciendo que, desde donde yo estoy sentada, lo de enamorarse suena fantástico –admitió Charlie.

–Pues te recuerdo que tú podrías empezar a salir.

–No lo creo. Puedo entrar en un edificio en llamas sin pestañear siquiera, pero... ¿salir con un hombre? –sacudió la cabeza–. Eso no va a suceder.

Annabelle estiró una mano y apretó la de su amiga. A veces las soluciones eran obvias. Imposibles, pero obvias. Charlie debería mover su trasero y salir con un tipo mientras que ella, bueno... estaba menos segura de lo que quería hacer. La idea de confiar en Shane saltó de pronto a su mente. Creer en él.

Porque Charlie tenía razón. También desde donde ella estaba sentada, lo de enamorarse sonaba pero que muy bien.

Capítulo 16

–¿Eso es un cerdo?

Shane no se molestó en volverse. ¿Qué sentido tenía? Solo había una respuesta a la pregunta.

–Sí.

–¿Un cerdo de verdad?

–Se llama Wilbur.

Oyó risitas a su espalda. Se estremeció como un gato escaldado.

–Por el libro –dijo una de las niñas.

–*La telaraña de Charlotte* –apuntó otra–. Shane, ¿lo has leído?

Terminó de ajustar la silla y, reacio, se volvió para enfrentarse a la clase de amazonas principiantes.

–Sí, ya sé que es un libro. Sí, conozco el título. Y sí, lo he leído.

El gran plan de Shane de dejar a Wilbur una semana de prueba con Priscilla y Reno había terminado en el instante en que su madre vio al cerdo. Una vez que conoció a Wilbur, todo había quedado decidido.

–Empecemos –les dijo a las niñas.

Esperaron en fila mientras las fue montando de una en una en sus cabalgaduras, y señaló luego la puerta abierta a la izquierda.

–Por allí.

Obedecieron, entrando tranquilamente al paso en el corral. Antes de que él pudiera seguirlas, su madre salió a toda prisa de la casa.

—¿Se lo has dicho? —le preguntó ansiosa.

—Aún no —respondió por encima de un coro de fondo:

—¿Decirnos qué?

—Lo siento —dijo May, sin aspecto de sentirlo en absoluto—. Me quedaré callada mientras se lo dices.

Cuatro pares de ojos lo miraron fijamente. De pie en el centro del corral, de repente Shane se sintió estúpido. ¿Y si las niñas no querían formar parte de aquello? ¿Y si no podía enseñarlas a ellas o a los caballos?

Se aclaró la garganta.

—Pensé que sería divertido que participarais en el desfile con Annabelle.

—¿De veras?

—¿Podemos?

—¡Sería estupendo!

—¡Guay!

—¿Eso es un sí? —inquirió Shane, reprimiendo una sonrisa.

Todas asintieron a la vez. ¡Sí!

—Bien. He estado trabajando en lo que podríais hacer con vuestros caballos. Unos pocos pasos sencillos.

—Y habrá disfraces —añadió May.

Shane se volvió hacia su madre:

—¿Perdón?

Hubo más gritos de alegría. Shane experimentó el comienzo de una jaqueca.

—Yo no dije nada de disfraces.

—Eso es porque eres un hombre. Es un desfile. Necesitan disfraces. He visto el que llevará Annabelle y he hecho unos cuantos bocetos. Ahora solo tenemos que encontrar a alguien que los cosa.

—Mi madre cose —dijo una de las niñas.

—Y la mía también.

—Ya veo —May estaba resplandeciente de alegría—. Problema resuelto. Hablaré con las niñas después de la clase. Annabelle se pondrá muy contenta.

Palabras deliberadamente diseñadas para desactivar cualquier queja por su parte. Porque hacer feliz a Annabelle se había convertido en una prioridad para él.

–Ahora estás jugando sucio –le dijo a su madre.

Ella se echó a reír.

–Hago lo que tengo que hacer para ganar. Deberías respetar eso.

–Me asustas.

Todavía sonriendo, May se despidió de las niñas.

–Haced caso a Shane –gritó mientras volvía a entrar en casa–. No os olvidéis de que es un vaquero de verdad.

–Gracias por el apoyo –masculló–. Está bien, empecemos a ensayar el desfile.

Mandy levantó la mano para preguntar:

–¿Podemos llevar brillo de labios?

La jaqueca de Shane empezaba a acentuarse.

–¿Perdón?

–Si nos dices que tenemos que llevar brillo de labios, lo llevaremos –dijo mientras rebotaba en la silla–. Porque mi mamá dice que soy demasiado pequeña.

–La mía también.

–Pero nosotras queremos.

–No voy a deciros que tenéis que llevar brillo de labios.

Cuatro niñas de diez años se pusieron inmediatamente a hacer un puchero.

–¿Por qué no? –quiso saber Mandy.

–Porque... –inspiró hondo–. Porque no quiero que vuestras mamás se enfaden conmigo, ¿de acuerdo? Y si vuestras mamás se enfadan conmigo, podrían prohibiros volver a montar. Y supongo que no querréis eso.

Se miraron y finalmente sacudieron la cabeza. De repente, Mandy le sonrió.

–Nosotras te gustamos.

Shane reprimió un gruñido.

–¿Podemos empezar ya?

–Vale, pero solo para que lo sepas: mi madre me ha dicho que no podré empezar a salir hasta que cumpla los quince.

–Lo más importante es conservarlo todo limpio y desinfectado –dijo Heidi, entrando en el cobertizo de las cabras–. Y dado que estamos hablando de una cabra, no podrás contar con ella para que colabore.

Annabelle llevaba un cuaderno en la mano, preparada para tomar notas. El ofrecimiento de ordeñarle las cabras a Heidi mientras ella se iba de luna de miel había sido fruto de un impulso. No era exactamente que se sintiera arrepentida, pero sí que estaba algo nerviosa por la responsabilidad que entrañaba.

–¿De verdad tendremos que vender la leche mientras tú estás fuera? –le preguntó.

Heidi se echó a reír.

–Lo haréis perfectamente. No es tan difícil. Confía en mí.

–No es un problema de confianza –repuso Annabelle–. No quiero hacerlo mal.

–Practicaremos hasta que estés cómoda. Además, Shane sabe lo que hay que hacer.

–¿Estás segura? Lo suyo son los caballos y no las cabras.

–Yo te digo que sabe. Y no te dejes engañar si te dice lo contrario.

Heidi le mostró dónde lo guardaba todo. En un par de días, Annabelle se presentaría bien temprano para practicar con la cabra elegida. Charlie haría lo mismo. Al menos ordeñarían por turnos.

–Por el queso no tendrás que preocuparte –le dijo Heidi mientras volvían a la casa principal–. Hay un par de lotes que preparar, pero May se encargará de ello.

–Mejor. Porque con las cabras seguro que habré llegado al límite.

Se detuvieron en el porche. Annabelle se volvió para

contemplar el rancho. En lo alto de la suave loma estaba el recinto de Priscilla. La elefanta, Reno y Wilbur compartían una gran área vallada. Desde que May publicó una nota en el *Daily Republic* de Fool's Gold, los residentes se habían acercado para abastecer a Priscilla de ramas de árbol recién podadas y bien provistas de hojas. Le encantaban las de álamo, sauce, arce y fresno, al igual que diversas variedades de frutales. Un elefante podía llegar a consumir una enorme cantidad de ramas al día.

Khatar se encontraba en su corral habitual. Tenía sombra, sol y mucha agua, además de una buena vista de los alrededores. Annabelle lo había saludado nada más llegar y, por una vez, el caballo se había quedado en su sitio.

Los caballos de picadero estaban en otro corral, y las valiosas yeguas preñadas de Shane en un tercero. Las cabras de Heidi desbrozaban el monte de otras fincas, en régimen de préstamo.

A Annabelle le gustaba todo de aquel rancho. Sentía una especie de extraña conexión con aquella tierra, una sensación de pertenencia. Era la mujer más feliz del mundo cuando estaba allí, aunque probablemente parte de ello se debía a que casi siempre estaba allí con Shane. Podía pasar los días fregándolo de arriba abajo y todavía seguiría pasándoselo bien.

—Ya he recogido mi vestido —le informó Heidi con una expresión de entusiasmo iluminando su rostro—. ¿Quieres verlo?

—Me encantaría.

Subieron a la primera planta, a una de las habitaciones libres. Contiguo al dormitorio había una pequeña alcoba que obviamente había sido utilizada como cuarto del bebé. Un precioso vestido de novia colgaba de un gran perchero de bronce, del revés y con la larga cola derramada sobre la sábana que cubría el suelo.

—Me entró la paranoia con él —le confesó Heidi—. No siquiera me atreví a plancharlo después de recogerlo. Temblaba demasiado. Fue May quien lo planchó al final. Ahora entro aquí cada día a mirarlo. Ya sé que soy una tonta...

−No lo eres. Estás entusiasmada con la boda. ¿Acaso no es así como deberías sentirte? Sinceramente, yo me quedaría preocupada si no miraras tu vestido cada día.

Heidi la abrazó.

−Gracias.

Annabelle le devolvió el abrazo y le tiró cariñosa de una de sus trenzas doradas.

−De nada. Y ahora enséñame ese maravilloso vestido.

Heidi se descalzó antes de acercarse el vestido. Descolgó cuidadosamente la percha y volvió cuidadosamente la prenda de manera que la cola siguiera protegida por la sábana.

El escote con forma de corazón estaba bordado en seda blanca. El corpiño era ajustado, plisado, con un delicado brocado de perlas en la cintura. La falda era ancha, salpicada de pedrería: sencilla. Las mangas ceñidas acentuaban el aire de inocencia, mientras que la propia tela y el plisado añadían un toque elegante. La cola, larga, estaba compuesta mayormente de adornos de cuentas.

−Es perfecto −murmuró Annabelle, impresionada. Era justo el vestido de Heidi. Dulce y precioso, con detalles inesperados−. ¿Cómo vas a llevar el pelo?

−Recogido en lo alto, creo. May tiene una diadema de brillantes que perteneció a su abuela. Es una tontería, pero me encanta.

−¿Y por qué no? Cada novia debería ser una princesa. Rafe se va a quedar de una pieza.

Heidi colgó el vestido del perchero y arregló cuidadosamente la cola para volver a dejarla tal como estaba.

−Eso espero −repuso mientras salía con Annabelle de la habitación−. Quiero que esté muy contento.

Annabelle esperó a llegar al vestíbulo para acariciarle el brazo a su amiga, cariñosa.

−Ese hombre está loco por ti. Cuando estás cerca de él, no puede dejar de mirarte. Cuando habla de ti, sonríe como un adolescente en su primera cita. ¿En serio que tienes alguna duda?

–No –Heidi suspiró profundamente–. Pero a veces no puedo creer en la suerte que tengo. Hace seis meses te habría dicho que no creía en el amor, y si alguien me hubiera convencido de que existía, jamás habría pensado que podría ser para mí. Pero entonces apareció él.

–¿El hombre irresistible?

–Algo así –Heidi se echó a reír–. Nunca imaginé que podría llegar a ser tan feliz. Comprar primero el rancho, luego casi perderlo y encontrarme luego con que Rafe se había enamorado de mí...

Annabelle disfrutaba con la felicidad de su amiga, aun cuando sentía un pequeño nudo de preocupación en el estómago. Quería lo que tenía Heidi. Quería experimentar aquellas sensaciones, quería saberse amada sin la menor duda. Eso era algo que nunca había tenido con Lewis. En lo más profundo de su ser siempre había pensado que jamás encontraría a su pareja.

Durante un tiempo había supuesto que era simplemente una de aquellas mujeres que no estaba destinada a encontrar el amor. Que tendría que realizarse de otras maneras. Pero en ese momento, con Shane, se había sorprendido a sí misma anhelando aquel final feliz. Anhelando que él fuera el hombre de su vida.

El problema era que no estaba segura de que eso fuera posible.

–Es solo un grifo –dijo Shane–. Para la cocina. Solo necesitaré uno, ¿verdad?

–Sí –repuso Annabelle con tono paciente–. Con uno tendrás suficiente. ¿Cuál te gusta entonces?

Miró a su alrededor con evidente desconcierto. Normalmente, Annabelle se habría aprovechado de la situación para burlarse de él, pero en aquel momento no podía menos que entender su confusión.

Siguiendo el consejo de la contratista, estaban en una tienda de Sacramento especializada en grifería de baño y cocina. Pensaban tomar en un solo día todas las decisiones relativas a la instalación del agua. Excepto que había un problema. La tienda era enorme y había cientos de posibilidades para cada opción.

Grifos niquelados, de acero, bronce, cobre, blancos, negros... Había grifos altos y grifos regordetes. Grifos en curva, grifos pulverizadores, grifos filtradores. Casi esperaba ver uno que hablara y todo.

Para los baños había todavía más opciones, con grifería de lavabo, bañera y ducha. Y filas y filas de toalleros...

Los estaba ayudando un empleado muy elegante de treinta y pocos años llamado Marcus, que fue el que recibió el mensaje de la contratista con el listado de lo que Shane debería comprar.

—Empezaremos por lo más sencillo para ir poco a poco a lo difícil —dijo Marcus, fijando la lista a un tablero y entregándoselo a Annabelle. Sacó luego una pantalla táctil y comenzó a introducir la información.

—¿Qué es lo más sencillo? —inquirió Shane, desconfiado.

—La cocina. No lleva más que el grifo y el fregadero.

Annabelle sabía que eso no era del todo cierto. Había apliques y luces, para no hablar de los mostradores, las encimeras, los suelos... Pero nada de todo aquello era problema de Marcus.

—Los fregaderos de rancho son muy populares —le dijo Marcus mientras los guiaba hacia la zona de las cocinas. Varios expositores mostraban grifos y pilas en escenarios simulados—. Son grandes, adecuados para un espacio amplio y cómodo para trabajar. Y lo suficientemente profundos para ollas grandes. Hay gente que los prefiere divididos en dos.

Shane se lo quedó mirando sorprendido.

—Es solo un fregadero.

Marcus soltó un leve suspiro y se subió sus gafas con montura al aire con un dedo.

—Sí, eso ya lo ha dicho antes.

—Esto es importante —le recordó Annabelle.

—¿Por qué? —Shane parecía sinceramente sorprendido.

—¿Piensas lavar a algún animal pequeño en el fregadero?

—No.

—Entonces queremos el tradicional fregadero doble. Con un lado más profundo que el otro.

Marcus asintió y los llevó a otra zona.

Debatieron sobre si el fregadero sería de acero inoxidable o de otros materiales. Marcus les preguntó si querían un grifo sobre las placas de la cocina. Mientras Sane se reía, Annabelle contestó que no, que no lo habían encargado.

Rápidamente, Annabelle estrechó las opciones de los grifos a tres y él eligió el que más le gustaba.

—¿Por qué ese? —le preguntó ella mientras Marcus los llevaba a la zona de grifería de baño.

—Era el más grande de los tres.

—Ya me lo figuraba —repuso, tomándola del brazo—. Eres tan *hombre*...

—Es una de mis mejores cualidades.

Llegaron a las duchas. Antes de que Marcus pudiera explicarles las opciones, le sonó el móvil.

—Es uno de mis proveedores. ¿Me disculpan, por favor, mientras atiendo la llamada?

—Adelante —dijo Shane.

—Gracias. Hay café al fondo, si gustan —y se retiró rápidamente.

Shane se quedó contemplando el surtido de duchas.

—No lo digas —pronunció Annabelle, mirando la lista del inventario. En ese momento no podía recordar si la casa tenía dos o tres cuartos de baño.

—¿Que no diga qué?

—No digas: «es solo una ducha». Ibas a hacerlo.

—No iba a hacerlo —repuso, aunque sonaba demasiado a la defensiva.

Ella lo miró y sonrió.

—Ibas a hacerlo.
—Quizá por dentro.
Annabelle encontró por fin lo que estaba buscando.
—Hay tres baños, incluyendo el principal, una media bañera y una pila en el vestuario de trabajo.
—Necesito un café.
Lo siguió a la zona de cafetería, con un sofá, una mesilla con sillas y varios platos de galletas. Shane le sirvió una taza antes de servirse la suya.
—Esto es demasiado —se quejó—. Debimos haber elegido una tienda con menos cosas.
—La mayoría de la gente prefiere tener más cosas para elegir. Cuantas más, mejor.
—La mayoría de la gente es imbécil.
—Preferirías estar en el rancho haciendo otras cosas. Cosas de caballos —aclaró ella.
Shane enarcó las cejas.
—Estabas pensando en *otras* cosas.
Annabelle reprimió una sonrisa.
—No es verdad.
—Te la estás jugando.
—¿Va a castigarme?
De inmediato la expresión de Shane se agudizó, fija la mirada en su boca.
—¿Has sido mala?
—Muy mala.
—Me gusta tu sinceridad.
Continuó mirándola. Annabelle sintió que la temperatura de la habitación subía de golpe varios grados mientras su piel experimentaba el clásico hormigueo que presagiaba el beso. Era muy poco lo que necesitaba Shane para conseguir distraerla.
Aclarándose la garganta, buscó un tema más seguro de conversación.
—Er... ¿qué tal se está adaptando Wilbur?
—¿De verdad que quieres que hablemos del cerdo?
—Me parece más seguro.

Shane miró a su alrededor antes de volver a concentrar su atención en ella.

–Ya. Supongo que no les gustaría que nos metiéramos en alguna de las bañeras para probarla.

–Podría resultar un tanto violento. No creo que Marcus lo aprobara.

–Wilbur está bien. Creo que Reno lo aprecia más que Priscilla, aunque tampoco es que los tres compartan muchas confidencias conmigo. Pero ya está instalado y ahora el extraño dúo se ha convertido en el aún más extraño trío.

–Me alegro de que Priscilla no esté sola. Debe de haberlo pasado muy mal. Los elefantes son animales muy sociales.

–Sospecho que alguien se ha estado documentando en internet.

–Un poco –admitió ella.

–¿Cosas de caballos también?

–También, algo –se echó a reír–. Khatar es mi único y verdadero amor. Necesito entenderlo.

–Es un tipo muy sencillo.

–Como tú –volvió a tomarlo del brazo, disfrutando de la sensación de su cuerpo contra el suyo–. Vamos, sé valiente: miremos las duchas. Será divertido, porque algunas tienen complementos.

–¿Qué quieres decir?

–Puedes comprarte una ducha de vapor, si quieres. O una que programe la temperatura. Marcas la que quieres que alcance el agua y ella te avisa.

–Me gusta la tecnología.

–Ya lo imaginaba. También hay duchas con columnas laterales, para que la ducha sea más completa.

Él se la quedó mirando.

–Yo no necesito eso. Tengo una mujer que viene cada mañana a lavarme.

–¿De veras? No la conozco. ¿Cómo es?

–Preciosa. Desnuda. Es así como comienzo el día.

–Interesante –se apartó ella–. Creo que me gustabas más cuando te aterraba el surtido de fregaderos.

Shane le rodeó los hombros con un brazo para acercarla nuevamente hacia sí.

–No te pongas celosa. Es una profesional. Un contrato que tengo con ella.

–¿La extraña mujer que te baña cada mañana?

–Ajá. Pero tú podrías aspirar al puesto. No soy un examinador muy exigente.

Volvieron a la zona de las duchas. Ella le señaló un muestrario de modelos electrónicos.

–Mira a ver si tienen algo solo para el agua fría. Porque eso es lo único que vas a sacar de mí.

–Estoy desolado –le hizo volverse, con una mano sobre su cintura–. Si te molesta mucho, puedo deshacerme de ella.

–Creo que me gustaría conocer a esa misteriosa profesional.

–Tendrás que venir muy temprano.

–Supongo que si voy a ordeñar las cabras de Heidi, será mejor que vaya acostumbrándome a madrugar.

–Probablemente deberías quedarte a pasar la noche, para que no resulte tan duro.

Annabelle se descubrió repentinamente cautivada por sus ojos oscuros. Ese era el Shane que más le gustaba, reflexionó, deseosa de inclinarse para sentir su boca sobre la suya. El tipo divertido y bromista capaz de acelerarle el corazón.

Cerca de ellos, alguien se aclaró la garganta. Annabelle se dio cuenta de que Marcus había vuelto. Se apresuró a retroceder un paso y bebió un sorbo de café.

Shane se mostró impertérrito.

–Estábamos hablando de las temperaturas digitales de la ducha.

–Ah, entiendo. Deberían mirar esta. Cambia de color conforme lo hace la temperatura.

Shane la tomó de la mano y siguieron a Marcus.

—Cambia de color. Eso me gusta. Quizá podamos encontrar una que pueda cambiar también el agua de colores diferentes.

—Lo has hecho muy bien —lo felicitó Annabelle cuatro horas después mientras conducían de regreso a Fools' Gold—. Tenemos todo lo que necesitabas de la tienda. Lo facturarán a la obra y tu contratista se pondrá muy contenta.
—Bien. Porque se pone muy seria cuando no lo está.
Annabelle no quería pensar en el dinero que Shane se había gastado en una sola tarde. Se había comprado un montón de aditamentos, y además de primera clase. Supuso que iba a tener que asimilar el hecho de que no era simplemente un tipo que trabajaba con caballos. Era un próspero criador y propietario de purasangres. Sospechaba que pagaba más en impuestos que lo que ganaba ella.
—Con todas las cosas que has comprado, las obras podrán continuar —comentó ella.
—Sí. Le daré un descanso de días, y después volveré a agobiarme con los focos y las lámparas.
—El electricista querrá saber dónde irá cada cosa.
Shane abandonó la autopista para tomar la carretera que llevaba al rancho.
—¿Quieres encargarte tú por mí?
—No, pero te acompañaré.
—Gracias.
Sus miradas se encontraron por un segundo y Annabelle experimentó el familiar aleteo en el pecho.
Poco después Shane tomaba otro desvío y se cruzaron con el camión plataforma de una empresa de transportes, que se dirigía en sentido contrario.
—¿Qué habrá comprado mi madre ahora?
—Al menos no es un animal —dijo Annabelle—. Siempre vienen en remolques cerrados.
—A no ser que viniera en una jaula. Como un león.

—Tu madre nunca se compraría un león.
—¿Estás segura?
Annabelle pensó en el ecléctico bestiario de May.
—Esto... no. En realidad, no.
Entraron en el rancho para descubrir una camioneta color rojo brillante aparcada delante de la casa. Era grande, de ruedas enormes y bañera larga.
Shane aminoró la velocidad sin dejar de mirarla.
—¿No le bastaba con el Cadillac? —murmuró.
—¿El Cadillac? —inquirió Annabelle, sorprendida—. ¿Crees que se la ha comprado Clay?
—Nadie más querría un vehículo tan llamativo. Lleva el nombre de mi hermano pequeño escrito en ella.
—¿Para cuando se esperaba su llegada?
Shane detuvo el vehículo y apagó el motor.
—Para hace un rato.
Annabelle volvió a mirar la camioneta y descubrió a un hombre en el porche. Evidentemente se trataba de uno de los hermanos Stryker, con su mismo pelo y ojos oscuros. Los mismos hombros anchos, las mismas largas piernas. Pero al mismo tiempo era muy diferente.
No era solamente guapo. Era como un guapo de una categoría superior, con sus rasgos todavía más perfectos que los de cualquier otro. Y su atractivo no acababa allí. El hombre tenía un cuerpo impresionante, hábilmente exhibido comercialmente mediante la camiseta y los vaqueros ajustados.
—Ya puedes cerrar la boca —rezongó Shane.
Annabelle apartó por fin la mirada de Clay.
—No la tenía abierta.
—Pues me lo parecía. No te preocupes. Estamos acostumbrados. Clay siempre ha sido el guapo de la familia. Intenta no babear. Solo harías más incómoda la situación.
Estaba bromeando. O quizá no. Miró a Shane y pensó en lo mucho que le gustaba todo de su persona. Luego se desabrochó el cinturón y se volvió hacia él.
—Te veo muy preocupado por mi reacción hacia tu her-

mano. Creo que la persona de la que tienes que preocuparte es la misteriosa dama que te baña todas las mañanas.

Mientras hablaba, lo tomó de la nuca y lo atrajo hacia sí. Cuando lo tuvo lo suficientemente cerca, se inclinó y lo besó. Pensó en las veces que Shane le hacía reír, y en las muchas ganas que tenía siempre de pasar tiempo con él. Luego pensó en todas las maneras en que la había sorprendido en la cama y dejó que el beso hablara por sí solo.

Cuando finalmente se apartó, vio que estaba sonriendo.
–Bien.

Annabelle enarcó las cejas con gesto inquisitivo.
–He entendido el mensaje –añadió Shane.
–Me alegro. Tenlo bien presente.

Mientras bajaba de la camioneta, Annabelle se preguntó si la reacción de Shane al verla mirando a Clay no habría tenido algo que ver con su experiencia con su exmujer, Rachel. Su ex, ¿habría estado interesada tal vez por su hermano pequeño? Porque si así había sido, eso era una prueba más de lo mucho que le costaría demostrarle que era una mujer en la que podía confiar. Que ella nunca lo traicionaría, ni lo engañaría, ni le haría daño.

Eso era muy fácil de decir, pensó. Mucho más difícil era demostrarlo.

Capítulo 17

–Estoy tan contenta... –dijo May mientras revisaba el asado que había metido en el horno y cerraba la puerta–. Todos mis chicos están en casa conmigo.

Shane se estaba ocupando de recoger platos y cubiertos para poner la mesa.

–¿Estabas igual de contenta cuando volví yo? –le preguntó, bromista.

–Por supuesto –le aseguró su madre.

–Solo que Clay es... digamos que un poquito más especial –gritó Rafe desde el aparador del comedor. Descorchó la botella de vino que May había insistido en sacar para cenar.

–Viene muy pocas veces –explicó May–. Eso lo convierte en especial.

–Reconócelo –le espetó Rafe a Shane, volviendo a la cocina a por copas–. Es su favorito.

May se puso en jarras.

–Yo quiero a todos mis chicos por igual. Y los dos lo sabéis perfectamente.

Rafe se detuvo a besarla en una mejilla.

–Claro que sí, mamá. Pero a veces es divertido hacerte de rabiar.

Solo estaban los cuatro a cenar esa noche. Heidi y su abuelo habían bajado a la ciudad para dejar que los Stryker disfrutaran de aquella reunión en privado.

Clay entró en ese momento en la cocina y se plantó ante su madre.

—Estás todavía más guapa que la última vez que te vi —le dijo mientras la abrazaba. Cuando la soltó, se volvió hacia Rafe—. Hey, arriba hay un vestido blanco... ¿Sabes tú algo de eso?

Rafe entrecerró los ojos.

—No lo habrás tocado, ¿verdad?

—No —Clay alzó ambas manos—. Solo lo he mirado —le hizo un guiño—. Con que boda, ¿eh? ¿Qué habrá visto en ti?

—Más de lo que podría ver nunca en ti.

Clay le dio una palmada en la espalda antes de volverse hacia Shane.

—¿Has visto mi camioneta?

—¡Como para no verla!

—Si me lo pides de buenas maneras, te dejaré conducirla.

Shane se sonrió.

—No, gracias. Por cierto, me llevé tu Cadillac a San Diego. He estado domesticando ese potro para ti.

Clay desorbitó los ojos.

—¡No!

—Y corre como ninguno.

Clay se abalanzó sobre él, pero Shane lo esquivó y le hizo una llave. May les gritó que lo dejaran. Luego agarró una bayeta y amenazó con azotarlos.

—¡No antes de cenar! ¡Estaos quietos los dos! Esta es la primera ocasión en tres años que se reúne toda la familia y no vais a estropeármela.

Shane soltó a Clay y se irguió. Miró a Rafe, que miraba a su vez fijamente a May. Clay parecía igual de incómodo mientras se estiraba la camisa.

—Toda la familia no, mamá —le recordó Clay.

La expresión de contento de May se tornó desconfiada.

—No —se apresuró a reconocer—. Me refería a los cuatro. Evidentemente, Evangeline no está aquí. Lo cual es una lástima.

Shane experimentó la habitual punzada de furia.

—Voy a echar un vistazo a los caballos —dijo, dirigiéndose hacia la puerta—. Volveré a tiempo para la cena.

—Acabo de meter las patatas —le advirtió su madre—. Veinte minutos. Ni uno más.

Shane salió e inspiró hondo. Intentó decirse que enfadándose no ayudaría a nadie. No serviría de nada.

A su espalda, se abrió la puerta trasera. Se volvió. Era Rafe. Los dos hermanos se miraron fijamente.

—No es culpa tuya —le dijo Rafe con tono suave—. Solo eras un niño

Shane se encogió de hombros.

—Si no lo hubiera traído a casa... —empezó.

Rafe esbozó una mueca.

—No me obligues a darte una paliza.

—¿De veras crees que podrías?

—Podría hacerte algo de daño —Rafe se acercó a él para apoyarse en la barandilla del porche, a su lado—. Tenías ocho años, Shane. Ocho años. Habías perdido a papá y oías a tu madre llorando sola por las noches. Tú solo intentabas ayudar.

—Lo único que conseguí fue empeorar las cosas. Me alegro de que tuviéramos a Evie, pero aquel tipo...

Unos veinte años atrás, después de la muerte de su padre, Shane había conocido a un vaquero en la ciudad. Con ocho años que tenía, no había sido capaz de entender todo lo que lo rodeaba. Lo único que sabía era que su madre echaba de menos a su padre y que Randy, el vaquero que había conocido, parecía un buen tipo y había aceptado su invitación a cenar.

Al parecer, Randy se había quedado más que a los postres. Nueve meses después había nacido Evangeline.

—Debió de haber entregado a Evie en adopción.

Rafe lo fulminó con la mirada.

—¿Cómo puedes decir eso? Ella es nuestra hermana.

—Sé quien es y sé también por lo que ha pasado. La más pequeña de todos con diferencia, de manera que el resto estábamos siempre demasiado ocupados para hacerle caso.

Mamá nunca tuvo una buena conexión con ella, o como quieras llamarlo. Evie se pasó la vida entera sabiendo que no era bienvenida, que no había sido una hija deseada. ¿Crees que eso fue fácil para ella? Mejor le habría ido con una familia que la hubiese querido.

—Ella es nuestra hermana —insistió Rafe—. La queremos.

—Claro. De lejos siempre es fácil querer a alguien. Yo hablo con ella quizá una vez al mes. Clay lo mismo. Tú no has hablado con ella en... ¿cuánto tiempo? ¿Ocho, nueve años? Y mamá se esfuerza todo lo posible por hacer que no existe.

—Yo la vi hace un par de meses —dijo Rafe.

Shane se volvió para mirarlo asombrado.

—¿Qué?

—Fui a Los Ángeles y la busqué. Tomamos café —esbozó una media sonrisa—. No se mostró precisamente muy contenta de verme, pero hemos estado en contacto desde entonces.

—Tú eres terco y cabezón, y ella no hizo lo que tú querías. ¿Me estás diciendo que la has perdonado?

Rafe se lo quedó mirando.

—Yo soy el único que necesitaba que lo perdonaran. Ella no era más que una niña que erró el camino. Debí haber estado a su lado y no lo hice. Me arrepiento por ello.

—Ninguno de nosotros estuvo realmente a su lado —repuso Shane.

Su hermana siempre había sido como el secreto culpable de la familia. May siempre se había comportado como si Evie no existiera y sus hermanos no lo habían hecho mucho mejor.

—Quizá tengas razón —admitió Rafe—. Quizá la adopción habría sido una opción más razonable. De esa manera tal vez habría podido sentirse más arraigada. Le pedí que asistiera a la boda. Se negó.

Shane estaba impresionado de que Rafe se hubiera molestado en invitarla.

—No puedes culparla por no querer venir. Estoy seguro de que no recordará gran cosa de Fool's Gold, así que la ciudad no representa precisamente un atractivo para ella. En cuanto al acto familiar, imagino que debe de ser como la idea que pueda tener del infierno.

—Lo sé, pero habría sido bonito que viniera.

La puerta trasera volvió a abrirse y salió Clay.

—Mamá quería que os echara un ojo —bajó la voz—. ¿Estáis hablando de Evie?

—Sí —contestó Rafe—. Le estaba contando a Shane que la he invitado a la boda, pero que ella se negó.

—¿Tú habrías querido venir si hubieras sido ella? —le preguntó Clay—. Diablos, si ni siquiera yo estaba seguro de que me recibieran bien aquí...

Shane sabía que el comentario no había sido dirigido contra él. Esperó mientras su hermano mayor y su hermano pequeño se miraban fijamente.

—Me alegro de que hayas vuelto —le confesó Rafe con tono suave.

Clay esperó sin decir nada.

—Hablo en serio —insistió Rafe—. Es bueno tenerte en casa.

—De acuerdo —Clay pareció relajarse—. Gracias.

—De nada.

Clay se volvió entonces hacia Shane:

—No puedo creer que te llevaras mi coche a San Diego.

—Dijiste que te lo cuidara y eso fue lo que hice —sonrió—. No me dijiste nada sobre no conducirlo.

—No creí que tuviera necesidad de hacerlo.

—Entonces el problema es tuyo, no mío.

Clay se disponía a decir algo más cuando descubrió algo detrás del establo.

—¿Eso es un elefante?

Rafe se echó a reír y le dio una palmada en la espalda.

—Bienvenido a casa, chico. Te queda todavía mucho para ponerte al día.

Charlie levantó su café con leche y le dio un sorbo.

—Tú fuiste quien convocó esta reunión —dijo mientras volvía a dejarlo sobre la mesa.

Dakota asintió.

—Así es... y tengo una buena razón.

—Me lo figuraba.

La vacilación de su amiga era un indicio de que Charlie no iba a disfrutar precisamente de la conversación. Aun así, apreciaba y respetaba a Dakota. Así que la escucharía. Solo después se enfadaría.

—Estuviste hablando con Pia sobre la reproducción asistida —empezó.

—Sí. Hizo que sonara como algo fantástico y horrible a la vez.

Dakota arrugó la nariz.

—¿No hay inyecciones de hormonas de por medio? Eso lo odio. Tengo pánico a las agujas.

—A mí tampoco me gusta, pero podré soportarlo si es por una buena causa.

Dakota aspiró profundo.

—No quiero que me malinterpretes. Te estoy diciendo todo esto con cariño.

—Estás evitando decírmelo con cariño.

—Tienes razón. Es solo que... —estiró una mano sobre la mesa y le tocó el brazo—. Creo que te estás equivocando. Tú quieres tener una familia y yo respeto ese deseo. Y te respeto a ti. La decisión de ser madre soltera no es fácil. Son muchas las mujeres que se convierten en madres solteras a la fuerza. Ellas no pueden elegir, mientras que tú sí.

«Lo cual es una suerte», pensó Charlie.

—¿Pero?

—Pero, en mi opinión, estás eligiendo esa opción por las razones equivocadas —le sostuvo la mirada—. Lo que te sucedió fue horrible. Y el hecho de que no pudieras conseguir que se hiciera justicia empeora las cosas. Nadie debería pasar por eso. No hay excusa para lo que ese hombre te hizo. Has sufrido durante mucho tiempo. Ahora estás saliendo de ese dolor y pensando en tener una familia. Lo cual está muy bien, pero con lo que no estás lidiando es con el resto de las consecuencias.

Charlie no deseaba escuchar aquello. Quería levantarse, tirar su taza de cartón a la papelera y marcharse indignada. Lo cual habría quedado muy bien en el cine, pero aquello era la vida: su vida. Dakota era una amiga, y también una experta psicóloga. Charlie sabía que probablemente debería hacerle caso. Incluso aunque cada palabra de las que pronunciara le hiciera sentirse incómoda, como si se sintiera atrapada en una caja pequeña y oscura.

–Adelante –le dijo con tono suave.

–Si no quieres estar con un hombre porque lo has probado varias veces y no te gusta, entonces perfecto. Pero si estás evitando a los hombres es porque tienes miedo. Miedo de confiar en ellos, miedo de la intimidad tanto física como emocional. Mantienes a distancia a los hombres porque los temes, y para ello los intimidas. Eres una de las mujeres más fuertes que conozco, Charlie, y también una de las más débiles. Estás llena de miedo.

Charlie cerró los puños. Se ordenó seguir respirando. Soportaría aquella conversación y luego se liaría a golpes contra algo.

–Necesitas resolver esto antes de traer un niño al mundo –le dijo Dakota–. Eso no quiere decir que tengas que tener un hombre al lado. Creo que podrías ser una gran madre soltera. Pero tienes que curarte la herida. De lo contrario, no serás capaz de enseñarle a un bebé todas las lecciones que necesitas enseñarle. Tener un hijo es muy duro. Todos y todas tenemos defectos. Pero tú quieres empezar desde la mejor situación posible y, ahora mismo, no estás en ella –Dakota no dejaba de mirarla a los ojos–. Yo quiero lo mejor para ti. Quiero que lo consigas.

–No me gusta –le dijo Charlie, luchando contra una leve sensación de náusea y contra una enorme vergüenza–. No me gusta nada.

Dakota esperó.

Charlie se pasó una mano por la cara y asintió con la cabeza.

—De acuerdo. Quizá tengas razón. Quizá esto sea un problema. Me refiero a lo de los hombres.

Los labios de Dakota dibujaron una sonrisa.

—¿Solo quizá?

—Está bien, está bien, chica lista... —sonrió Charlie a su pesar—. Ya lo sé —poniéndose repentinamente seria, se inclinó hacia delante—. Pero es que yo no sé cómo superarlo. No soy nada aficionada a las terapias. Soy demasiado impaciente. Y no me gusta hablar de mis sentimientos.

—Hay diferentes clases de terapia. No todas te exigen hablar de tu infancia. Yo podría ayudarte a encontrar un especialista en traumas que solamente se centraría en el hecho de la violación. Cuando eso sucedió, no te creyó nadie. De manera que no solamente tienes que procesar el daño infligido por el acto físico, sino también la traición de todos aquellos en quienes confiabas.

Pero Charlie no estaba de humor para procesar nada.

—¿Y si tengo simplemente sexo con un tipo y cerramos el asunto?

—¿Conseguiría eso que te sintieras curada?

—Dado que no he querido hacerlo desde entonces, sí. No me haría daño —con sinceridad, no podía imaginarse confiando en alguien lo suficiente para hacer algo así. Ni siquiera podía imaginarse a sí misma deseándolo hacer.

—El sexo podría ser un buen punto de partida. ¿Algún candidato?

—No. Ya sabes que los hombres no son lo mío.

—No tiene por qué ser un hombre.

Charlie se la quedó mirando fijamente.

—Ah, no. No quería decir eso. Puestos a elegir, elijo a un hombre.

Dakota parecía divertida.

—Solo lo decía por probar. Porque la cosa funciona con unos o con otras.

—Eres una mujer increíblemente rara. Lo sabías, ¿verdad?

—Acepto mis peculiaridades

—Y yo debería aceptar las mías —repuso Charlie—. Admito que no me gusta nada lo que estás diciendo, pero, en lo más profundo, siento que tienes razón. Así que te escucharé.

—Avísame si quieres que te ayude a encontrar un terapeuta. Conozco algunos especialistas en traumas. Tendrás que ir a Sacramento para las sesiones, pero no deberían ser muchas.

—No estoy segura de lo que será peor. Si las terapias o el sexo.

—Lo cual forma precisamente parte del problema —sonrió Dakota—. Para la mayoría de las mujeres, el sexo con un gran tipo constituiría de lejos la preferencia principal.

—Supongo que sí —miró a su amiga—. Gracias por haber sido lo suficientemente valiente como para contarme todo esto.

—Estoy aquí para ayudarte. También puedo ayudarte a encontrar un tipo, si quieres

—Ah, no, gracias. Es una buena oferta, pero creo que lo de humillarme a mí misma lo haré en privado.

Dakota ladeó la cabeza.

—¿Por qué habrías de humillarte?

—Otra vez estás haciendo de terapeuta conmigo... Cambio de tema. ¿Qué tal los críos?

—Intentas distraerme.

—Sí, y tú vas a dejarte distraer, porque me aprecias.

Dakota se echó a reír.

—Serás la mejor madre del mundo. En serio. Supera tu problema, Charlie, porque tienes un bebé o varios esperando a que lo hagas para nacer.

Charlie esperaba que tuviera razón. El camino hacia la curación no iba a ser muy divertido, sin embargo. ¿Terapia u hombre? Sinceramente, no sabía cuál de los dos remedios sería el menos doloroso. Con un hombre, no tendría que mover el trasero a otra ciudad. Con terapia, no tendría que tener sexo. Por supuesto que era posible que su terapeuta le ordenara que empezara a salir con alguien, lo que significaría la peor de ambas opciones.

Pero se prometió que lo resolvería. Porque estaba más que dispuesta a formar una familia.

Annabelle se apoyó contra Khatar.

—Para que nuestra relación evolucione a un nivel superior, tendrás que volverte adepto a los *reality shows*. No hay otra manera.

El caballo frotó un lado de la cabeza contra su brazo, como si asintiera.

—¿De veras? ¿No te importaría entonces hacer una maratón de *Project Runway*? ¿O una noche entera de *America's next top model?*

—¿Tiene que responderte?

Annabelle alzó la mirada y vio a Clay de pie junto a la valla. Seguía siendo el hombre más increíblemente guapo que había visto en su vida, pero ya se estaba acostumbrando a su presencia. No era que tuviera interés alguno por él. Para ella, el mundo había quedado reducido a un único hombre en quien no podía dejar de pensar.

—A veces —dijo con una sonrisa— hablo fluidamente el lenguaje de los caballos.

—Un gran talento el tuyo —miró el caballo—. He oído que antes era un malvado.

—Yo también lo había oído, pero era una tontería. Khatar es una verdadera ricura.

—Intentó matar a un tipo.

Annabelle rascó a Khatar detrás de las orejas.

—Me niego a creer algo así.

—Quizá Shane se inventó el rumor para hacer bajar su precio.

Annabelle se echó a reír.

—Dudo que hiciera algo así.

Clay se la quedó mirando.

—Así que tú eres una de ellos, ¿eh?

—¿Una de quiénes?

—De los que piensan que mi hermano tiene principios.

—¿Estás diciendo que no los tiene?

—No. Te estoy tomando el pelo. Shane es un buen tipo.

Lo cual podía servir para abrir la clase de conversación que había querido tener con alguien. Quizá Clay pudiera ayudarla.

Se acercó a él. Khatar la siguió.

—¿Puedo preguntarte algo?

Clay apoyó un pie en el travesaño de la cerca mientras la observaba.

—¿Me va a gustar la pregunta?

—No lo sé.

—Adelante —se encogió de hombros.

—¿Me parezco yo a la infame Rachel?

Los labios perfectos de Clay esbozaron una mueca.

—Si fuera así, te echaría a patadas de la vida de mi hermano... —maldijo entre dientes—. ¿Se ha dejado caer ella por aquí?

—No que yo sepa. Siento haberla traído a colación. Es solo que tengo la impresión de que esa mujer es una constante presencia en la vida de Shane. Me ha estado juzgando a mí por ella —se apoyó de nuevo en Khatar—. La primera vez que Shane me vio, yo estaba bailando sobre la barra de un bar. No estaba bebida —pasó a explicarle lo de la danza de la virgen feliz—. Supongo, que por culpa de su ex, eso le hizo recelar de mí. Quiero saber lo que ella y yo tenemos en común.

—Por lo que yo he oído, casi nada. Rachel... —apoyó los brazos en el travesaño más alto de la cerca—. Rachel vivía a tope. Siempre estaba saliendo por ahí. Era guapa, y sabía cómo atraer a los hombres. A todos los hombres —la miró—. Rachel no se quedaba contenta hasta lograr que todos los tipos que estaban con ella en una misma habitación la desearan.

Annabelle tragó saliva, vacilante. En ese momento ni siquiera estaba segura de querer escucharlo todo.

–He oído que engañó a Shane.

–Hizo algo más que eso. Si un tipo no le prestaba suficiente atención, lo provocaba. Necesitaba ser el centro de atención en todas las situaciones. Afirmaba amar a Shane, pero no creo que tuviera la menor idea de lo que es el amor.

Annabelle se mordió el labio.

–¿Intentó algo contigo?

La expresión de Clay se endureció.

–Más de una vez –respondió–. Y con Rafe también. No sabíamos qué hacer. ¿Decírselo? ¿Ignorarlo? No sabíamos si él quería saberlo o no. Él se esforzaba por hacer que el matrimonio funcionara, pero finalmente lo dio por perdido. Así que la dejó. Y ella fue tras él. Volvieron a estar juntos. Fue un ciclo que se prolongó durante unos meses, hasta que él se cansó por fin.

Annabelle pensó en su primer matrimonio, en todo lo que había salido mal. Lewis tenía mucha culpa en su fracaso, pero lo cierto era que ella había buscado y esperado demasiado de él. Ambos habían fallado. Tenía la sensación de que Shane había quedado atrapado en una situación que nunca habría podido superar.

–El mayor problema de Shane es que es un hombre de palabra –le dijo Clay–. No estaba dispuesto a pensar lo peor de su mujer. Yo la habría plantado la primera vez que me hubiera engañado. Pero él era esencialmente leal y no quería renunciar al matrimonio.

–Es un gran tipo.

–Lo es. Lo que me deja en la incómoda situación de preguntarte cuáles son tus intenciones hacia él –sonrió–. Hay cosas que nunca imaginé que llegaría a decir. Pero ya sabes: es lo que tienen las familias.

No, no lo sabía. Había oído que las familias eran así, pero no tenía una experiencia directa. Siempre había querido tener una familia de verdad, estar íntimamente conectada con alguien. Tanto lo había anhelado que hasta había simulado ver en Lewis características que no había tenido.

–¿Seguro que quieres saberlo?

–Podré soportarlo.

Esperó durante un segundo mientras asimilaba ella misma la verdad. La había estado evitando, pero en ese momento no podía escapar a la realidad.

–Le amo.

–Eso es hablar claro –sonrió–. ¿Lo sabe él?

–No se lo he dicho.

Clay alzó ambas manos.

–No vayas a pensar que yo voy a contárselo...

–Descuida. Eso sería muy extraño, viniendo de su hermano.

Clay volvió a apoyar los brazos en el travesaño.

–Shane podría meter mucho la pata en ese sentido. Por culpa de Rachel.

–Ya lo he comprobado.

–No renuncies a él.

–No lo haré.

No lo haría porque finalmente sabía cuál era su lugar y lo que tenía que hacer. Solo restaba convencer a Shane de que le concediera una segunda oportunidad.

Shane se dirigía a la casa para lavarse antes de la cena. Se arrepentía de no haber avisado a su familia de que se bajaba a la ciudad. Hacía un par de días que no veía a Annabelle y se moría de ganas de verla y hablar con ella. Debería haberla invitado a salir esa noche a cenar.

Pero lo que sí podía hacer era invitarla a cenar al día siguiente, pensó mientras sacaba su móvil. Justo en aquel instante sonó la señal indicándole que acababa de recibir un mensaje de texto. Pulsó el botón y lo leyó, sonriendo:

Te echo de menos. ¿Quieres pasarte esta noche?

Escribió rápidamente: *Absolutamente. Dime cuándo y allí estaré.*

7.30, ¿de acuerdo?
Perfecto. Hasta luego.

Dos horas después aparcaba delante de su casa. Se había duchado y cambiado. En un impulso, había pasado por la floristería de la calle principal y comprado un ramo de rosas. Un detalle ñoño, quizá, pero elegante. Habría preferido las rosas a las rojas.

Annabelle le abrió la puerta antes de que tuviera tiempo de llamar. Llevaba un vestido de verano, de finos tirantes, e iba descalza, lo que quería decir que apenas le llegaba hasta los hombros. Llevaba suelta la larga melena rizada y las uñas de los pies pintadas de un rosa brillante. Toda ella exudaba sexo y en el preciso instante en que la vio, la deseó con la desesperación de un hombre que se hubiera pasado los veinte últimos años de su vida solo en una isla desierta.

–¿Son para mí? –inquirió ella, sonriéndole–. Gracias. Guau. No me lo esperaba. Son preciosas.

Apenas capaz de controlar su necesidad, le entregó las flores. Annabelle aspiró su aroma antes de dejarle entrar y cerrar la puerta.

Dejó las flores sobre una mesa pequeña, en el vestíbulo. Nada más volverse hacia él, le puso las manos sobre los hombros y lo atrajo hacia sí.

–Hey, mi guapo vaquero... Hacía tiempo que no te veía –murmuró.

La abrazó deseoso, estrechándola contra su cuerpo y besándola con pasión. Mientras recorría su espalda con las manos, deslizó la lengua en el dulce interior de su boca. Ella acudió a su encuentro caricia por caricia, arqueándose contra él, frotándose contra su creciente erección.

Bajó las manos de sus caderas a su trasero. No bastándole con eso, encontró la cremallera y tiró de ella. Le bajó luego los tirantes del vestido y dio un pequeño tirón.

Varias cosas sucedieron a la vez. Annabelle se apartó ligeramente para que el vestido pudiera resbalar hasta el suelo. Shane abrió los ojos para contemplar el espectáculo.

Una fracción de segundo después... vio que no llevaba nada debajo.

Nada absolutamente.

—Te he echado de menos –le sonrió ella.

Tuvo que tragar saliva antes de hablar.

—Tú, er... ya me dijiste eso en tu mensaje.

—No mentía.

—Ya.

—Bueno –tomándolo de la mano, lo guio hacia el dormitorio–. Pensé que podríamos jugar a los médicos. Tengo unos cuantos lugares necesitados de atención. ¿Quieres que te los enseñe?

Ignoraba cómo había podido tener tanta suerte. Annabelle era una mujer dulce, divertida, inteligente. Y también era como una gata salvaje en la cama. Nadie que la viera cada día en la biblioteca leyendo cuentos a los niños habría podido imaginarse eso. A no ser que la persona en cuestión supiera lo de la danza de la virgen feliz y hubiera tenido el placer de besarla hasta hacerle gemir de deseo...

La necesidad pulsaba en sus venas al ritmo de su corazón. Estaba tan duro que hasta le dolía, y más que dispuesto a jugar al juego que a ella se le antojara...

Llegaron al dormitorio. Annabelle se volvió para mirarlo de nuevo.

—Oh, doctor Shane, ¿sería usted tan amable de ayudarme?

Apoyando levemente las manos sobre sus senos, se inclinó para besarla en la boca.

—Claro que sí, señora. Solo dígame dónde le duele, que le calmaré el dolor a fuerza de besos.

Capítulo 18

Annabelle esperaba a un lado del establo. Hacía un día cálido y despejado, con una brisa ligera. La tormenta de dos días atrás había descargado la lluvia suficiente para dejarlo todo limpio y bien lavado. En ese momento el terreno estaba seco y las flores resplandecían. En suma, un perfecto día de boda.

—Me siento ridícula —masculló Charlie, tirando de la cintura de su vestido.

—Estás fantástica.

Lo estaba realmente, pensó Annabelle. El color calabaza claro del vestido sentaba maravillosamente a su cutis, mientras que el escote en forma de corazón y el corpiño ajustado revelaba unas curvas inesperadas. Una de las hermanas Gionni, que habían firmado una tregua para ayudar con el banquete nupcial, le había rizado el cabello, usando un producto que resaltaba sus cortos rizos. El maquillaje, aplicado por Nevada, acentuaba sus ojos azules y sus largas y oscuras pestañas.

—Puedes vestir a un cerdo, que seguirá siendo un cerdo —rezongó Charlie.

—Wilbur estaría muy guapo de esmoquin, y tú no eres un cerdo. Te has pasado la vida entera intentando ser lo opuesto a tu madre. Te recuerdo que ella no está aquí y que de cuando en cuando es divertido vestirse así. Estás preciosa. Sí, es un cumplido, así que trágatelo y aguántate.

Charlie la miró sorprendida.

—Para ser tan pequeña, eres muy insolente.

Annabelle se echó a reír.

—También llevo unos tacones de diez centímetros que podría utilizar como arma. No me hagas enfadar.

—No creo que lo haga.

Heidi dobló una esquina de las cuadras. La acompañaban Glen y May, portando ambos la cola del vestido.

Heidi las miró y suspiró.

—¿En qué estaría yo pensando, para arrastrar el vestido por la hierba? Una vez que acabe la ceremonia, no me preocuparán las manchas, pero la verdad es que quiero estar perfecta cuando me vea Rafe.

—Pues lo has conseguido —le aseguró Annabelle contemplando admirada su peinado, la resplandeciente diadema y el elegante vestido—. Estás impresionante.

—Tiene razón —apuntó Charlie con voz ronca—. Maldita sea, me estoy poniendo toda sentimental.

—Gracias —repuso Heidi—. Por todo. Por ser mis amigas, por haberme ayudado y...

—Callaos todas —ordenó May con tono severo—. Hablo en serio, chicas. Callaos ahora mismo u os pondréis todas a llorar, con lo que terminaréis arruinando vuestro maquillaje. ¿Me habéis oído?

—Yo que vosotras le haría caso —les advirtió Glen, reprimiendo una sonrisa—. Esta mujer puede llegar a ser muy mala.

May soltó una carcajada y se dedicó a alisar el vestido de Heidi. Annabelle entregó a la novia el ramo de flores. May se marchó acto seguido para sentarse delante.

Glen se acercó entonces a Heidi y le ofreció su brazo.

—¿Lista?

Heidi asintió.

—Gracias, abuelo. Sabes que te quiero, ¿verdad?

—Casi tanto como te quiero yo a ti. Rafe es un hombre muy afortunado.

—Yo también tengo mucha suerte.

Annabelle sintió que los ojos empezaban a llenársele de

lágrimas y tuvo que parpadear varias veces para contenerlas. Sonó entonces la última canción antes de la marcha nupcial. Miró a Charlie, que cuadró los hombros como un soldado a punto de entrar en batalla.

–Estoy lista –masculló–. Acabemos de una vez con esto.
–Tú siempre tan romántica.

Charlie reprimió una carcajada y empezó a andar, rodeando el establo. Annabelle esperó unos quince segundos antes de seguirla. Giró a la izquierda y pudo ver por fin las filas de invitados sentados y el arco de flores bajo el que se casaría la pareja.

Rafe esperaba delante, con Shane y Clay a su lado. Annabelle se esforzó todo lo posible por no quedarse mirando con expresión soñadora a Shane, consciente de que, en medio de aquella multitud, cualquier detalle podría ser pasto de rumores en la ciudad. Pero era difícil no dejarse impresionar por su traje oscuro y bien cortado, así como por el hombre que lo lucía...

Caminó lentamente por el sendero central cubierto de pétalos de flores y tomó asiento junto a Charlie. El cuarteto de cuerda, cortesía del departamento de música de la universidad de California en Fool's Gold, atacó la marcha nupcial. Los invitados se levantaron y apareció la novia.

La ceremonia fue rápida pero intensa, con Rafe y Heidi recitando los votos que habían escrito. El beso estuvo cargado de pasión, la suficiente para convencer a todo el mundo de que aquella pareja iba a durar, después de lo cual fueron declarados formalmente marido y mujer.

Una hora después ya habían sido tomadas las fotografías. El vestido de Heidi todavía dio que admirar a los presentes: la pesada cola se desprendía, de manera que la novia quedó ataviada con un cómodo vestido de cóctel.

El cuarteto fue sustituido por el pinchadiscos favorito de Fool's Gold y empezó el baile. Annabelle se disponía a localizar a Charlie cuando Shane apareció y se apoderó de su mano.

–Me has estado evitando –le recriminó, atrayéndola hacia sí justo cuando la música cambiaba a un tema lento y romántico.

Empezaron a bailar.

—No, te estaba dando espacio.

—¿Por que?

—Pudiste haberte presentado acompañado a la boda.

Shane parecía genuinamente sorprendido.

—¿Otra mujer?

—O un hombre. Yo no soy quien para juzgar a nadie.

Shane la llevó a un lado de la pista de baile.

—Annabelle, ¿de qué estás hablando? ¿Por qué no habría de estar contigo?

Ella se lo quedó mirando fijamente. Los tacones de diez centímetros ayudaban, pero nada podía cambiar el hecho de que era demasiado baja.

—Estamos saliendo —le dijo—. Pero todavía no hemos hablado de nada más serio. No quería presumir.

—¿De que estamos juntos?

Ella asintió. Shane suspiró profundamente.

—Hacía demasiado tiempo que no practicaba este juego y lo he estado haciendo mal —poniéndole las manos sobre los hombros, la miró a los ojos—. Estoy contigo. ¿Qué crees que hicimos la otra noche?

—Disfrutar.

Él frunció el ceño.

—¿Estás insinuando que puedes disfrutar con otro?

—No —sonrió Annabelle—. Me tienes absolutamente cautivada —esa era una verdad más segura que confesarle que lo amaba. Ya abordaría más adelante el tema, en el caso de que la conversación transcurriera bien.

—Me alegro. Yo quiero cautivarte. Porque tú a mí me tienes hechizado. No hay ninguna otra. Solo te veo a ti.

El corazón le dio un pequeño vuelco y se esforzó todo lo posible por parecer interesada, que no embriagada.

—Así que si estuviéramos en el instituto...

—Te llevaría los libros y le daría una paliza a todo chico que se atreviera a pedirte salir.

Poniéndose de puntillas, ella lo besó en la boca.
—Y yo dejaría que te lo hicieras conmigo después del baile de fin de curso.
Shane le acarició una mejilla.
—Jamás podría resistirme.
—Me gusta eso en un hombre.
—¿En cualquier hombre?
—No. Solo en ti.
Por un segundo, se miraron fijamente. Annabelle quiso y esperó que él le dijera más cosas. Que le dijera que la amaba. Que había superado su pasado y que, sucediera lo que sucediera, iba a confiar en ella. Pero antes de que tuviera oportunidad de hacerlo, May anunció que el bufé estaba abierto e invitó a todo el mundo a disfrutar de la comida.
Shane le pasó un brazo por los hombros.
—Te invito a cenar. ¿Te apetece?
Consciente de que el momento mágico se había perdido, le sonrió.
—Me encantaría.

Cuatro horas después, Annabelle estaba sintiendo el efecto del champán. Era una bebida traicionera, toda suave y burbujeante: entraba con demasiada facilidad. Y luego se subía rápidamente a la cabeza. Porque, en ese momento, tenía la sensación de que todo estaba dando vueltas a su alrededor.
La culpa era suya. Con lo muy ocupada que había estado con los preparativos de la boda, no había comido y sus viajes al bufé habían tenido lugar después de que hubiera probado el champán. Así que la única copa que había tomado se le había subido a la cabeza. Era una suerte que no tuviera que llevar a ningún invitado a casa: May y Glen habían alquilado autobuses escolares para ello. Conducir no representaría ningún problema, pero tenía la sospecha de que la mañana siguiente iba a ser dura.

Salió del baño y regresó tambaleándose a la pista de baile, en busca de Shane. Fue Clay quien la interceptó.

—Estás borracha —observó con una sonrisa.

—Borracha, no. No puedes decir «borracha» —le informó—. «Achispada» es una palabra mucho más adecuada. En serio, solo he tomado una copa. ¿Qué mal puede hacerme?

—Entonces estás achispada. Y muy guapa.

Se lo quedó mirando fijamente, preguntándose cómo podía ser tan guapo. Una rareza genética. Sabía que la belleza radicaba en las matemáticas. Simetría, regularidades... Y algo más que no conseguía recordar en ese instante.

—Tú sí que eres guapo —le dijo a Clay—. Objetivamente guapo, quiero decir. Pero no estoy en absoluto interesada en acostarme contigo. Porque el sexo con Shane es increíble. En serio —hipó ligeramente, y se tapó la boca con la mano antes de apoyarse en él—. Perdón.

Clay esbozó una mueca mientras la rodeaba con sus brazos para sostenerla.

—Te ha sentado mal.

Annabelle no sabía si se refería al champán o a Shane, pero decidió que tampoco le importaba.

—Estaré bien.

—No estoy tan seguro. ¿Te acordarás de esta conversación?

—Por supuesto. Probablemente. No lo sé. ¿Es importante?

Clay se echó a reír, bajando una mano hasta su cintura para evitar que se tambaleara.

—Si te olvidas, yo te la recordaré. He estado hablando con la alcaldesa Marsha. Me comentó lo del festival y el baile que estás preparando para recaudar fondos para el bibliobús. Me dijo que sigues buscando un candidato para la ceremonia del sacrificio humano. Me ofrezco yo, si quieres.

Annabelle tardó un segundo entero en procesar sus palabras.

–¿De veras? Tendrás que llevar un taparrabos y dejarte arrancar el corazón. Bueno, lo último no será de verdad. Lo del corazón. Lo simularemos.

–No será ningún problema. He llevado menos cosas que un taparrabos.

–Has posado desnudo –le dijo ella en un susurro–. He visto tu trasero en las películas. Es bonito.

–Gracias.

Alzó ambas manos, deseosa de explicarse bien.

–Pero sigo sin estar interesada. En ti, quiero decir.

–Lo he entendido. Porque estás con Shane.

Ella asintió con la cabeza y le indicó que se acercara.

–Sigo enamorada de él. No creo que eso vaya a cambiar. Él aún no lo sabe.

Clay la sorprendió abrazándola.

–Me alegro –le dijo en voz baja, y la soltó–. Se merece alguien como tú.

–Eso creo yo también.

Poniéndole las manos sobre los hombros, Clay la obligó a volverse.

–Shane nos está mirando. Está por allí.

–De acuerdo. Gracias.

Empezó a caminar. La música sonaba muy alta y de repente no sentía el estómago tan estable como antes. El champán le había levantado dolor de cabeza.

Eso no podía ser bueno, pensó mientras se preguntaba si la sensación de euforia no estaría tocando a su fin. Se volvió, tentada de entrar en la casa para tumbarse unos minutos, pero inmediatamente se giró de nuevo, decidiendo que primero localizaría a Shane. Acababa de ponerse en movimiento cuando tropezó con Nevada.

–Perdón –se apresuró a disculparse.

Nevada se echó a reír.

–No, si he sido yo. Estaba distraída –le apretó la mano con expresión radiante–. ¿No es una boda maravillosa? ¿No está saliendo todo perfecto?

Annabelle observó a su amiga.

–¿Te encuentras bien? Estás... er... como distinta esta noche –porque decirle «demasiado feliz» habría sido una grosería. Aunque Nevada era una mujer muy divertida, rara vez se mostraba tan alborozada–. ¿O es que el champán te ha sentado tan bien como a mí?

–No es el champán –admitió Nevada, suspirando–. No he bebido ni una gota –miró a su alrededor antes de bajar la voz–. Acabo de descubrir que estoy embarazada. Es algo completamente inesperado. Hemos estado usando protección. Pero dado que como recién casados hemos estado muy ocupados... supongo que hemos roto los pronósticos. El plan era esperar un par de años, pero... ¡así estamos! –sonrió de oreja a oreja–. Estoy tan contenta...

–Felicidades –le dijo Annabelle–. ¡Es una gran noticia! ¿Sigue siendo un secreto?

–Sí. No se lo contaremos a nadie hasta la semana que viene. Apenas nos enteramos ayer y no queríamos robarle el protagonismo a la boda de Heidi y Rafe –la abrazó–. Soy tan afortunada... Primero Tucker y ahora un bebé –se echó a reír y soltó a Annabelle–. Bueno, tengo que volver con mis hermanas. La semana que viene podríamos comer juntas.

–Me gustaría.

Annabelle se la quedó mirando mientras se alejaba. Se disponía a buscar a Shane cuando se detuvo en seco, evaporada de pronto la sensación de euforia provocada por el champán. La imposible posibilidad asaltó su mente, serenándola de golpe. Las palabras de Nevada resonaron en su cabeza, tan altas como tañidos de campana, tan estremecedoras como el atronador rugido de un tren que se acercara a toda velocidad.

Un embarazo inesperado. Y eso que habían usado protección. Un embarazo inesperado.

–No –susurró Annabelle–. No, yo no lo estoy. No puedo estarlo.

Habían tenido cuidado. Habían tenido cuidado durante todas aquellas largas noches en las que habían hecho el amor una y otra vez.

Si ella estaba embarazada, Shane...
No quería ni imaginárselo, pero sabía que sería malo.
Se ordenó dejar de pensar en ello. No preocuparse. No era posible que fuera a tener un bebé. Pero el nudo de preocupación que tan rápidamente se le había formado no desaparecía. Lo que significaba que iba a tener que averiguar algo, saberlo con seguridad. Y lo antes posible.

Shane hundió con fuerza el bieldo en la paja, deseando que se revolviera contra él. Estaba furioso y no tenía otra manera de desahogar su furia. Había estado despierto desde el amanecer, ocupándose de las cabras de Heidi y limpiando luego el establo. El duro trabajo no había conseguido atenuar la sensación de traición.

Y pensar que había sido tan bobo como para ofrecerse a descargar a Annabelle de su compromiso de ordeñar las cabras de Heidi mientras la feliz pareja pasaba el fin de semana en San Francisco... ¿Se habría estado riendo secretamente durante todo el tiempo de él? ¿Y por qué no? Allí estaba ahora, engañado de nuevo...

—Has madrugado.

Miró por encima del hombro y vio que Clay había entrado en el establo. Su hermano pequeño llevaba un tazón en la mano. Se lo tendió.

—Te he traído café. Mamá me dijo que habías salido antes de que tuviera tiempo de prepararlo.

Shane bajó el bieldo y se acercó a él. Tomó el tazón del café, lo dejó sobre un banco cercano y acto seguido le descargó a su hermano un puñetazo en la mandíbula.

Clay se desplomó como un saco de patatas, aterrizando sobre el trasero. Se quedó mirando a Shane con expresión incrédula.

—¿Qué diablos te ocurre?

Shane se frotó los nudillos. Pese al dolor, estaba empezando a sentirse algo mejor.

—Aléjate de mi chica.

—¿De qué estás hablando?
—De Annabelle.
—Ya lo sé, imbécil. ¿A qué viene todo esto?

Shane recogió el tazón de café y bebió un trago. Luego miró fijamente a su hermano, que seguía sentado en el suelo.

—Ayer. En la boda. Estuviste tonteando con ella.

Clay movió la mandíbula.

—Menos mal que he dejado el trabajo. No puedes esconder un moratón en una foto que se imprime en una valla publicitaria –inclinándose hacia delante, apoyó los brazos en las rodillas–. Escúchame bien. Ayer me enteré por la alcaldesa Marsha de que Annabelle seguía necesitando a alguien para que la ayudara con su festival. Algo sobre el sacrificio de un tipo. Le dije que yo lo haría. Nada más.

El relativamente buen humor de Shane se vio nuevamente sustituido por la furia.

—No te acercarás a ella.
—Estoy ayudando a tu novia. Es lo que hacen los hermanos.
—Claro. Simulas ayudarla. ¿Qué más estás haciendo? ¿Te estás viendo con ella? ¿Os acostasteis anoche? –había planeado pasar la noche con Annabelle, pero ella se había retirado temprano diciendo que le dolía la cabeza.

—Yo pasé la noche aquí –le recordó Clay–. En el rancho. ¿Qué diablos te pasa? ¿Por qué estás tan...? –su expresión indignada se trocó en otra más parecida a la compasión–. Ya lo entiendo.

—¿Qué es lo que entiendes? –le espetó Shane.

—Annabelle no es Rachel –dijo en voz baja mientras se levantaba–. Ella no es así. Creo que eres un tipo condenadamente afortunado por haber encontrado a una mujer como ella. Eres mi hermano, Shane. Cuando Rafe se portó como un imbécil conmigo, tú siempre estuviste a mi lado. Siempre hemos estado muy unidos. Sabes perfectamente que yo jamás te haría daño alguno. Nunca toqué a Rachel y nunca me interpondría entre Annabelle y tú. Pero eso es algo que sabes de sobra. Lo que no acabo de entender es por qué pareces estar buscando problemas, a fuerza de esperarlos. ¿Te preocupa que ella sea como Rachel... o más bien te aterra que lo sea? Porque si no lo es, si Annabelle es justamente lo que parece, entonces vas a tener que dar un paso al frente y hacerte merecedor de ella.

–Estás hablando como una chica.

–Y tú estás escondiéndote de la verdad. Tú no estás enfadado conmigo. Creo que ni siquiera lo estás con Annabelle. Tienes algo picándote sin cesar en el trasero y necesitas averiguar lo que es –dicho eso, abandonó el establo.

Shane se lo quedó mirando hasta que desapareció y volvió luego a su trabajo. Pero había perdido la energía. Las palabras de su hermano parecían burlarse de él mientras se preguntaba si no serían ciertas. ¿Estaría buscando problemas donde no existían o estaría viendo las cosas con claridad? ¿Y si todo aquello no era sino la basura dejada atrás por su primer matrimonio, de la que tenía que deshacerse para volver a creer en alguien?

Annabelle paseaba arriba y abajo por su salón.

–Voy a vomitar.

–¿Es teatro o vas en serio? –Charlie la miraba recelosa.

–No lo sé –se llevó una mano al estómago, que lo tenía revuelto. No había vuelto a sentirse bien desde la boda. Quería echarle la culpa al champán, pero no podía. Quizá fueran las hormonas.

Se volvió hacia el sofá pensando que debía sentarse, pero de repente se dio cuenta de que estaba demasiado nerviosa y que el hecho de caminar por la habitación la ayudaba. Miró a su amiga.

–Esto es terrible. Terrible de verdad. Estaba empezando a confiar en mí.

–Shane –adivinó Charlie.

Annabelle se recordó que había llamado a su amiga para suplicarle que viniera sin decirle por qué. Se imponía una explicación.

Se dejó caer en la otomana delante de la silla de Charlie.

–Shane estuvo casado antes.

–Eso ya lo sé.

–Por lo que he oído, ella era terriblemente guapa. Alocada e infiel. Shane no es de la clase de hombres que se rinden fácilmente. Así que se esforzó por salvar su matrimonio mientras ella seguía engañándolo... hasta que se cansó.

–Casi todo el mundo se merece una segunda oportunidad –comentó Charlie, prudente–. Pero él terminó con ella. ¿Cuál es entonces el problema?

–A veces él piensa que yo soy como ella. Que soy alocada, de cascos ligeros...

–Pero no lo eres.

–Ya lo sé, pero la primera vez que me vio fue al poco de haber vuelto a la ciudad. La noche en que hice el baile de la virgen feliz en el bar de Jo, encima de la barra. Y se imaginó una escena y una mujer diferente de la que soy yo.

–Entiendo. Pero ahora ya te conoce. Confía en ti.

–Estaba empezando a hacerlo, creo. Espero. Pero entonces apareció Lewis y resultó que no estábamos divorciados del todo.

–No fue culpa tuya.

–Cierto, pero fue una situación muy incómoda. Tengo la sensación de que cada vez que él empieza a acercarse a mí... sucede algo.

Charlie se la quedó mirando fijamente.

–¿Y algo ha vuelto a suceder?

–Estoy embarazada.

Charlie dejó caer la mandíbula. La cerró y soltó un juramento.

–¿En serio?

Annabelle se esforzó por contener las lágrimas.

–Sí. Lo descubrí esta mañana. Lo sospeché ya en la boda –vaciló. Nevada todavía no había anunciado la gran noticia y ella no quería estropear el efecto–. Estaba pensando en lo bien que estaba con Shane y de repente se me ocurrió la posibilidad. Fui a la farmacia tan pronto como abrió y me hice la prueba –apretó los labios–. Estoy feliz por el bebé, claro. Es una enorme sorpresa, pero para bien. Lo que pasa es que eso no me sirve de consuelo. No dejo de preocuparme por cómo reaccionará Shane. Justo cuando estaba empezando a confiar en mí, ¿es que no te das cuenta? No se creerá que ha sido un accidente. Pensará lo peor de mí. Pensará que lo he hecho a propósito.

Lo cual no era en absoluto verdad, reflexionó triste. No había tenido ni idea. De ahí que hubiera hecho una visita de emergencia a su ginecóloga, con la prueba en la mano, para preguntarle si había hecho mal por beberse aquella copa de champán en la boda. Afortunadamente, la doctora Galloway estaba acostumbrada al trato con embarazadas histéricas y había dedicado varios minutos a consolarla antes de darle cita para una consulta rutinaria.

–Él es tan responsable como tú –le recordó Charlie–. No es más culpa tuya que suya. Tú utilizaste protección.

–Así es.

–Entonces dile que tiene un buen esperma y que debería sentirse orgulloso.

–Dudo que lo vea de esa manera –murmuró Annabelle–. Esto es mucho peor que lo de Lewis. Aquello fue un error de papeleo que no lo afectó directamente. ¡Esto es un bebé!

Charlie se inclinó hacia delante y la agarró de los hombros.

–Tú no has hecho nada mal. Dale a Shane la oportunidad de que lo estropee todo antes de ponerte en lo peor. Quizá te sorprenda.

–Es un buen consejo –musitó Annabelle. La lástima era que lo conocía lo suficiente bien como para saber que esa vez no iba a sorprenderla. Al menos en el buen sentido.

Capítulo 19

–¿No debería tu socio estar haciendo esto contigo? –inquirió Shane mientras entraba con su hermano en otro edificio del centro de Fool's Gold. Hasta el momento habían visitado tres posibles sedes de oficina. Para Shane los locales eran todos idénticos: espacios diáfanos con ventanas y puertas. ¿Acaso todas las oficinas no eran iguales?

–Dante está escondido en San Francisco –le dijo Rafe mientras usaba una cinta métrica láser para tomar rápidas medidas–. Resistiéndose a lo inevitable.

Lo inevitable era el traslado de la empresa.

–Dante no es hombre de ciudades pequeñas –señaló Shane–. Dudo que encaje aquí.

–Se resignará –asintió, aprobador–. Me gusta este local. Me pregunto qué habrá en el piso de arriba.

La empresa de Rafe necesitaba una sede provisional. Dante y él habían comprado un edificio en las afueras de la ciudad, pero necesitaba importantes reformas y no estaría listo hasta después de nueve meses. Lo que significaba viajar casi a diario a San Francisco, cosa que Rafe no deseaba hacer, o buscarse un local temporal.

Shane no sabía muy bien por qué se había pegado a su hermano. Escapar del rancho le había parecido una buena idea, pero en aquel instante, de pie en el centro de aquella inmensa sala vacía, se dio cuenta de que su cabeza aún seguía funcionando demasiado. Necesitaba distraerse.

—¿La alquilarás tal cual? —inquirió mientras curioseaba una pequeña habitación que obviamente era una sala de descanso. Había una nevera, un microondas, mesa y sillas, armarios y mostradores. Nada lujoso, pero sí funcional.

—Sí. No quiero gastarme más dinero en reformas. Solamente serán unos meses. Nos arreglaremos.

Shane volvió a la sala principal.

—No hay muchos despachos privados.

—A Dante le va a encantar este lugar —sonrió Rafe, irónico.

—¿Por qué quieres torturar a tu socio?

—Por gusto —admitió Rafe—. Ya está. Pondremos todas las mesas aquí. Media plantilla se quedará en San Francisco hasta que esté listo el nuevo edificio, así que no nos faltará espacio —terminó de tomar unas cuantas notas en su tableta electrónica y se enganchó la cinta láser en el cinturón—. Hablemos con el propietario. Voy a pedirle un contrato para unos meses de alquiler. Quiero tener todos los papeles firmados antes de que Heidi y yo salgamos para París de aquí a unas semanas.

Shane lo siguió fuera de la sala. Una vez en el pasillo, Rafe se volvió hacia él.

—No tienes que acompañarme —le dijo—. Seguro que ahora mismo preferirías estar en otro sitio.

—¿Como cuál?

—Como la biblioteca. ¿No quieres ver a Annabelle?

Estaban junto a la escalera que llevaba a la segunda planta. Un par de niñas, de unos diez u once años, pasaron a su lado y empezaron a subir. Shane se apartó para dejarles espacio.

—Sigues enfadado —dijo Rafe en cuanto las chicas se hubieron alejado.

—No.

—Lo estás. Lo sé. Te estás comportando como un imbécil.

—Tú no viste lo que pasó —repuso Shane, que estaba empezando a impacientarse.

–Algo oí. Clay aceptó ayudar a Annabelle con lo de su baile y se abrazaron.

Shane seguía esforzándose por convencerse a sí mismo de que no había sido más que eso. Pero no podía sacudirse la sensación de que lo habían tomado por estúpido. Algo que había experimentado demasiado a menudo con su exmujer.

–Si fue algo más...

Pero Rafe lo interrumpió.

–Ese bibliobús... ¿acaso no es algo muy importante para Annabelle?

–Sí.

–¿No es por eso por lo que fue a verte en un principio? ¿Para aprender a montar y hacer el baile del caballo?

Shane hundió las manos en los bolsillos y asintió con la cabeza.

–¿No te contó a ti lo del programa y te pidió que hicieras el papel de víctima del sacrificio? ¿Acaso no te negaste?

–No se trata de eso.

–No, se trata de que eres un imbécil. Estás exagerando todo esto. El problema es tuyo, lo llevas dentro. Estás tan ocupado preocupándote de que Annabelle pueda ser como tu ex, que la estás castigando cuando ella no ha hecho nada. Nunca te liberarás de tu pasado hasta que no aprendas a soltarlo tú mismo.

Rafe lo miraba fijamente. Shane desvió la vista.

–¿Acaso crees que no lo sé?

–Al parecer no, a juzgar por tu comportamiento. Clay se ofreció a ayudar a tu chica. *Tu* chica. ¿Crees que él no respeta tu relación con Annabelle? ¿Piensas acaso que quiere meterse en medio? –Rafe se interrumpió cuando dos chicas más subieron corriendo las escaleras hasta el segundo piso. Bajó la voz–. Estás loco por ella y lo estás estropeando todo. ¿No te parece que podrías hacerlo mejor?

–No quiero hacerlo mejor. Quiero estar seguro.

–A veces, querer a alguien requiere dar un salto de fe.

Confiar. Este es el momento. Ve a hablar con ella. Hazle saber que vas a necesitar un poco de ayuda para superar esto. Podrás hacerlo, solo con que tengas un poco de fe en ella. Y quizás en ti mismo.

Shane pensó en pegar a su hermano, pero sabía que Rafe no se lo tomaría tan bien como Clay. Además de que existía la posibilidad de que tuviera razón. En todo.

—El matrimonio te sienta bien.

Rafe se sonrió.

—Heidi me sienta bien. Te están dando una segunda oportunidad, hermano. No la desperdicies.

Annabelle dejó que Khatar saliera a campo abierto. Había ido al rancho pensando en sentarse con Shane para contarle lo del embarazo. Pero nada más llegar, May le dijo que Shane se había ido con Rafe a Fool's Gold a buscar locales de oficina. Así que en lugar de ponerse a caminar de un lado a otro muerta de impaciencia, había decidido dar un paseo a caballo.

Durante las dos últimas semanas, Shane y ella habían salido mucho a montar juntos. Después de trabajar los pasos de baile de Khatar, habían adquirido la costumbre de acercarse hasta la propiedad de Shane.

En ese momento urgió a Khatar a tomar ese rumbo. El animal se acordaba perfectamente del camino.

Pasaron al lado de un grupo de árboles y rodearon luego el linde de la propiedad de Shane. De allí hasta la zona de obras no había más de diez minutos al trote.

Annabelle se mantuvo a prudente distancia para no asustar al caballo. Las cuadras estaban casi terminadas y la estructura de la casa estaba ya levantada. Shane había aceptado la mayor parte de sus sugerencias y su contratista la había llamado para agradecerle la ayuda prestada.

Podía imaginarse perfectamente la casa terminada. Sabía cómo quedaría la puerta principal, podía verse a sí misma entrando en ella. Habría un foco de techo, con el interruptor a la izquierda. A partir de allí había un corto pasillo hasta el gran salón. La cocina era ahora más grande, con más espacio para mostradores y almacenamiento. Lo habían escogido todo juntos. Había incluso una bañera con chorros para dos personas en el baño principal.

—Estoy jugando un juego peligroso —musitó—. Enamorarme de un hombre que puede que nunca más vuelva a confiar en mí.

Una vez que se enterara de lo del bebé.

Tenía esperanzas, por supuesto. La fantasía de que, nada más saberlo, Shane la estrechara en sus brazos y le declarara su amor para siempre. De que le dijera que aquel bebé era la mejor sorpresa de su vida. Todo lo cual resultaba improbable, reflexionó con tristeza. Las probabilidades de que eso ocurriera eran mínimas.

Uno de los obreros de la construcción la vio y la saludó. Ella le devolvió el saludo. Inclinándose, dio una palmadita a Khatar.

—Deberíamos volver —le dijo.

Le hizo girar. El caballo dio un par de pasos y se detuvo, aguzando las orejas como si estuviera oyendo algo extraño.

Annabelle se quedó también quieta, escuchando. Entonces lo oyó. Un cascabel. Rígida de miedo, clavó la mirada en el suelo para buscar al propietario de aquel aterrador sonido.

La serpiente estaba enroscada junto a un arbusto, a unos pocos centímetros del casco de Khatar. Annabelle contuvo la respiración mientras obligaba al caballo a retroceder lentamente. No sabía lo que sucedería si la serpiente lo mordía, pero seguro que no sería nada bueno.

—Vamos —susurró—. Atrás. Retrocede. Dejémosla en paz.

Khatar obedeció y retrocedió un paso. Pero entonces la serpiente se abalanzó hacia él y el caballo pasó al ataque.

Todo sucedió muy rápido. Khatar se irguió sobre dos patas y, al dejarse caer de nuevo, aplastó a la serpiente con sus cascos. El animal, pulverizado, murió al instante. Annabelle se esforzó todo lo posible por mantenerse en la silla mientras sujetaba las riendas. Hasta que sintió que empezaba a resbalar. Chilló.

Khatar se alzó de nuevo sobre sus cuartos traseros, como decidido a reducir a la serpiente a poco más que una mancha en el suelo. Annabelle perdió el estribo izquierdo y las riendas escaparon de sus dedos. Intentó recogerlas justo cuando Khatar volvía a patear a la serpiente de cascabel. A la tercera vez que el caballo se irguió, salió proyectada hacia atrás.

La sensación de surcar el aire la sorprendió, aunque no tanto como el impacto contra el suelo. Aterrizó de espaldas, sin aliento. Pero el hecho de que se hubiera quedado sin respiración era lo de menos, pensó aterrada mientras se cubría el vientre con las manos, en un intento de protegerse.

«El bebé», pensó en el instante en que Khatar se acercaba para olisquearle una mejilla. El bebé. Aspiró el olor del caballo, vio que el cielo se volvía negro y ya no sintió nada.

—Ha tenido mucha suerte —le dijo el médico.

Annabelle estaba segura de que se lo habían presentado, pero en ese momento no recordar su nombre era la menor de sus preocupaciones.

—No tiene nada roto —continuó él—. El golpe de la cabeza no es serio. Vamos a tenerla esta noche bajo observación. Si todo marcha como esperamos, le daremos el alta por la mañana.

Annabelle se llevó una mano al estómago.

—Estoy embarazada —pronunció en voz baja, intentando no entrar en pánico—. ¿Está bien el bebé?

El médico, un hombre mayor de pelo gris, bajó la mirada a su vientre.

—¿De cuánto?

—No estoy segura. Unas seis u ocho semanas.
—¿La ha visto la doctora Galloway?
Annabelle asintió con la cabeza.
—Acabo de verla en el pasillo. Le diré que está aquí, para que pueda verla.
—Gracias.
Se marchó. Annabelle se tragó el nudo que le subía por la garganta mientras se repetía que todo saldría bien. Que aunque se sintiera como si le hubiera pasado un camión por encima, no había sufrido daño alguno tal y como le había asegurado el médico. Si ella estaba bien, seguro que el bebé también lo estaría. Solo que sabía que una caída semejante podía ser mortal para un nonato...

Estremecida, tiró de la manta y se arropó en ella. El constante y doloroso latido de la cabeza le imposibilitaba hacer otra cosa que no fuera morirse de miedo.

Al cabo de unos minutos la doctora Galloway entró en la habitación.

—¿Qué es eso que me han dicho? —le preguntó mientras tomaba la mano de Annabelle y le sonreía con expresión cariñosa—. ¿Te has caído de un caballo?

—Sí. Me estaba protegiendo de una serpiente de cascabel.

—¿Cómo te sientes?
—Dolorida.
—¿Calambres internos?
Annabelle negó con la cabeza

—Bien. He mandado que te hagan una ecografía. Vendrán pronto, y entonces echaremos un vistazo a ver qué ha pasado. Hasta que llegue ese momento intenta no preocuparte. Sé que suena imposible, pero inténtalo de todas formas. Los bebés son sorprendentemente resistentes.

—De acuerdo —musitó Annabelle.

Tres horas después estaba de regreso en su habitación. Una bonita enfermera entró para tomarle el pulso y le ofreció un bocadillo para aguantar hasta la cena.

—Nos está llamando todo el mundo —le informó la joven

con una sonrisa–. Ha corrido la voz de su accidente y la ciudad entera pregunta por usted.

Annabelle no cabía en sí de gozo. El bebé estaba bien. Según le había dicho la doctora Galloway, había caído al suelo en la posición justa para proteger al feto en formación. Sus huesos y órganos internos habían amortiguado el impacto sobre la criatura. Lo que quería decir que pasaría unos cuantos días dolorida, pero que el bebé no había quedado afectado.

–Un bocadillo estaría bien, gracias –dijo–. En cuanto a mis amigas, puede decirles que todo está perfecto. Estaré de vuelta en casa mañana por la mañana.

–Bien. Han venido algunas personas a verla. Están en la sala de espera. ¿Les digo que entren?

–Claro.

Annabelle sabía que probablemente ofrecería un aspecto horrible, pero eso tampoco importaba. Su bebé había sobrevivido. En aquel momento él, o ella, seguía creciendo. En unos pocos meses estaría sosteniendo a su bebé en brazos. Esa iba a ser su prioridad.

Mientras se retiraba la enfermera, Annabelle se preguntó si Shane se habría enterado del accidente y si se contaría entre las personas que estaban esperando fuera. Solo de pensar en él, el corazón se le aceleró. Tan pronto como estuvieran solos, quería contarle lo del bebé.

Lo amaba y tenía esperanzas. Esperaba que él la amara a su vez y que quisiera vivir con ella. Pero aunque no fuera así, lo soportaría. Eso era lo que había decidido mientras esperaba a que le hicieran la ecografía. Había crecido como una niña no querida, ni por su padre ni por su madre. Y pensaba hacer todo cuanto estuviera en su mano para asegurarse de que eso mismo no le ocurriera a su bebé. Era una mujer fuerte y tenía un buen trabajo. Vivía en un lugar maravilloso y contaba con amigas que la apoyaban. Superaría cualquier revés, y tanto ella como su hijo serían felices.

Aunque todo sería mucho mejor si Shane se apuntaba a vivir con ellos...

Heidi y May irrumpieron en ese momento en la habitación.

–¿Te encuentras bien?

–¿Qué ha pasado?

–¿Te has roto algo?

Hablaban interrumpiéndose entre ellas mientras se acercaban a toda prisa. Heidi corrió al otro lado de la cama y las dos la abrazaron a la vez.

–Estoy bien –dijo–. Mañana por la mañana me iré a casa. No me he roto nada. Solo han sido unos moratones.

No les contó lo mejor, pero mientras hablaba, apoyó una mano sobre su vientre con gesto protector... transmitiendo todo su amor a la vida que se estaba desarrollando en sus entrañas.

–¿Es usted Shane Stryker?

Shane asintió a la mujer de la bata blanca. Lo había encontrado paseando de un lado a otro de la sala de espera.

–Soy la doctora Galloway.

La mujer tendría unos cincuenta y tantos años, pelo gris y gafas. Sus ojos tenían una mirada amable y no parecía que fuera a soltarle una mala noticia.

–¿Se encuentra bien Annabelle? Los obreros de la construcción vieron lo que pasó. Khatar se puso sobre dos patas... Ah, Khatar es el caballo. Al principio pensé que quería derribarla, pero resultó que era la serpiente. La mató. Creo que la estaba protegiendo...

–Sí, eso mismo dijo ella. Annabelle está bien, no tiene nada roto. Se golpeó en la cabeza, pero ni siquiera ese golpe tiene importancia. La mantendremos esta noche en observación y podrá irse por la mañana.

Shane soltó el aliento que había estado conteniendo. La sensación de alivio se derramó por todo su ser.

–¿Está segura?

La doctora le señaló un sofá y una silla en una esquina.

–Sentémonos.

La siguió y tomaron asiento.

–El bebé está bien –le informó ella, sonriente–. Es diminuto y la amortiguación del golpe ha sido alta. Le hicimos una ecografía. Todo está bien. Sabía que querría saberlo.

Dijo todavía algo más. Ambos se levantaron y se dieron la mano. Shane pudo haberle contestado algo, pero no estaba seguro. Era como si su mente y su alma se hubieran separado. Podía verse a sí mismo moviéndose y hablando, pero era como si no lo estuviera haciendo él. Como si él estuviera afuera, observando.

¿Un bebé? ¿Annabelle estaba embarazada?

Las palabras se repetían sin cesar en su cabeza. Formaban imágenes. Un bebé. Iba a tener un bebé. Su bebé.

Pensó en todas las veces que habían estado juntos y en la protección que habían utilizado. Preservativos, que eran eficaces, pero no infalibles. Pensó en Annabelle bailando encima de la barra del bar, riendo, y pensó también en Khatar, derribando literalmente la cerca con tal de estar con ella. Pensó en lo que sentía cuando estaba con ella y supo que, por mucho miedo que tuviera de que lo engañasen, no tenía otra opción.

Annabelle miraba expectante la puerta. Había recibido un verdadero torrente de visitas, pero todavía le faltaba por ver a Shane. Eran casi las seis y ya podía oler las bandejas de la cena que habían empezado a repartirse. Apenas había probado el bocadillo que la enfermera le había llevado antes, pese a saber que comer era importante. Y sin embargo solo podía pensar en las ganas que tenía de ver a Shane...

Hasta que por fin entró. Alto y guapo, todo lo que podía desear en un hombre. Sus miradas se encontraron.

–Me has dado el susto de mi vida –le espetó él.

–Lo siento. No fue culpa de Khatar.

–Lo sé. Vi la serpiente. O lo que quedaba de ella.

–Fue muy valiente, y decidido. La serpiente no tuvo la

menor oportunidad. Pero yo perdí un estribo y empecé a resbalar, y me encontré de pronto volando en el aire. No recuerdo gran cosa de lo que sucedió después.

Había algo extraño en sus ojos, pensó con una punzada de incomodidad. Algo en la manera en que la estaba mirando. Elevó un poco la cama, para poder quedarse sentada.

–¿Shane? ¿Qué pasa? –no sabía lo que estaba pensando, pero no parecía muy contento–. ¿Se encuentra bien Khatar?

–Sí. Rafe se lo llevó al rancho –la miró con expresión concentrada–. De acuerdo, Annabelle. Casémonos.

–¿Qué? –inquirió sin aliento, mientras se esforzaba por asimilar las palabras–. ¿Casarnos? ¿De que estás hablando?

Porque no se estaba comportando precisamente como un hombre loco de amor. Parecía... resignado. Como si ambos hubieran estado librando una batalla y él hubiera perdido. Pero no había habido ninguna batalla. Ellos no...

«¡Oh, Dios!», exclamó para sus adentros. Había dado permiso a la doctora Galloway para que hablara con Shane y le dijera que no había sufrido daño alguno. Pero la doctora Galloway era ginecóloga. Por definición habría asumido que se refería también al bebé.

No se le estaba declarando. Estaba cediendo. Estaba dando por supuesto que ella esperaba que, dado que se había quedado embarazada, querría que se casara con ella. Estaba asumiendo la responsabilidad. Porque eso era lo que hacía siempre Shane. Lo correcto.

Era un hombre de honor. Un hombre que asumía sus responsabilidades. En su mundo, si un hombre dejaba embarazada a una mujer, se casaba con ella. Sería su marido y el padre de su bebé durante el resto de su vida. Y pensaría que ella lo había engañado. Que le había tendido una trampa.

Era como si todo lo que hubiera deseado, todo lo que había soñado con tener estuviera en aquel momento delante de ella, en la palma de su mano. Lo único que tenía que hacer era cerrar los dedos y lo tendría para siempre.

Ni siquiera podía odiarlo, reflexionó, resignada a lo inevitable. Porque amaba ese sentido del honor suyo al igual que lo amaba todo en él. Pero el sentido del deber duradero no era el amor duradero. Y se había prometido a sí misma que nunca se conformaría con menos.

Se sentía agradecida de estar en la cama, porque en aquel momento no habría sido capaz de mantenerse de pie. Tenía las piernas débiles y le dolía todo el cuerpo. No solo de la caída, sino por dentro. Justo donde su corazón ya había empezado a romperse.

–Aunque se trata de una adorable invitación... –empezó–. Gracias, pero no. No vamos a casarnos.

–Tienes un bebé que es mío.

–Cierto. Pero nada tiene que ver una cosa con la otra.

Shane esbozó una mueca.

–¿Me vas a hacer que te lo suplique de rodillas?

–No voy a hacerte hacer nada, Shane. Sí, estoy embarazada. Obviamente el bebé es tuyo. Pero esa es la única información relevante sobre la mesa. Lamento que tuvieras que enterarte por la doctora Galloway. Fui al rancho esta mañana con la idea de decírtelo en persona. No estabas, así que salí a dar un paseo con Khatar. Mi plan era contártelo cuando volvieras. Pero, en lugar de eso, fue esto lo que sucedió –le sostuvo la mirada–. El matrimonio no está sobre la mesa.

La expresión de Shane se endureció.

–Estás jugando con todo esto.

–No. Te estoy diciendo que no me quedé deliberadamente embarazada para atraparte. No soy de esa clase de personas.

–¿Vas a tener el bebé tú sola?

–Sí. Puedo hacerlo. Puedo hacer muchas cosas. Soy perfectamente capaz.

–¿Y se supone que yo tengo que marcharme?

–Tú harás lo que quieras –replicó con tono rotundo–.

Todavía queda mucho para que nazca el bebé. Tenemos tiempo para ponernos de acuerdo si te interesa que compartamos la custodia o que formes parte de la vida del niño. Pero entiende esto: sé lo que es tener una relación basada en sueños y suposiciones en lugar del amor y de la realidad, y no quiero volver a formar parte de eso. No pienso vivir una mentira –deseó que se diera cuenta de que le estaba diciendo la verdad–. Créeme cuando te digo que no me casaré contigo, Shane. No me casaré contigo porque se suponga que es eso lo que tengo que hacer, o por culpa de tu sentido de la responsabilidad. Ese es tu problema, no el mío. Quiero a alguien que me ame y que necesite pasar el resto de su vida conmigo. Quiero un hombre que me adore como me adora Khatar. Quiero un amor loco, apasionado. No me importa que sea inapropiado, o escandaloso. Lo quiero todo y sé que me lo merezco. Lo que no me merezco es un hombre que se sienta atrapado a mi lado.

Se le cerró la garganta y los ojos empezaron a arderle. Las lágrimas se acercaban y no quería que Shane la viera romper a llorar.

Tragó saliva.

–Creo que deberías marcharte.

–Todavía no hemos terminado de hablar.

–Te equivocas. Te equivocas conmigo y con la situación. Hemos terminado de una vez por todas y para siempre.

Capítulo 20

Charlie la abrazó con fuerza. Annabelle dejó que su amiga le asegurara que todo iba a salir bien, se sorbió la nariz y se irguió.

–Ya sabes que no te creo –le dijo mientras sacaba otro pañuelo de papel y se secaba la cara–. No te creo nada.

Charlie parecía consternada.

–Lo sé, pero no puedo dejar de decírtelo. Lo que pienso en realidad es que Shane es un completo imbécil y que debería atropellarle con uno de los camiones de bomberos que tenemos.

–No lo hagas. Irías a prisión y entonces yo me quedaría sola de verdad –Annabelle soltó un sollozo medio ahogado–. Sé que suena un poco egoísta...

–No lo es. Aprecio que me eches de menos.

Annabelle asintió mientras derramaba más lágrimas.

–Ten por seguro que sí. Eres una buena amiga. Creo que deberías prepararte. Voy a estar un poquito sensible durante los próximos meses.

–Estaré a tu lado.

–¿Estás enfadada por lo del bebé?

–¿Enfadada? –Charlie frunció el ceño–. ¿Por qué habría de estar enfadada?

–Porque has estado hablando con Dakota y Pia sobre la reproducción asistida y quizá la adopción, y ahora voy yo y me quedo embarazada.

Charlie la estrechó una vez más en sus fuertes brazos.

–Eso es retorcido, incluso para ti. No es como si hubiera un número limitado de bebés en el mundo y tú te hubieras llevado el último. Yo sigo teniendo la posibilidad de tener uno, también. O quizás un niño mayor, todavía no lo he decidido. Si tú estás contenta, yo también.

–Gracias –se llevó una mano al pecho–. No te imaginas lo mucho que duele esto. Todo ello. Perder a Shane, descubrir que no cree en mí... que, en su mente, yo sigo siendo como su ex.

–Tú sabes que no se trata de ti, ¿verdad?

–¿Qué? Por supuesto que se trata de mí.

–No –le dijo Charlie–. Se trata de Shane y de su incapacidad para confiar en nadie. Tu embarazo, para él, no es más que un medio fácil y sencillo de expresar sus más sencillos miedos. Es mejor que haya sucedido antes que después. Porque o se comprometía o no se comprometía... –apretó los labios–. Perdona. A veces soy demasiado lógica.

Annabelle le tocó la mano.

–Eres una gran amiga y te lo agradezco muchísimo. Tienes razón. No me gusta oírlo, pero sé que tienes razón. Si Shane es incapaz de superar lo de Rachel, mejor que me haya enterado ahora que después...

–Suceda lo que suceda, vas a ser madre.

Annabelle esbozó una emocionada sonrisa.

–Y soy feliz por ello –sacó otro pañuelo–. ¿Podrías hacerme un favor?

–Claro.

–No se lo cuentes a nadie de momento. Todo el mundo se volcaría conmigo y ahora mismo sería incapaz de soportarlo.

–Por supuesto. Cuando tú me digas. Invitaremos a las chicas y... –se rascó la nariz–. Supongo que ahora no haremos lo de las margaritas, visto que vas a tener un bebé.

–Escogí un mal momento para descubrir que el hombre al que amo locamente no está enamorado de mí, ¿verdad?

–Nunca es un buen momento para eso.

Shane no sabía qué diablos se suponía que tenía que hacer ahora.

Tenía muchísimo trabajo. Hablar con los entrenadores de sus caballos, hacer un minucioso seguimiento de sus yeguas, trabajar con Khatar y planificar la siguiente fase del programa de cruces. Un trabajo que le gustaba, que le satisfacía. Luego estaban las obras de su casa y el constante flujo de preguntas. Y su familia. Era un tipo muy ocupado, con muchas responsabilidades... ninguna de las cuales le impedía pensar en Annabelle.

Hacía setenta y dos horas que no la veía. Setenta y dos largas y dolorosas horas. Hasta ese momento no se había dado cuenta de lo mucho que se había acostumbrado a tenerla cerca. La justa indignación que se había apoderado de él en el hospital había desaparecido, dejando detrás únicamente confusión. Porque era un hombre en guerra... consigo mismo.

Su estómago y su cabeza le decían que Annabelle era una mujer en quien podía confiar. Que ella nunca le haría daño, que nunca lo engañaría. Pero su corazón... su corazón tenía buena memoria y era lento a la hora de volver a confiar.

No se estaba enfrentando a la idea de tener un bebé. No podía. No hasta que no hubiera decidido qué iba a hacer con Annabelle. Tal como lo veía él, o creía en ella o no creía. O confiaba o no confiaba.

Annabelle adoraba los niños. La había visto con ellos, tanto en la biblioteca como allí, en el rancho. Y sabía estimular tan bien su curiosidad por la lectura que ellos hasta le habían ofrecido dinero para ayudar a financiar su bibliobús. Porque les había enseñado que leer era un valioso regalo. La llave que les abría mundos que estaban más allá de su imaginación.

También la había visto con Khatar. El difícil purasangre

árabe se había convertido en un caballo dulce y manso por culpa de Annabelle. Seguía siendo el bravo líder de la manada: su deseo de proteger a Annabelle lo había demostrado. Pero el antiguo motivo de su mal carácter había desaparecido. Apenas la semana anterior lo había sacado de su corral para que estuviera con las niñas durante la clase. Se había incorporado a los ejercicios del desfile con toda tranquilidad, como el quinto caballo del espectáculo. Y ejecutando perfectamente sus pasos.

Annabelle era una mujer que se entregaba a los demás de múltiples maneras. Ayudando a Heidi con su boda, ofreciéndose a cuidar de sus cabras. Lo había ayudado a él con las obras de su casa. Había sido una buena amiga y una amante generosa. Cuando Lewis se había presentado de repente, había sido completamente sincera con él respecto a lo que había sucedido entre ellos.

La echaba de menos. Echaba de menos verla, hablar con ella, tocarla. Había querido llamarla, saber cómo estaba, pero no había sido capaz de levantar el teléfono. La noche anterior, durante la cena, Heidi había mencionado que estaba completamente recuperada, y él había suspirado de alivio.

El coche de Annabelle entró en ese momento en el patio y aparcó junto a las cuadras. Shane dio un paso hacia el vehículo, tan sorprendido como complacido de que se hubiera presentado. Se suponía que tenían una jornada de práctica más antes del desfile del sábado. Ni siquiera sabía si estaría en condiciones de montar.

Se acercó apresurado, necesitado de escuchar su voz aunque solo fuera para oír cómo lo mandaba al diablo... Entonces se abrió la puerta del pasajero y bajó Charlie. La expresión de la mujer era severa y decidida. Evidentemente Annabelle se lo había contado todo. Charlie no había venido a contemplar el ejercicio, sino a actuar de parachoques. Para asegurarse de que Shane no volviera a hacer daño a Annabelle.

Pero eso no le importó, porque Annabelle se dirigía ya

hacia él y él no tenía ojos más que para ella. Llevaba vaqueros y botas, y una camiseta con el burlón lema de *¡Investiga esto!* Todo curvas y sex appeal. La mujer diez.

Solo que la sonrisa que él tanto adoraba no estaba, y su mirada era triste. Parecía como si hubiera perdido una parte de sí misma, como si algo precioso le hubiese sido robado. Una punzada de dolor le atravesó el vientre cuando se dio cuenta de que él era precisamente el ladrón.

–Quiero ensayar los pasos una vez más –anunció ella–. Charlie me acompañará, así que no tienes que quedarte.

«Un desplante», pensó Shane. «Y merecido».

–¿Te encuentras bien? –le preguntó–. ¿Estás en condiciones de montar?

Annabelle se encogió de hombros.

–Estoy dolorida, pero no es para tanto. Vi a mi doctora ayer y ella me dio permiso para ensayar y montar en el desfile. Cabalgaré al paso, así que es seguro. Para la figura final, me agarrare bien con las dos manos. No pasará nada. Khatar nunca me haría daño.

Las últimas palabras se acompañaron de un desafiante gesto de barbilla.

–Ya lo sé –dijo, y desvió la mirada hacia donde Charlie estaba montando guardia–. ¿Podré hablar contigo después?

–Seguro. Quizá después del desfile.

Quería decirle que lamentaba haberle hecho daño, pero sabía que esas palabras sonarían débiles e insultantes. Que no hubiera tenido intención de hacérselo no atenuaba el dolor producido.

Khatar se acercó trotando procedente de su corral. Shane ni siquiera se mostró sorprendido

–Lo ensillaré –se ofreció.

–No te molestes, ya lo hará Charlie. A Khatar también le cae bien.

Dicho eso, le dio deliberadamente la espalda y se acercó al caballo. Mientras la miraba alejarse, Shane supo que acababa de perder algo importante. Algo que jamás podría reemplazar.

Sin saber qué hacer, se dirigió hacia la casa. Estaba subiendo los escalones del porche cuando salió Clay.

–¿Ha venido Annabelle? Me llamó antes para preguntarme si podría practicar con ella. Para la ceremonia del sábado.

Clay seguía hablando, pero Shane estaba demasiado ocupado abalanzándose contra él para escucharlo. Doblándose sobre sí mismo, le golpeó con fuerza el estómago con un hombro. Ambos cayeron hacia atrás por el impulso.

Shane se levantó en seguida. Clay esquivó dos puñetazos y lo golpeó en un brazo para interceptar el tercero. Shane sabía que su hermano se estaba conteniendo de pegarlo, lo cual lo enfadó aún más.

–¡Pelea! –le ordenó.

–No pienso hacerlo. ¿Recuerdas que llevo diez años estudiando artes marciales? Si te pego, te romperé algo.

–Se te va la fuerza por la boca –masculló Shane.

Sin previo aviso, Clay alzó una pierna y le descargó una patada en el estómago. La fuerza del impulso lo proyectó hacia atrás, derribándolo. Antes de que pudiera darse cuenta de lo que sucedía, Shane tenía a su hermano encima, con un puño presionándole el pecho y el otro brazo amenazando con estrangularlo.

–¿Quieres que te enseñe mi cinturón negro? –le preguntó Clay con tono tranquilo.

Shane aún seguía ocupado en recuperar el resuello como consecuencia de la patada. Clay se apartó y lo ayudó a sentarse. Luego se dejó caer también él en el suelo del porche y se lo quedó mirando fijamente.

–No estás enfadado conmigo –le dijo–. Estás enfadado contigo mismo. Porque eres un imbécil.

Shane seguía concentrándose en respirar. Era más fácil que enfrentarse a la verdad.

–Ella te quiere –continuó Clay–. Todo el mundo lo puede ver. ¿Qué es lo que te detiene? ¿Cuánto tiempo más vas a dejar que tu ex siga ganando?

Las palabras de su hermano lo afectaron. Shane sabía

que tenía razón en todo. Era más fácil preocuparse de que Annabelle fuera como su exmujer que encarar la verdad: que se había enamorado de ella y que eso lo aterraba.

–Lo he estropeado todo –reconoció–. ¿Y si la he perdido?

–No la has perdido.

–Eso no puedes saberlo.

–Sí que puedo. Obviamente ella te sigue queriendo, aunque te juro por mi vida que yo no alcanzo a explicármelo. Eso no va a cambiar de la noche a la mañana. Pero vas a tener que encontrar una buena manera de convencerla de que te mereces una segunda oportunidad. Y yo no tengo ni la menor idea de cuál puede ser.

Pensó en Annabelle, en la capacidad que tenía de hacerle reír y en las ganas que tenía siempre de estar con ella. Pensó en todo lo que sabía de Annabelle y en lo que sabía era lo más importante para ella. Se dio cuenta entonces de que no era cosa de convencer a nadie. El amor no era una cuestión de palabras, sino de hechos.

–Ya sé cómo –le dijo–. Pero voy a necesitar tu ayuda.

La mañana de la fiesta amaneció cálida y despejada. Un tiempo tan perfecto garantizaba una gran multitud de asistentes. «Buena señal», se dijo Annabelle mientras se ajustaba la diadema de flores. Ese día haría una buena recaudación, suficiente, con un poco de suerte, para cubrir el coste del bibliobús y el de todos los libros y complementos. Si sobraba algo, lo utilizaría para pagar otros gastos como el combustible, el seguro y... sí, también el sueldo de un chófer.

Pero ya se preocuparía más adelante de eso. Sacudió varias veces la cabeza para asegurarse de que no se le fuera a caer la diadema cuando Khatar se alzara sobre dos patas, y se puso luego el blanco vestido de estilo Máa-zib.

La amplia falda le cubriría bien las piernas mientras cabalgaba. Se suponía que tenía que ir descalza, lo cual resultaba fácil. Se suponía también que tenía que ofrecer un aspecto feroz. O cuando menos feliz. Nada de lo cual era muy probable que ocurriera.

No podía dejar de pensar en Shane, lo cual no constituía precisamente una sorpresa teniendo en cuenta cómo había sucedido todo. Le había dicho que quería hablar. Aunque ella seguía diciéndose a sí misma que el único tema de interés era el bebé, deseaba que se hubiera referido a otra cosa: que finalmente hubiera descubierto que no había estado jugando con él. Que su único objetivo era estar con el hombre al que amaba y ser amada a su vez.

Sabría más al día siguiente, pensó, lamentando no haberle sugerido que tuvieran esa conversación después de la ceremonia. Al menos de esa forma habría reducido el tiempo de espera.

Se calzó las sandalias y salió de la casa. La caminata hasta el principio de la ruta que recorrería el desfile fue corta. Saludó a varios conocidos y se alegró de ver la gran multitud que llenaba ya las calles.

Cuando penetró en la zona acordonada para los preparativos, se sorprendió de ver allí a Mandy y a sus amigas. Y con disfraces muy parecidos al suyo.

–¡Sorpresa! –gritaron las niñas antes de correr hacia ellas.

–¿Qué estáis haciendo aquí?

–¡Nosotras también estamos en el desfile!

–Shane nos ha estado enseñando los pasos con nuestros caballos y todo.

–Dijo que quería que este fuera el mejor desfile del mundo para que ganáramos mucho dinero para el bibliobús.

–¿De veras? ¿Eso dijo?

Intentó no concebir demasiadas esperanzas. Pero Shane habría tenido que empezar a practicar con las niñas semanas atrás. Mucho antes de que hubiera descubierto que estaba embarazada y se hubiera puesto en lo peor.

–Nuestros caballos están aquí –dijo Mandy, señalándolos.

Annabelle vio a Rafe bajando el último de los caballos de picadero por la rampa de un remolque. Los otros tres ya estaban ensillados y atados a una improvisada cerca. Khatar estaba allí también, con su crin adornada de flores. Su blanco pelaje estaba pintado con los mismos motivos que el borde de su vestido.

Khatar y Rafe, y las chicas con sus caballos... pero no Shane.

La esperanza a la que se había estado aferrando murió de golpe. Shane no quería hablar con ella sobre su relación, sobre su futuro. Iba a tener un hijo y solo querría proteger sus intereses. Si ella le hubiera importado, si él hubiera creído y confiado en ella, habría estado allí en aquel momento.

Se acercó al gran semental árabe y le acarició la cabeza.

–Eres muy guapo –susurró, luchando contra las lágrimas–. Gracias por hacer esto por mí.

Rafe apareció a su lado.

–¿Preparada?

Asintió con la cabeza.

–Ha venido muchísima gente. De esta vas a sacar para tu bibliobús.

–Entonces ha merecido la pena.

Rafe le sonrió.

–Mis hermanos y yo estuvimos hablando anoche. Vamos a reunir un fondo de apoyo al bibliobús, que cubrirá el mantenimiento del programa. Fue idea de Shane.

Se lo quedó mirando fijamente.

–No entiendo. ¿Por qué habría de hacer eso?

–Ya te lo dirá él mismo –le tocó un hombro–. No renuncies a él. Es un buen tipo.

–Ya lo sé. Amarlo no es el problema.

–Entonces quizá sea el momento de tener un poco de fe.

Se colocó junto a Khatar y entrelazó los dedos a manera de estribo improvisado. Annabelle se descalzó las sandalias, se recogió la falda con una mano y tomó impulso para montar. Una vez que estuvo sentada en la silla, Rafe la ayudó a colocarse la falda y le entregó las riendas.

Luego se dedicó a hacer lo mismo con las niñas, hasta que llegó la hora.

El sol brillaba alto en el cielo cuando dio comienzo el desfile. La banda del instituto de Fool's Gold abrió la marcha, seguida de las animadoras. Varias empresas de la localidad habían decorado coches con pancartas y guirnaldas de flores. Pia dio la orden de salida a Annabelle.

–Adelante –le dijo a Khatar mientras lo colocaba en posición con una leve presión de sus talones desnudos–. Somos la principal atracción.

El desfile atravesó el centro de la ciudad y terminó en el parque. Una enorme multitud se apelotonaba a ambos lados del paseo, aclamando a los participantes. El olor a palomitas y perritos calientes se mezclaba con el de las cremas para el sol y las barbacoas. Los niños agitaban banderitas y un par de globos escaparon hacia el cielo azul.

Khatar parecía disfrutar de la atención que suscitaba. Avanzaba en zigzag, ejecutando cuidadosamente los pasos. Annabelle descubrió que no tenía que animarlo demasiado. Sacudía la cabeza y se pavoneaba como encantado con su entusiasta público.

Cuando llegaron al borde del parque, Annabelle vio el altar donde Clay debía de estar esperándola. Una vez que Khatar ejecutara su gran remate final, desmontaría, confiando en no exhibirse demasiado, y subiría los dos escalones hasta donde Clay estaba atado. Se sacaría luego el falso cuchillo del cinturón y simularía arrancarle el corazón. Fácil, pensó. Luego se escabulliría, volvería a casa y se daría otra buena hartada de llorar. Y esa, se prometió, sería la última. El corazón se le podía estar rompiendo, pero sollozar todos los días no podía ser bueno para el bebé.

Khatar y ella se detuvieron frente al estrado. A una señal suya, el caballo se alzó con elegancia sobre sus cuartos traseros y agitó las patas, causando un impresionante efecto. La multitud contuvo la respiración y estalló en vítores. Terminada la figura, Annabelle desmontó ágilmente. La segunda aclamación la sorprendió.

Hizo una ligera reverencia y se acercó luego a Khatar para rascarle detrás de las orejas.

—Has estado impresionante —le dijo.

Los escalones estaban a su izquierda. Empezó a subirlos, deseosa de acabar de una vez. Era poco lo que tenía que decir; luego fingiría arrancarle el corazón al sacrificado y daría por finalizada la jornada. Solo que el hombre del taparrabos no era Clay. Era Shane.

Yacía sobre un lecho de heno, con los brazos abiertos. Llevaba la cara pintada como la habría llevado un prisionero varón Máa–zib siglos atrás. Tenía cuerdas enredadas en las muñecas y los tobillos como si estuviera bien atado, aunque ella sabía que no. Y una guirnalda de flores alrededor del cuello.

Subió el segundo escalón y se lo quedó mirando fijamente.

—¿Qué estás haciendo aquí? —le preguntó en voz baja, consciente de que debía de haber un micrófono cerca.

Shane le sonrió.

—Si vas a arrancarle el corazón a alguien, que sea el mío.

Annabelle oyó murmurar a la multitud. Sin duda alguna todo el mundo estaba esperando el gran final.

—No estoy enfadada contigo —le dijo en un susurro.

—Lo sé —repuso, sentándose en el heno—. Estás dolida. Yo te hice daño, Annabelle, y lo siento.

Miró a su alrededor, consciente de que varios centenares de personas los estaban observando.

—Está bien. Ya hablaremos de eso después.

—Creo que deberíamos hablar de ello ahora —esbozó una media sonrisa—. Luego podrás arrancarme el corazón.

—Shane... —empezó, pero él sacudió la cabeza.

—No, yo primero —se levantó—. Sé que no te pareces en nada a mi exmujer. Sé que eres buena y dulce, cariñosa y leal. Me gusta todo de ti, Annabelle Weiss. Y, por encima de todo, te quiero. Lamento haber tardado tanto en descubrirlo, pero el caso es que estoy aquí para decirte que te amo. Quiero pasar el resto de mi vida contigo y con nuestro bebé.

Annabelle podía oír el rumor de las conversaciones. Pero en aquel momento lo único que podía hacer era mirar a Shane a los ojos y leer la verdad de sus palabras en ellos.

El dolor que antes le había atenazado en las entrañas desapareció hasta que solo quedó la felicidad. La felicidad y la promesa del porvenir.

–¿Me estás diciendo todo esto ahora? ¿Aquí?

–Claro. El festival es importante para ti y tú eres importante para mí. Pensé que valorarías un gran final –le acunó el rostro entre las manos–. Cásate conmigo. No porque sea lo correcto, o por el bebé, sino porque me quieres.

–Te quiero –susurró.

–Bien. Porque quiero pasar el resto de mi vida cuidándote, apoyándote, siendo tu compañero y tu marido. Tengo mis defectos y trabajaré sobre ellos, pero una vez que me comprometo, no renuncio con facilidad.

A ella se le llenaron los ojos de lágrimas. Lágrimas de gozo y de promesa.

–Me casaré contigo –murmuró.

Estalló un aplauso entre la multitud. Perpleja, se dispuso a volverse, pero antes de que pudiera hacerlo, Khatar se le acercó por detrás y la empujó. Fue a caer en los brazos de Shane, que la sostuvo y la besó.

Estalló otro aplauso, con vítores y gritos de los presentes exigiendo ser invitados a la boda.

Annabelle se olvidó de todo mientras duró el beso de Shane. Hasta que se apartó y miró a su alrededor.

–Me olvidé del micrófono.

–Yo no –la besó de nuevo, sonriendo–. Quería demostrarte que iba en serio. Ahora tengo testigos y, si no te trato adecuadamente, la ciudad entera me dará caza. Deberías estar feliz.

–Tú me haces feliz –repuso, inclinándose y besándolo a su vez.

Shane la estrechó en sus brazos, murmurando:

–Creo que querrán que repitamos la actuación el año que viene. ¿Te apuntas?

–¿Contigo? Siempre.

ÚLTIMOS TÍTULOS PUBLICADOS EN HQN

Solo para él de Susan Mallery

Chicas con suerte de Kayla Perrin

Tirando del anzuelo de Kristan Higgins

La seducción más oscura de Gena Showalter

Un momento en la vida de Sherryl Woods

Prohibida de Nicola Cornick

Sin culpa de Brenda Novak

En sus manos de Megan Hart

Eso que llaman amor de Susan Andersen

Preludio de un escándalo de Delilah Marvelle

Días de verano de Susan Mallery

La promesa de un beso de Sarah McCarty

Los colores del asesino de Heather Graham

Deshonrada de Julia Justiss

Un jardín de verano de Sherryl Woods

Al desnudo de Megan Hart

www.ingramcontent.com/pod-product-compliance
Lightning Source LLC
LaVergne TN
LVHW030340070526
838199LV00067B/6377